Cynthia Mc Leod

Folge deinem Herzen

Cynthia Mc Leod

Folge deinem Herzen

Roman

Aus dem Niederländischen
von Silke Schmidt

nymphenburger

Titel der niederländischen Originalausgabe
Ma Rochelle passée - welkom Eldorado
erschienen bei Uitgeverij Conserve, Holland

Die deutsche Ausgabe war nur durch den
Übersetzungszuschuß von
Nederlands Literair Produktie- En Vertalingenfonds,
Amsterdam, möglich.

Aus dem Niederländischen von Silke Schmidt.
Schutzumschlaggestaltung: Wolfgang Heinzel
Satz: Schaber Datentechnik, Wels
Gesetzt aus: 11/13 Punkt Concorde
Druck und Binden: Graphischer Großbetrieb Pößneck
Printed in Germany
ISBN 3-485-00795-1

VORWORT

Im neunzehnten und ersten Viertel des zwanzigsten Jahrhunderts war die Hautfarbe der bestimmende Faktor in der Sozialstruktur Surinams. Die Gruppe mit dem höchsten Prestige bestand aus Weißen, und je näher man ihrer Hautfarbe kam, desto mehr Ansehen besaß man.

Im vorliegenden Roman, der in der zweiten Hälfte des neunzehnten Jahrhunderts spielt, wird das Leben der Figuren von ihrer Hautfarbe beherrscht und bestimmt.

Zum Glück spielt diese in der Gesellschaft des heutigen Surinam kaum noch eine Rolle. Wir Surinamer sind sehr dankbar dafür, und wir wissen, daß dies ein Verdienst des surinamischen Volkes ist, dem es trotz Plantagenwirtschaft und Machtpolitik der früheren Kolonialregierung und späterer Führer gelingt, ethnische Unterschiede zu überwinden und zu einer Nation zusammenzuwachsen. Uns ist bewußt, daß wir noch nicht am Ziel sind; aber wir sind auf dem richtigen Weg dorthin und schon so weit, daß wir in dieser Hinsicht ein Vorbild sein können, weil wir durch die großen ethnischen Unterschiede in unserem kleinen Land gelernt haben, einander nicht nur zu tolerieren, sondern auch zu akzeptieren und vor allem zu respektieren. Unser Volkslied bringt dies gut zum Ausdruck:

»Wans ope tata komopo
Wi mu seti kondre bun.«

»Ungeachtet dessen, wo unsere Vorfahren herkamen,
wir müssen dieses Land gut machen.«

Abschließend möchte ich mich bei allen bedanken, die
in irgendeiner Weise zum Erscheinen dieses Buches bei-
getragen und mich in dieser Zeit unterstützt haben.
Ohne andere vergessen zu wollen, nenne ich vor allem
Carla und Hugo, Monique, Sandra, Florita, Linda, Kees
und last but not least Sonja Vrede, deren Begeisterung
zuzuhören ein besonderer Ansporn war.

Cynthia Mc Leod

FRANZÖSISCHE HUGENOTTEN
IN SURINAM

1685 wurde in Frankreich das Edikt von Nantes aufgehoben, was zur Folge hatte, daß die französische Bevölkerung wieder den katholischen Glauben annehmen mußte. Aus diesem Grund flüchtete eine Reihe von Hugenottenfamilien in die Niederlande, die 1667 die Kolonie Surinam von den Engländern erobert hatten.

Die Niederlande wollten eine »Volksanpflanzung« in Südamerika aufbauen, und so schlugen sie diesen Familien, die häufig über Geld und Besitz verfügten, vor, sich in dem neuen Land anzusiedeln und dort Plantagen anzulegen. Am Ende des siebzehnten und in der ersten Hälfte des achtzehnten Jahrhunderts ließen sich in Surinam die Familien De Labadie, Planteau, Couderc, Le Grand, Gabion, L'Espinasse, Cellier, Pichot, Nepveu, Drouillet und andere nieder. Sie kamen überwiegend aus den französischen Städten Bergerac und La Rochelle.

Sie gründeten zahlreiche Plantagen am Commewijnefluß, ein paar am Surinamfluß und auch einige um Paramaribo herum. Obwohl es wohlhabende Familien waren und es ihnen vor allem in der Anfangszeit ökonomisch sehr gutging, erlitten sie auch Rückschläge, und sie mußten mit Problemen kämpfen.

An den Namen, die sie ihren Plantagen und Landsitzen gaben, kann man heute noch erkennen, welche Gesinnung sie hatten und was sie vom Leben erwarteten. Einige Außenbezirke des heutigen Groß-Paramaribo geben ein deutliches Zeugnis davon. Aus Namen wie »Peu et Content« und »Tout Lui Faut« spricht Bescheidenheit; »Ma Retraite« und »L'Hermitage« drücken die Sehnsucht nach Ruhe aus, während Namen wie »Le Rossignol« und »Mon Plaisir« eher romantisch sind.

Es erging den französischen Familien wie vielen anderen, das heißt entweder wurden sie Teil der surinamischen Gesellschaft, oder sie verließen Surinam und suchten anderswo ihr Heil. Echte französische Hugenottenfamilien findet man heute in Surinam nicht mehr, doch ihre Nachfahren und die französischen Familiennamen gibt es noch. Im achtzehnten Jahrhundert gab es an die fünfhundert Plantagen in der Nähe der Flüsse, jetzt sind es weniger als zehn.

Der Urwald hat sich seine Rechte zurückgeholt; alles ist zerfallen und zu dem geworden, was es früher einmal war: tropischer Regenwald.

Die französischen Familien sind weggezogen und die Plantagen verschwunden. Die Plantagennamen aber, die vielsagenden Namen, die von Hoffnung und Sehnsucht, von Zufriedenheit und Protest, von Kummer und sehr oft von Liebe zeugen, diese Namen sind entlang der prächtigen, stolzen Ströme Surinams geblieben.

Eine Kombination dieser Namen gibt noch heute, fast drei Jahrhunderte später, die Gefühle vieler Surinamer überall auf der Welt wieder.

»MON PAYS! VA COMME JE TE POUSSE, À LA BONHEUR. Maintenant vous n'êtes pas MON

GAGNÉ PAIN et nous avons souvent COURT D'AR-
GENT et une VIDE BOUTEILLE. Mais malgré ça, vous
êtes MON PLAISIR, MON TRÉSOR, MON BIJOU.«
(»Mein Land, geh, wie ich dich weitertreibe, auf gut
Glück. Heute bist du nicht mein Brotgeber, und wir
haben oft Geldmangel und eine leere Flasche. Aber
trotzdem bist du meine Freude, mein Schatz, mein
Juwel!«)

1. Kapitel

Oberer Surinam, März 1845

Ngimba

»Nein, Masra, wirklich, ich weiß von nichts. Wir haben nichts getan, meine Mutter hat nichts getan. Ach, Masra, ach, Misi, habt Mitleid, ich bin unschuldig. Hilfe, nicht schlagen, Hilfe, nicht schlagen …«, flehte Ngimba, aber es war niemand da, der ihr zuhörte und niemand, der ihr half, während die Peitsche des Basya, des schwarzen Aufsehers, immer wieder auf ihren nackten Rücken knallte. Auf dem hinteren Balkon des Herrenhauses standen zahlreiche Leute und sahen zu: zuallererst die Misi, ganz in Schwarz gekleidet und mit einem Schleier auf dem Kopf, dann ihre beiden erwachsenen Töchter und ein Sohn, weitere Familienmitglieder, ferner der weiße Aufseher, noch zwei Basyas und sechs Soldaten.

Ngimba war fünfzehn und eine Sklavin der Plantage Jacobshoop am Messiascreek, wo sie auch geboren war. Ihre Mutter arbeitete dort als Köchin, und Ngimba war ihre Küchenhilfe. Eigentlich war es den Sklaven jahrelang recht gutgegangen auf dieser kleinen Plantage, die an einem der Seitenarme des oberen Surinam lag, aber nun war etwas Schreckliches passiert.

Vor drei Wochen war der Masra plötzlich tot umgefal-

11

len. Er war von einer Inspektion der Plantage zurückgekommen, hatte sich auf seinen Balkon gesetzt und zu
seiner Frau gesagt, ihm sei so heiß. Daraufhin ließ sie
ihm ein Glas Fruchtsaft einschenken und schickte den
Laufburschen mit dem Auftrag in die Küche, die Köchin
solle die Suppe des Masra bringen. Kaum hatte der
Mann die Suppe gegessen, da bekam er Atembeklem-
mungen, fing an zu zittern, Schaum trat ihm vor den
Mund, und kurz darauf fiel er um. Geschrei und Hilfe-
rufe der Misi, die Medizinfrau aus dem Sklavendorf
wurde benachrichtigt und eilte zum Haus, der weiße
Aufseher, die Basyas, alle strömten auf die Schreie der
Misi hin herbei. Man benetzte das Gesicht des Masra
mit Wasser, seine Handgelenke wurden massiert, aber
nichts half, denn der Mann war schon tot.
Die Beisetzung war am nächsten Tag, die Misi weinte,
schrie und fiel immer wieder in Ohnmacht. Ein paar
Tage später kamen die Kinder und andere Verwandte
für die Trauerzeit von acht Tagen. Danach wurde ein
Medizinmann von einer benachbarten Plantage ge-
holt. Als er sagte, der Masra sei keines natürlichen
Todes gestorben, sondern vergiftet worden, brach die
Hölle los.
Afi, Ngimbas Mutter, wurde herbeigeschafft, und auch
Ngimba mußte zur hinteren Veranda kommen. Die
Mutter wurde verhört; sie sollte sagen, warum und
womit sie den Masra vergiftet habe. Afi weinte, schrie,
rang die Hände und rief immer wieder, sie hätte nichts
getan: Sie hatte den Masra nicht vergiftet, sie hatte kein
Gift ins Essen getan – doch niemand glaubte ihr. Die
Misi befahl zwei Basyas, Afi an einen Strick zu binden
und an einen Baum zu hängen, und dann wurde sie mit

Lederriemen, an denen Blei befestigt war, ausgepeitscht. Als ihr Rücken ganz wund war und blutete, mußten die Basyas einen Augenblick aufhören, und die Misi fragte, ob Afi jetzt gestehen wolle, aber Afi stöhnte, sie könne nichts gestehen, da sie nichts getan habe. Afi blieb hängen, und dann wurde Ngimba festgebunden. Auch sie weinte und schrie, als ihr Rücken so lange gepeitscht wurde, bis er blutete, doch keiner glaubte ihr. Dann bekamen die Basyas den Auftrag, bei Afi weiterzumachen. Eine Stunde später wurde Afi bewußtlos vom Baum gebunden, und noch am selben Abend starb sie. Nachdem Afi begraben worden war, wurde Ngimba noch einmal verhört und ausgepeitscht. Anschließend wurde sie mit einer schweren Eisenkugel ums Fußgelenk in eine Hütte gesperrt, so daß sie nicht weglaufen konnte. Sechs Tage saß sie allein in der Hütte. Abends kam ein Basya mit einer Kalebasse Essen und einer Kalebasse Wasser vorbei und fragte, ob sie jetzt gestehen werde. Jedesmal weinte Ngimba, daß sie alles gestehen wolle, aber nichts gestehen könne, da sie von nichts wisse und nichts gesehen habe. Dann war am Nachmittag des sechsten Tages plötzlich ein Basya erschienen und hatte sie zum Herrenhaus gebracht.

In der Stadt war nämlich bekannt geworden, daß auf Jacobshoop eine Sklavin zu Tode geprügelt worden war, und da Gouverneur Elias wollte, daß die Sklaven menschenwürdig behandelt wurden, waren sechs Soldaten zur Plantage geschickt worden, um die Angelegenheit zu untersuchen und dem Besitzer einen Brief zu übergeben, mit der Aufforderung, zu einem Verhör in die Stadt zu kommen.

Die Misi und ihre Töchter waren empört. Was geschah

in Surinam? Was war das für ein Gouverneur, der nicht die Bevölkerung vor der Mordlust der Sklaven schützte, sondern meinte, die Sklaven schützen zu müssen?

Ngimba wurde aus der Hütte geholt und sollte jetzt von den Soldaten verhört werden, und da ein Verhör nur unter Peitschenschlägen stattfinden konnte, knallte diese wieder auf ihren Rücken und ihr Gesäß. Diesmal war es jedoch weniger schlimm, da es keine Lederriemen waren, an denen Blei befestigt war, sondern eine einfache Tamarindenpeitsche.

»Genug«, rief einer der Soldaten, als sie fünf Schläge bekommen hatte. »Misi, das Mädchen sagt, es wüßte von nichts. Sie sagt, ihre Mutter hätte nichts getan. Die Mutter ist schon tot, was wollen Sie noch von ihr?«

»Ich will nur, daß sie gesteht, sie muß gestehen, daß ihre Mutter meinen Mann vergiftet hat, diese Teufelsbrut«, rief die Misi.

»Und was ist, wenn es nichts zu gestehen gibt?« fragte der Offizier, der mit der Untersuchung beauftragt war.

»Was? Sie glauben also ihr? Sie glauben dieser Negerin, und uns glauben Sie nicht?« Die Misi brach in Schluchzen aus. Die beiden Töchter standen neben ihr, eine legte den Arm um sie, und die andere warf sich weinend ihrer Mutter an den Hals, so daß diese fast umfiel. Ihre braunen Gesichter waren dick und verschwollen und ihre Augen klein und rot vom Weinen. Ein Stück weiter sahen Sklaven und Sklavinnen dem Schauspiel schweigend zu. Ein paar flüsterten miteinander.

»Geht weg, verlaßt meine Plantage«, schrie die Mutter die Soldaten an, »geht weg und nehmt das Mädchen mit, denn sonst lasse ich sie auch totprügeln. Sie haben meinen Mann ermordet, sie verdienen den Tod. Geht weg, geht weg.«

Die anderen Familienmitglieder mußten die Mutter und ihre Töchter festhalten und beruhigen, denn es sah so aus, als würden sie alle drei gleich zusammenbrechen.

Der Offizier winkte seinen Männern. »Kommt, wir gehen.«

»Und was machen wir mit dem Mädchen?« fragte einer der Soldaten.

»Tja, das müssen wir wohl mitnehmen«, antwortete der Offizier.

Kurz darauf verließ das Boot mit sechs Gouvernementssklaven am Ruder Jacobshoop. Ngimba saß mit zusammengebundenen Händen direkt hinter den Ruderern. Ihr war zwar bewußt, daß sie von der Plantage, auf der sie geboren war und auf der sie bis jetzt gelebt hatte, weggebracht wurde, aber sie hatte solche Schmerzen und in den letzten Tagen so viel Grauenvolles erlebt, daß es ihr völlig gleichgültig war.

Nach einer Stunde war es stockdunkel; kein Mondlicht, keine Sterne, nur tiefe Dunkelheit.

»Wir müssen an Land gehen und ein Lager aufschlagen«, sagte der Offizier.

Als sie anlegten, stellte sich heraus, daß sie bei einer verlassenen Plantage waren. Einer der Ruderer machte sofort ein Feuer, und ein anderer kochte etwas in einem großen, schwarzen Topf.

Ngimba saß ein Stück vom Feuer entfernt. Einer der Ruderer kam zu ihr, betrachtete ihren Rücken und schmierte wenig später einen fettigen Brei auf die Striemen und Wunden. Anschließend bekam sie etwas zu essen. Die Soldaten saßen vor dem Feuer; nachdem sie gegessen hatten, kam einer von ihnen zu Ngimba und stellte sich neben sie. Er bückte sich, kniff in Ngimbas Brüste und band dann ihre Hände mit einem Strick zusammen. Danach befestigte er das eine Ende des Stricks an ihrem Fußgelenk und das andere an seinem Handgelenk. Die anderen Soldaten sahen zu und fingen an zu lachen. Sie riefen ihrem Kameraden etwas zu, woraufhin dieser kicherte und so tat, als würde er eine ihrer Brüste in seiner Hand wiegen.

Ngimba hatte zwar nicht verstanden, was sich die Soldaten zuriefen, aber sie begriff, daß es eine Bemerkung über ihren Körper gewesen war.

»Schlaf jetzt«, sagte der Mann zu ihr.

Die Soldaten saßen noch eine Weile vor dem Feuer und unterhielten sich, danach legten sie sich ebenso wie die Ruderer schlafen. Einer von ihnen – der mit dem Strick ums Handgelenk – mußte Wache halten.

Schon bald fingen die Männer an zu schnarchen. Ngimba schluchzte leise. Wohin wurde sie gebracht, was geschah mit ihr?

Nach einer Weile schlief sie dennoch ein. Irgendwann wachte sie davon auf, daß der Wachsoldat auf ihr lag und ihre Beine grob auseinanderstieß. Ngimba wollte schreien, doch der Kerl preßte ihr seine Hand auf den Mund, und so konnte sie nur unterdrückt stöhnen. Als es vorbei war, setzte er sich wieder ruhig auf seinen Platz, als wäre nichts geschehen.

Am nächsten Morgen ging die Reise weiter, und einige Stunden später mündete der Creek in den Surinam; danach kamen sie an immer mehr Plantagen vorbei, bis sie am frühen Nachmittag an einem Steg anlegten, von dem aus ein großes Plantagenhaus zu sehen war. Ngimba wurde von einem der Schwarzen ins Sklavendorf geführt. Eine freundliche alte Frau nahm sie mit und gab ihr einen Eimer Wasser, damit sie sich neben einem kleinen Raum waschen konnte.

Die Frau sah sie prüfend an. »Armes Kind, was ist denn passiert?« fragte sie mitleidig.

Ngimba fing an zu weinen und erzählte dann, was ihr widerfahren war. »Ich weiß sicher, daß meine Mutter nichts getan hat«, sagte sie. »Und jetzt ist sie tot, und ich habe keine Mutter mehr, diese verfluchten Herren.«

»Ja, es sind elende Lumpen«, pflichtete ihr die Frau bei.

Kurz darauf wurde an die Tür geklopft. Vor der Hütte stand ein Mann mit einer Eisenkette in der Hand, und auf dem Boden, am Ende der Kette, lag eine Eisenkugel. »Sie darf nicht weglaufen«, sagte er zu der Frau, während er die Kette an Ngimbas Fußgelenk befestigte.

Ngimba schlief in der Hütte der Frau, die mit einem Blick auf die Eisenkugel immer wieder sagte: »Armes Kind.« Bis jetzt hatte Ngimba eigentlich noch gar nicht an Weglaufen gedacht, doch während sie auf die Kugel starrte, dachte sie bei sich: jetzt noch nicht, später vielleicht.

Am nächsten Morgen konnte Ngimba nur mit Mühe die Hütte verlassen, die Eisenkugel war schwer und tat weh. Sie sah die Männer und Frauen zum Feld ziehen und andere in der Nähe des Hauses an die Arbeit gehen. Niedergeschlagen setzte sie sich neben der Hütte auf den Boden. Die volle Bedeutung der Ereignisse der letzten Tage wurde ihr erst jetzt richtig bewußt. Sie würde ihre Mutter nie wiedersehen. Niemanden aus ihrem

Dorf würde sie je wiedersehen. Und was würde mit ihr passieren? Den Kopf in den Händen vergraben, blieb sie neben der Hütte sitzen.

Später holte sie derselbe schreckliche Mann ab und brachte sie zu dem großen Haus. Auf dem hinteren Balkon unterhielt sich ein großer weißer Mann mit drei der Soldaten. Der Schwarze blieb mit Ngimba unten an der Treppe stehen.

»Masra, hier ist das Mädchen«, rief er.

Der Weiße stand auf und betrachtete Ngimba prüfend. Der Basya befahl dem Mädchen, sich langsam zu drehen. Dann mußte sie den Mund öffnen und ihre Zähne zeigen. Der weiße Mann nickte und sagte etwas zu den Soldaten. Die nickten und grinsten.

Der weiße Mann rief dem Schwarzen zu: »Sorg dafür, daß sie nicht in die Nähe der Küche kommt und nicht wegläuft«, und dann wurde Ngimba wieder zur Hütte zurückgebracht und die Eisenkette um ihr Fußgelenk geschlossen. Den ganzen Tag saß das Mädchen da; ab und zu bekam sie von der alten Frau etwas zu essen oder zu trinken. Am Abend mußte sie wieder in der Hütte schlafen.

Am nächsten Tag sagte die Frau zu Ngimba: »Die Soldaten sind weg.«

»Bleibe ich dann hier?« fragte Ngimba.

»Ich glaube schon«, antwortete die Frau, die von allen Afina genannt wurde. »Der Masra hat dich beim Kartenspielen gewonnen. Die Soldaten hatten kein Geld, und so hat er dich statt dessen genommen. Für dich ist das nicht schlecht. Du bist jetzt bei deinen Leuten, wer weiß, was dich bei den Soldaten erwartet hätte.«

Von da an mußte Ngimba auch arbeiten. Da sie zum

Feld laufen mußte, wurde die Kette von ihrem Fuß entfernt. Sie ging mit der Gruppe mit, und ein Basya sorgte dafür, daß er immer dicht hinter ihr blieb. Auf dem Feld wurde Zuckerrohr geschnitten; Ngimba mußte zusammen mit anderen Frauen die Rohre zu Bündeln binden, die dann von weiteren Frauen auf dem Kopf zu einem Kahn auf dem Kanal getragen wurden. Da sie die Arbeit nicht gewohnt war, ging es bei ihr nicht so schnell, und als die anderen Frauen schon zehn Bündel fertig hatten, war sie erst beim fünften. Ein weißer Aufseher schrie sie an, sie solle sich beeilen, und sofort knallte die Peitsche eines Basya auf ihren Rücken. Ngimba blieb immer weiter zurück, und der Basya schlug sie noch dreimal. Als er ein viertes Mal zuschlagen wollte, rief eine ältere Frau: »Genug jetzt, siehst du denn nicht, daß sie ihr Bestes tut?« und dann halfen ihr zwei Frauen.

Nachts schlief Ngimba wieder in Afinas Hütte. In Gedanken schmiedete sie Fluchtpläne, aber sie wußte auch, daß ihr das nicht viel helfen würde. Sie war eine Sklavin, das beste war, sich mit ihrem Schicksal abzufinden.

Ma Rochelle, Unterer Commewijne, März 1845

JEAN COUDERC

»Großpapa, kommst du jetzt?« Remi Couderc zappelte vor Ungeduld. Alles im Boot war fertig, doch Großpapa beeilte sich überhaupt nicht. Er frühstückte in aller Ruhe, während Remi und Etienne schon viele Male zwischen dem Steg und dem vorderen Balkon hin und her gelaufen waren.

»Gleich, Junge«, antwortete sein Großvater, »in einer halben Stunde. Wir müssen noch auf die Ebbe warten.«

Remi lief zum Ufer zurück. Dort stand sein vier Jahre jüngerer Bruder Etienne neben Apollo, dem zwölfjährigen Laufburschen ihres Großvaters.

»Ist Großpapa noch nicht fertig?« fragte Etienne.

»Er ißt immer noch«, antwortete Remi. »Er sagt, daß wir auf die Ebbe warten müssen.«

Der neunjährige Remi und sein Bruder wollten mit ihrem Großvater in die Stadt fahren. Dort würden sie im Haus ihrer älteren Schwester Francine wohnen, die mit Pieter Hogenbosch verheiratet war und ein sechs Monate altes Baby hatte. Die Jungen hatten ihre neue Nichte noch gar nicht gesehen. Mama war nach der Geburt des Babys mit ihren beiden älteren Schwestern drei Monate bei Francine gewesen, und die Jungen waren damals auf Ma Rochelle geblieben, weil Mama so viele Leute zu anstrengend für Francine fand. Jetzt waren Mama, Marguerite und Lucie schon wieder zwei Monate zu Hause, und die Jungen durften endlich in die Stadt.

Von der Veranda des großen, weißen Plantagenhauses kam Constance Couderc auf sie zu. Ein Stück hinter ihr ging die Sklavin Sylvia. Die war durch die Hintertür aus dem Haus gekommen und trug einen riesigen offenen Korb, der mit einem Tuch abgedeckt war. Darin befand sich der Reiseproviant.

Remi lief seiner Mutter entgegen. »Ist Großpapa endlich fertig, Mama? Fahren wir jetzt?«

»Ja, Junge, immer mit der Ruhe. Großpapa kommt

gleich.« Constance betrachtete ihren jüngsten Sohn. »Aber Etienne, du hast dich ja schon schmutzig gemacht. Was hast du denn da für einen häßlichen Fleck auf der Hose?« Sofort kniete sich die Sklavin Sylvia neben Masra Etienne, um mit einem Tuch den Fleck abzuwischen, während Constance den Spitzenkragen um seinen Hals ordnete. Dann gab sie ihren Söhnen noch allerlei Ermahnungen mit auf den Weg: »Seid vorsichtig und denkt daran, daß ihr nicht zu wild seid, das ist nicht gut für das Baby und Francine. Und hört auf das, was eure große Schwester sagt.«

»Francine ist doch nicht unsere Mutter«, bemerkte Remi frech.

»Wenn ihr bei ihr wohnt, schon«, sagte seine Mutter streng. Und an den Laufburschen gewandt: »Apollo, paß gut auf die Masras auf!«

»Ja, Misi«, flüsterte Apollo, während er unterwürfig mit den Füßen scharrte und zu Boden blickte, denn ein Sklave durfte nicht zu laut mit seiner Herrin sprechen und ihr auch nicht ins Gesicht sehen.

Da kam Großvater endlich. »Habt ihr euch schon von euren Schwestern verabschiedet?« fragte er, und die Jungen schrien: »Auf Wiedersehen, Marguerite, auf Wiedersehen, Lucie!« Eine Schwester schaute aus einem Fenster im Obergeschoß, und die andere erschien auf der vorderen Veranda. Beide winkten. »Auf Wiedersehen, auf Wiedersehen!« Mama bekam noch einen Kuß, und glücklich sprangen die Jungen ins Boot.

Kofi, der große Sklave, der auf dem Boot das Sagen hatte, half Großvater einzusteigen und sich in den Sessel zu setzen. Als letzter ging Apollo an Bord, und dann konnten sie endlich abfahren.

Eine Stunde später fand Etienne, daß so eine Reise doch recht lange dauere. »Sind wir bald da?« fragte er Remi. »Nein, noch lange nicht«, antwortete der. »Großpapa, wie lange dauert es noch, bis wir in Nieuw Amsterdam sind?«

»Noch mindestens zwei Stunden, Junge.«

»Aber wir fahren doch nach Paramaribo? Warum müssen wir dann erst nach Nieuw Amsterdam?« wollte Etienne wissen.

»Ja, Großpapa, können wir nicht gleich nach Paramaribo fahren?« fragte auch Remi.

»Nein, das geht nicht. Seht mal, unsere Plantage liegt am Commewijne, und wir sind bei Ebbe weggefahren, weil wir zur Flußmündung müssen«, erklärte Großpapa. »In Nieuw Amsterdam halten wir, um auf die Flut zu warten, und dann fahren wir mit ihr nach Paramaribo. Wer in Surinam reisen will, muß immer auf die Gezeiten achten, so ist das nun mal. Jetzt seid nicht ungeduldig, setzt euch hin und eßt was.«

Während die Jungen eine Apfelsine aßen, stopfte Apollo die Pfeife des Masra.

»Und wenn du nach Merodia fährst, fährst du dann bei Ebbe oder Flut?« fragte Remi.

»Von der Stadt aus können wir nur bei Flut nach Merodia fahren, weil Merodia flußaufwärts am Surinam liegt«, erklärte Großpapa.

»Heißt Merodia so, weil Onkel Louis De Mérode heißt?« erkundigte sich Remi.

»Ja, Junge, so ist es«, antwortete Jean Couderc.

»Aber unsere Plantage ist nicht nach unserem Namen benannt, nicht, Großpapa?« fragte Remi weiter.

»Nein, unsere Plantage ist nach einem Ort in Frankreich benannt, der La Rochelle heißt«, erklärte sein Großvater.

»Kommst du denn aus diesem Ort?« wollte Etienne wissen.

»Aber nein, Junge, ich bin schon hier geboren und meine Eltern auch, aber die Familie meiner Großmutter kam aus La Rochelle. Mein Großvater hat unsere Plantage gegründet, als er und meine Großmutter gerade verheiratet waren, und um seiner jungen Frau eine Freude zu machen, nannte er den Besitz nach dem Ort, aus dem ihre Familie stammte, nur machte er Ma Rochelle daraus. Meine Familie stammte aus einem anderen Ort in Frankreich, aus Bergerac.«

Remi fand das alles äußerst interessant; er wußte, daß seine Vorfahren einst aus Frankreich hierhergekommen waren, und Mama und Großpapa unterhielten sich manchmal auch auf französisch.

»Aber Großpapa«, fragte er, »warum sind sie überhaupt aus Frankreich weggegangen?«

»Ja, Großpapa, warum sind sie weggegangen?« echote Etienne.

»Das ist eine lange Geschichte, Kinder. Sie gingen weg, weil sie nicht katholisch sein wollten. Setzt euch hierher, dann erzähle ich es euch.« Und mit seinem jüngsten Enkel auf dem Schoß und dem anderen an seiner Seite erzählte Jean Couderc von den französischen Hugenotten, die durch die Aufhebung des Edikts von Nantes im Jahre 1685 aus ihrem Land vertrieben worden und über die Niederlande nach Surinam gekommen waren.

»Am Anfang heirateten sie vorzugsweise untereinander, die Coudercs, Planteaus, De Mérodes, Du Peijrons,

Pichots, Gabions und De Labadies. Alles Franzosen, deshalb gibt es hier auch so viele Plantagen mit französischen Namen«, erklärte Jean.

»Kannten sie Surinam denn?« fragte Remi.

»Bevor sie hierherkamen, kannten sie das Land natürlich nicht«, antwortete Jean.

Remi dachte einen Augenblick nach. Dann sagte er: »Aber Großpapa, wenn sie es nicht kannten, warum kamen sie dann hierher? Warum gingen sie nicht in ein anderes Land?«

»Tja, warum? Ich nehme an, daß sie in Holland von Surinam hörten, und damals wurden viele Geschichten über den Reichtum hier erzählt. Seit der Entdeckung Amerikas heißt es, daß hier irgendwo das reiche Goldland liegen muß, das Eldorado, in dem man das Gold nur aufzusammeln braucht.«

»Gold? Wo kann man Gold aufsammeln?« fragte Etienne, und Remi rief: »Im Wald natürlich, du Dummerchen! Haben sie viel Gold gefunden?«

Großvater lachte. »Ach, diese Geschichten über Eldorado und Gold darf man natürlich nicht wörtlich nehmen; sicher kann man Gold finden, auch hier in Surinam, aber ich denke, der wirkliche Reichtum ist die Fruchtbarkeit des Bodens.«

»Kennst du jemanden, der Gold gefunden hat?« wollte Remi wissen.

»Um Gold zu finden, müßte man wahrscheinlich tief ins Landesinnere gehen, und das macht niemand«, sagte Jean.

»Nur die Buschneger, nicht, Großpapa?« sagte Etienne. »Vielleicht finden die ja Gold und wollen deshalb nicht mehr auf den Plantagen arbeiten.«

24

Remi sah seinen Großvater von der Seite an und fragte: »Willst du nach Frankreich zurückgehen?«

»Zurückgehen? Ich kenne Frankreich doch gar nicht, mein Junge«, antwortete Jean Couderc nachdenklich. »Ich bin hier geboren und aufgewachsen. Dieses Land ist gut zu uns gewesen. Ich habe mein Eldorado gefunden. Und nicht nur ich; für all unsere Leute war und ist dies das Eldorado.«

Etienne hörte seinem Großvater schon nicht mehr zu. »Schau mal, Großpapa, schau doch, ein Boot mit Fahnen!« rief er begeistert. »Wem gehört das?«

Tatsächlich wurden sie gerade von einem kleinen Boot mit zwei Fahnen überholt. Da es von zehn Männern gerudert wurde, fuhr es viel schneller als das von Ma Rochelle, in dem nur sechs Ruderer saßen. Auf beiden Booten winkte man und rief sich etwas zu.

»Das ist das Boot vom Sekretär des Gouverneurs«, antwortete Jean Couderc.

»Ich wünschte, wir würden auch so schnell fahren«, seufzte Etienne.

»Noch einen Augenblick, dann sind wir in Nieuw Amsterdam, und du kannst aussteigen und dir die Beine vertreten«, antwortete sein Großvater, und zu Apollo sagte er: »Boy, meine Pfeife.«

Apollo nahm die Pfeife und klopfte sie schnell aus.

Sie kamen jetzt an einer Plantage vorbei, und die Jungen schauten interessiert zum Ufer, wo eine Menge Leute standen und mit Taschentüchern winkten.

Währenddessen rauchte Jean Couderc gedankenversunken seine Pfeife. Eldorado? Ja, in vielerlei Hinsicht hatten die französischen Familien in diesem Land ein Eldorado gefunden. Seine Großeltern waren vor siebzig

Jahren sehr reich gewesen, und auch andere Plantagen-besitzer lebten damals in großem Luxus. Dann war es mit der Kolonie bergab gegangen, und manche Familien hatten ihre Plantagen verloren. Die Couderks zum Glück nicht, ihnen ging es noch immer sehr gut, auch wenn sie weniger besaßen als früher. Die Zuckerplantage Ma Rochelle gehörte ihnen, und am Orleanecreek hatten sie noch die kleine Kaffeeplantage Mon Repos; außerdem besaßen sie durch allerlei Erbschaften bedeutende Anteile an der Plantage Le Rossignol in der Nähe von Paramaribo, an der Steinfabrik Appecappe und an der Holzplantage Bois Jolie am oberen Commewijne. Die Familie würde dadurch sicher noch lange Zeit ein gutes Auskommen haben.

Traurig nur, daß sein einziger Sohn Etienne vor sechs Jahren gestorben war. Sein tüchtiger Sohn, erst fünfunddreißig Jahre alt. Plötzlich war er krank geworden, und drei Tage später war er tot. Etiennes Familie blieb in der Obhut seines Vaters zurück, der inzwischen selbst schon zehn Jahre Witwer war. Jean Couderc litt noch immer darunter. Warum mußte sein Sohn so früh sterben? Damals hatte er immer wieder gedacht, wieviel besser es gewesen wäre, wenn er gestorben wäre und nicht sein Sohn, der noch so eine junge Familie hatte, vier Kinder, von denen das älteste gerade zwölf war, und die Frau mit dem fünften schwanger. Als der Junge fünf Monate später auf die Welt kam, erhielt er den Namen seines verstorbenen Vaters und wurde Jeans Liebling. Vorher war das Francine, die Älteste, gewesen.

Ja, er hatte den Jungen zwar erzählt, das Land sei gut zu ihnen gewesen, und in materieller Hinsicht stimmte das auch, aber sie hatten auch viel Kummer erlebt. Marie

Pichot, seine fünf Jahre ältere Frau, war zehn Jahre tot. In den ersten sechs Jahren nach ihrer Heirat starben zwei der drei Kinder aus Maries erster Ehe und ihre gemeinsame neugeborene Tochter. Dann bekamen sie Etienne und Pauline, die zum Glück am Leben blieben, und danach brachte Marie noch zwei Kinder zur Welt, die nicht mal einen Monat alt wurden. Jetzt hatte er nur noch Pauline, die sich mit ihrem Mann die meiste Zeit auf einer ihrer Plantagen am Cottica aufhielt, und Etiennes Familie, die zum Glück bei ihm auf Ma Rochelle lebte.

Seine älteste Enkelin, die jetzt neunzehn war, war inzwischen standesgemäß verheiratet und wohnte in Paramaribo. Ihr Mann, Pieter Hogenbosch, war ein bedeutender Gouvernementsbeamter, der vor gut zwei Jahren nach Surinam gekommen war. Von Bekannten in den Niederlanden hatte er Namen und Adresse der Coudercs erhalten. Gastfreundlich hatte ihm die Familie in dem großen Haus in der Gravenstraat Unterkunft angeboten. Acht Monate später war er mit der ältesten Enkelin verheiratet, und seit einem halben Jahr war Francine Mutter.

Jean Couderc fühlte kurz in seine Tasche; darin lag die silberne Rassel, die er extra für sein erstes Urenkelkind aus den Niederlanden hatte kommen lassen. Schon lange bevor das Kind geboren war, hatte er das Geschenk bestellt. Es war doch auch so nett von Pieter gewesen, daß er damit einverstanden war, das Kind nach ihm, dem Urgroßvater, und der verstorbenen Urgroßmutter Jeane-Marie zu nennen.

Eigentlich war es schön, daß Francine mit einem Holländer verheiratet war; es war gut, daß frisches Blut in all die alten französischen Familien kam. Nicht, daß das sonst nicht geschah, nur war das meistens Negerblut, und davon war er nun mal kein Freund. Zum Glück war das bei den Couderçs nicht der Fall, doch in vielen französischen Familien gab es schon zahlreiche Farbige, die die alten französischen Namen trugen. Selbst bei den De Mérodes gab es inzwischen ein farbiges Kind, denn sein Neffe Gaston de Mérode und seine Frau hatten das Kind, das ihr Sohn Jacques mit einer Mulattin gezeugt hatte, bei sich aufgenommen und behandelten es, als wäre es ihr eigenes. Bei den Planteaus, der Familie seiner Schwiegertochter, gab es sehr viele Farbige. Ein Großonkel, ein Onkel und ein Bruder von Constance hatten Kinder von Sklavinnen bekommen, und sie hatten all diese Mulattenkinder freigekauft und ihnen den Namen Planteau gegeben.

Den Couderçs war es gelungen, den Familiennamen weiß zu halten. Es gab natürlich schon Mulatten und sogar Karboeger* mit Couderç-Blut, denn sein Großvater, sein Vater und mehrere Onkel hatten in der Vergangenheit zahlreiche Liebschaften mit Sklavinnen gehabt, und auch er selbst verschmähte eine junge Schwarze nicht. Aber sie waren nicht so dumm, die Folgen als ihre Kinder zu betrachten. Ja, Francine hatte in jeder Hinsicht eine gute Partie gemacht, nur den Mann selbst fand er weniger nett.

»Ich kann Nieuw Amsterdam schon sehen«, rief Remi aufgeregt.

Kofi nickte. »Ja, Masra, das ist Nieuw Amsterdam.«

---

* Kind eines schwarzen und eines Mulatten-Elternteils oder auch eines schwarzen und eines indianischen Elternteils.

An Land machte Jean Couderc mit seinen Enkeln einen kleinen Spaziergang. Die Soldaten, die Wache hielten, hatten nichts dagegen; sie alle kannten Masra Couderc gut. Nach zwei Stunden ging die Reise weiter, und ein paar Stunden später legte das Boot an der Platte Brug an. Masra Couderc nahm eine Mietkutsche und fuhr mit seinen Enkeln zum Haus der Hogenboschs in der Gravenstraat. Apollo kam mit einer Schubkarre mit dem Gepäck hinterher.

Merodia, April 1845

JEAN COUDERC

Vier Wochen später fuhr Jean Couderc allein von Paramaribo nach Merodia, der Plantage der De Mérodes, auf der sein Neffe Louis de Mérode jetzt das Zepter schwang. Das heißt in Wirklichkeit schwang er überhaupt nichts, und das war auch der Grund, warum Jean Couderc zu ihm fuhr. Der Plantage ging es gar nicht gut, Louis genoß das Leben und tat nicht viel anderes, als sich auf Festen zu vergnügen, Würfel zu spielen, eine Menge Geld zu verlieren und die Plantage zu verschulden. Louis' Eltern wohnten in der Stadt, da sein Vater nach einem Reitunfall bettlägerig war. Henri, der älteste Sohn der Familie, hatte überhaupt keinen Einfluß auf seinen jüngeren Bruder, der stets Besserung gelobte, jedoch keine Taten folgen ließ.
Jetzt hatten die De Mérodes Jean Couderc gebeten, der Plantage einen Besuch abzustatten und zu versuchen, ob er seinen Neffen vielleicht positiv beeinflussen konnte.

Jean zweifelte zwar am Erfolg seiner Mission, doch er wollte seinen Verwandten gerne einen Gefallen tun, und so fuhr er für eine Woche nach Merodia.

Im Boot dachte er an seinen Aufenthalt in der Stadt zurück. Die Jungen amüsierten sich dort prächtig, sie hatten Gleichaltrige zum Spielen und wurden überall zu Kinderfesten eingeladen. Letzteres hatte vor zehn Tagen noch für einige Auseinandersetzungen gesorgt, weil die Jungen zum Ball von Jeanette de Mérode, der sechsjährigen Enkelin seines Cousins Gaston de Mérode eingeladen worden waren. Francine hatte entschieden, daß die Jungen nicht dorthin gehen durften, denn Jeanette war ein Mischling, und mit solchen Leuten pflegten sie keinen Umgang. Die Jungen waren sehr enttäuscht gewesen, und Remi hatte gerufen: »Aber Großpapa ist damit einverstanden.« Das stimmte. Jean Couderc begriff nicht, warum Francine etwas dagegen hatte. Schließlich gingen sie zu ihrem Großonkel und ihrer Großtante. Gaston und seine Frau Anne waren nicht nur Familie, sondern auch sehr gute Freunde. Und obwohl Jean Couderc die Art, wie sein Cousin und dessen Frau mit ihrer farbigen Enkelin prahlten, auch nicht guthieß, wollte er sie nicht vor den Kopf stoßen. Sie hatten das Kind ihres Sohnes mit einer Sklavin bei sich aufgenommen und behandelten es wie ihr eigenes. Seltsam, daß Francine ihm so entgegentrat.

Überall, wo Jean in Paramaribo hinkam, wurde über den Gouverneur Jean Elias gesprochen, der erst vor drei Jahren in die Kolonie gekommen war und Surinam demnächst schon wieder verlassen würde, da man ihn auf eigenen Wunsch ehrenvoll entlassen hatte. Die Pflanzer waren gewiß nicht traurig darüber, daß Elias so schnell wieder ging, denn er wollte allerlei Maßnahmen zum Schutz der Sklaven einführen. Lächerliche Maßnahmen, wie die Pflanzer fanden, man merkte, daß der Gouverneur ein richtiger Stubengelehrter war. Er wußte offenbar nichts über den schwierigen Umgang mit frechen Sklaven. Und die Frauen flüsterten sich zu, was ohnehin schon allgemein bekannt war: Gouverneur Jean Elias hatte sich in eine Sklavin verliebt, eine hübsche, junge Mulattin, die im Gouverneurspalast arbeitete. Richtig verliebt, ja, ja, es hatte ihn mächtig erwischt. Er hatte das Mädchen sofort freigekauft und in einem kleinen Haus in der Hogestraat untergebracht. Jetzt erwartete sie ein Kind von ihm, und vor seinem Weggang hatte der Gouverneur auch noch ihre Mutter freigekauft. All diese Maßnahmen zum Schutz der Sklaven erfolgten also aus reinem Eigeninteresse.

Im übrigen sprachen alle über die Abschaffung der Sklaverei. Die sah Jean allerdings noch nicht so schnell kommen, denn wie sollten die Plantagen arbeiten und produzieren, wenn die Sklaverei abgeschafft wurde? Es ging doch jetzt schon so schlecht in der Kolonie. Jeder konnte mindestens ein Beispiel für die traurige Finanzlage des Landes nennen.

»Das Land ist einfach bankrott«, sagte Pieter, Francines Mann, wenn die Situation Surinams zur Sprache kam. »Die Niederlande geben sich alle Mühe, diesen Verlustposten irgendwie loszuwerden.«

Jean fand das gewiß keinen erfreulichen Gedanken. Man stelle sich vor, die Niederlande hätten tatsächlich so etwas vor? Aber Surinam war nun einmal eine Kolonie, und wenn es keinen Gewinn zu holen gab, wurde es schwierig. Die Pflanzer merkten immer wieder, daß die

Niederlande nur Geld geben wollten, wenn die Parlamentsmitglieder der Meinung waren, daß damit Profit zu machen war. Aber wie sollten die Plantagen Gewinne erzielen, wenn es keine Sklaven gab, die für sie arbeiteten? Es war jetzt schon entsetzlich schwer, auf allen Plantagen mangelte es an Arbeitskräften. Diese verdammten Engländer aber auch, denn sie hatten in der Zeit, als sie die Kolonie verwalteten, weil die Niederlande in Napoleons Hände gefallen waren, die Idee aufgebracht, den Sklavenhandel abzuschaffen. Da konnte man ja gleich alle Plantagen schließen. Und Plantagen mußte es doch geben für den Zucker, den Kaffee und die Baumwolle, all das, was man in Europa brauchte? Deshalb glaubte er die Geschichte von der Abschaffung eigentlich auch nicht. Das Parlament in den Niederlanden würde sicher nicht so dumm sein. Auf jeden Fall würde es noch eine Weile dauern. Es ging einfach nicht, und die Sklaven hatten es doch gut? Sie hatten es hier besser als viele Arme in Europa, wo Kinder für ein Stück Brot mehr als zwölf Stunden in einer stickigen Fabrik arbeiten mußten. Nein, Jean wußte, daß die Parlamentsmitglieder in Holland es vorläufig beim Reden belassen würden.

Jean Couderc blickte auf die Ruderer und seinen Laufburschen Apollo, der eingenickt war. Man stelle sich vor, der Junge würde demnächst frei sein und für sich selbst sorgen und entscheiden müssen, was er mit seinem Leben anfing. Das konnte so ein Junge doch überhaupt nicht! Nein, Schwarze mußten einfach Sklaven bleiben und auf den Plantagen arbeiten. Die Weißen würden dann schon für sie sorgen. Das war doch das beste.

Trotzdem war in den englischen Kolonien die Sklaverei bereits abgeschafft worden, und in den französischen schien es bald auch soweit zu sein. Alle sagten, daß es Demerara und den anderen britischen Kolonien jetzt viel schlechter gehe, weil die Freigelassenen nicht mehr auf den Plantagen arbeiten wollten. Im Süden Nordamerikas war davon zum Glück noch nicht die Rede, und in den Niederlanden würde man sich wohl danach richten.

Am nächsten Tag hieß Louis de Mérode seinen Onkel Jean Couderc auf Merodia herzlich willkommen. Außer Onkel Jean waren noch zwei Herren auf der Plantage zu Gast. Einer von ihnen war Wiersma, der Direktor der Plantage Blijenslust, die ein paar Stunden von Merodia entfernt lag, und der andere Mc Donald, ein schottischer Freund von Louis, der aus Demerara angereist war und ein paar Tage bei ihm wohnte. Jean fragte sich, ob er wohl Gelegenheit bekommen würde, in Ruhe mit seinem jungen Neffen zu reden.

Nach dem Abendessen saßen die Herren noch eine ganze Weile gemütlich zusammen und unterhielten sich, hauptsächlich über das Für und Wider der Abschaffung der Sklaverei. Später am Abend schlug Louis vor, eine Runde Karten zu spielen. Jean lehnte dankend ab, er wollte das eigentlich nicht, doch als er hörte, daß nicht um Geld, sondern nur zum Vergnügen gespielt werden sollte, ließ er sich zum Mitmachen überreden.

Als die Herren zwei Tage später einen Rundgang über die Plantage machten, bemerkte Jean, wie heruntergekommen sie war. Zu ihrer Instandhaltung wurde offensichtlich nicht viel getan; die Kanäle waren zugewachsen, die Gebäude verfallen. Doch er konnte nichts dazu sagen, denn sein Neffe erzählte seinem Freund Mc Donald gerade einen Witz, und beide Herren schüttelten sich vor Lachen.

Einige Tage später machte Jean allein einen Spaziergang. Er sah, daß die Schleusen kaputt und die Sklavenhütten abgesackt waren und daß der Gemüsegarten und die Felder, die den Eigenbedarf decken sollten, dringend gejätet werden mußten. Er sprach den Aufseher darauf an, doch der hatte keine Lust, sich mit einem Fremden über die Plantage zu unterhalten.

An Jeans letztem Abend wurde wieder Karten gespielt. Da Direktor Wiersma schon abgereist war, wurde der weiße Aufseher gebeten, als vierter Mann einzuspringen. Zuerst ging es auch wieder nur ums Vergnügen, nach einer Weile fand Louis jedoch, daß Geld eingesetzt werden müßte, und um kein Spielverderber zu sein, machte Jean mit.

Er gewann, Louis verlor. Jean wollte aufhören, doch sein Neffe bestand darauf weiterzuspielen, damit er eine Chance bekam, seinen Verlust auszugleichen. Ein paar Stunden später legte Jean endgültig die Karten aus der Hand; Louis stand schon mit zweihundert Gulden bei ihm in der Kreide. Geld wollte er jedoch keines.

»Ach, laß nur«, sagte er zu seinem Neffen, »ich habe nur zum Vergnügen gespielt.«

Aber das fand Louis nicht richtig.

»Nein, Onkel, eine Spielschuld ist eine Ehrenschuld«, sagte er. »Ich habe im Augenblick zwar kein Geld, aber ich gebe dir etwas im selben Wert, vielleicht sogar noch etwas Wertvolleres.«

»Und was ist das?« fragte sein Onkel erstaunt.

»Eine Sklavin, Onkel, du bekommst eine Sklavin von mir«, antwortete Louis und lachte glucksend, denn er hatte ziemlich viel getrunken.

»Das scheint mir keine gute Idee«, meinte Jean. »Ich konnte mich nicht in Ruhe mit dir unterhalten, Louis, aber du brauchst jede Arbeitskraft, denn die Plantage sieht nicht allzu gut aus.«

»Ach, Onkel, mal doch nicht alles so schwarz«, sagte Louis fröhlich, »auf Merodia läuft alles bestens. Und du tust mir einen Gefallen, wenn du die Sklavin mitnimmst. Ich habe sie selbst von ein paar Offizieren gewonnen. Auf der Plantage, auf der sie vorher war, wurde sie der Giftmischerei beschuldigt. Hier hat sie auf dem Feld gearbeitet, aber viel versteht sie nicht davon, und einmal hat sie sogar versucht wegzulaufen. Also nimm sie mit. Dann habe ich meine Spielschuld beglichen und bin sie mit Anstand los. Hier müssen wir sie immer im Auge behalten; auf einer reibungslos funktionierenden Plantage wie Ma Rochelle ist sie viel besser zu überwachen.«

Da es schon weit nach Mitternacht war, sagte Jean nichts mehr. Wahrscheinlich würde Louis den ganzen Vorfall am nächsten Tag vergessen haben.

Doch als die Herren am anderen Morgen ans Ufer kamen, stand dort ein etwa fünfzehnjähriges Mädchen mit auf dem Rücken gefesselten Händen. Sie bekam den Befehl, sich ins Boot zu setzen und zu tun, was ihr der »Bigi Masra« sagte. Jean Couderc begann die Rückreise in dem Bewußtsein, daß er nichts hatte tun können, um seinen jungen Neffen positiv zu beeinflussen. Und jetzt habe ich ganz unverhofft auch noch eine Sklavin am Hals, eine Giftmischerin, dachte er. Wer weiß, was für Schwierigkeiten das noch bringen würde.

Ma Rochelle, Mai 1845

Ngimba

Drei Wochen später fuhr das Zeltboot von Paramaribo wieder nach Ma Rochelle zurück. Ngimba saß mit im Boot. Mit zusammengebundenen Händen und an einem Strick war sie vom Haus in der Gravenstraat bis zur Anlegestelle hinter Apollo hergelaufen. Drei Wochen lang hatte sie tagsüber vor einer der Sklavenhütten gesessen, immer mit der Eisenkugel an ihrem Fuß. Niemand hatte ihr viel Beachtung geschenkt; sie bekam Essen, und ab und zu mußte sie ein wenig arbeiten, im Gemüsegarten Unkraut jäten etwa oder Brennholz hacken. Die ganze Zeit hatte sich Ngimba gefragt, ob sie wohl hierbleiben würde. Sie wußte, daß sie jetzt in der Stadt war, und die Stadt war besser als eine Plantage, das hatte sie immer sagen hören. Wenn sie gekonnt hätte, wäre sie weggelaufen, aber das war aussichtslos, solange diese Kugel an ihrem Fußgelenk befestigt war. Da keiner der anderen Schwarzen mit so einer Eisenkugel herumlief, hatte sie eigentlich gehofft, daß sie schnell von diesem Gewicht befreit werden würde.

Nachts schlief sie in einer Hütte bei zwei alten Frauen. Eine von ihnen, die von allen Dada genannt wurde, unterhielt sich nach einer Woche mit ihr. Als Dada merkte, daß Ngimbas Knöchel dort, wo die Kette immer über die Haut scheuerte, wund wurde und sich entzündete, hatte sie den Kutscher gerufen und ihm befohlen, die Kette abzumachen. Der Kutscher war nach einer Weile mit einem Schlüssel zurückgekommen und hatte die

Eisenkugel von ihrem Bein gelöst, um sie gleich darauf an ihrem anderen Fußgelenk zu befestigen. Dada hatte empört gefragt, warum er das mache, und er hatte geantwortet: »Der Masra will es so.« Die alte Frau hatte noch ein wenig geschimpft und Ngimba gefragt: »Du hast doch nicht vor wegzulaufen?« Das Mädchen hatte den Kopf geschüttelt. Aber die Kette und die Kugel waren geblieben, und Dada hatte eine Salbe auf den aufgeschürften Knöchel geschmiert.

Gestern abend hatte Dada gesagt: »Morgen fahrt ihr zur Plantage«, und heute morgen hatte der Kutscher die Kette abgemacht, ihre Hände zusammengebunden und den Strick Apollo gegeben. Und jetzt saß sie also wieder in einem Boot.

Ngimba wußte nicht, wo sie hinfuhr. Das war ihr im Augenblick auch ziemlich egal, denn sie fühlte sich nicht gut. Das ging schon eine Weile so, und durch das Schaukeln des Bootes war es heute besonders schlimm. Plötzlich mußte sie sich übergeben. Sie ließ ihren Kopf über Bord hängen, und Apollo rückte hastig ein Stück von ihr weg. Als es vorbei war, sah sie, daß die beiden kleinen Masras sie angewidert ansahen, und der Ältere der beiden rief ganz laut: »Bah.«

JEAN COUDERC

Zwei Wochen später saß Jean Couderc auf seiner Veranda. Von weitem sah er Derks, seinen weißen Aufseher, auf das Haus zukommen. Derks war noch nicht lange in der Kolonie. Er war vor einem halben Jahr als Soldat hierhergekommen und hatte gleich bei seiner ersten Expedition ins Landesinnere einen schlimmen Unfall gehabt. Durch eine Schußwunde hatte er den halben Fuß verloren. Jetzt war er ein Krüppel, und da er nicht mehr Soldat sein konnte, hatte er sich eine andere Arbeit suchen müssen. Jean Couderc hatte ihn eigentlich eher aus Mitleid als aus Notwendigkeit eingestellt. Später erwies es sich als glückliche Fügung, denn kurz darauf ging sein früherer Aufseher weg, weil er auf einer kleinen Plantage Direktor werden konnte. Und Derks gab sich wirklich alle Mühe, er lernte viel von seinem Chef, der sehr zufrieden mit ihm war, und arbeitete fleißig.

Jetzt sah Derks müde aus. Gestern war Mahltag gewesen, und sie hatten vierundzwanzig Stunden hintereinander gearbeitet, um zwei Gezeiten zu nutzen. Ma Rochelle war eine Zuckerplantage, die noch ganz nach dem alten System arbeitete: Mit einer Wassermühle, die das Rad drehte, mit dem das Rohr gepreßt wurde. Alle sechs Wochen bei Springflut war Mahltag, und es war ganz normal, daß man dann die ganze Nacht durcharbeitete. Auf Ma Rochelle bekamen die Sklaven nach dem Mahltag immer zwei Tage frei, um sich auszuruhen, und danach durften sie noch drei Tage auf ihrem eigenen Stück Land arbeiten.

»Masra, wir haben zweiundsiebzig Oxhofte Ertrag«, berichtete Derks.

»Zweiundsiebzig? Das sind acht zu wenig, Derks, du weißt, daß wir gut achtzig haben könnten«, sagte Couderc.

»Ich weiß, Masra, aber der Mangel an Arbeitskräften macht sich bemerkbar«, antwortete Derks müde. »Letztes Mal hatten wir neunzig, wissen Sie noch?«

»Na ja«, meinte Couderc, »es wird schon gehen, wir können auch nicht immer das Maximum erwarten.«

»Haben Sie die Papiere schon fertig, Masra?«

»Ja, komm doch eben mit in mein Büro.«

»Ich muß auch noch zwei Tote melden«, sagte Derks, als sie im Büro standen. »Kwaku ist Montag gestorben und gestern Sarah.«

»Kwaku war schon alt und kränklich, aber Sarah? Was fehlte ihr denn? Sie war doch eine kräftige Frau, noch keine Dreißig, soweit ich mich erinnere«, sagte Couderc.

»Tja, sie bekam ganz plötzlich Fieber, und drei Tage später war sie tot«, erzählte Derks.

»Schade, schade, sie hätte noch eine Reihe Kinder bekommen sollen«, seufzte Couderc, »wir haben immer zuwenig Sklaven.«

»Ich habe aber auch eine angenehme Überraschung für Sie, Masra. Ihre Neuerwerbung, diese Giftmischerin, die Sie neulich aus der Stadt mitgebracht haben, scheint schwanger zu sein.«

»Ach ja? Das ist wirklich schön. Jetzt, wo du das Mädchen erwähnst, fällt mir ein, daß ich sie noch gar nicht registriert habe. Das werde ich gleich machen.« Jean holte das Sklavenregister hervor. »Ach herrje«, sagte er dann mit der Feder in der Hand, »wir wissen ja gar nicht, wie sie heißt.«

»Geben Sie ihr doch einfach irgendeinen Namen, Masra, was macht das schon.«

»Nein, nein, Derks, das geht nicht, das Mädchen hat schließlich schon einen Namen.«

»Na und? Dann bekommt sie eben einen anderen«, meinte Derks.

»Das geht nicht so einfach, junger Mann. Bei uns wäre so etwas möglich, aber bei den Schwarzen nicht.«

»Müssen wir auf diese Leute etwa Rücksicht nehmen?«
fragte Derks erstaunt.

»Wenn ich irgendwie kann, schon. Warum auch nicht?
Es kostet doch nichts?« sagte Couderc, während er
seinen weißen Aufseher musterte. »Sieh mal, Derks, du
machst deine Sache hier wirklich gut, aber du mußt
noch eine Menge lernen. Bei den Schwarzen bedeutet
ein Name sehr viel. Ein Schwarzer glaubt, daß er einen
Kra hat, einen Geist, und den darf er nicht erzürnen,
weil ihn der Kra sonst verläßt; und wenn ein Schwarzer
plötzlich einen anderen Namen bekommt, verwirrt sich
sein Kra, und dann verläßt er ihn vielleicht auch. Also
finde heraus, wie das Mädchen heißt.«

»Abergläubisches Geschwätz«, brummte Derks, als er
eine Stunde später zu seiner Wohnung ging. Seiner Meinung nach waren viele Surinamer noch abergläubischer
als die Schwarzen.

»Wie heißt das Mädchen?« fragte er am nächsten Tag
Akuba, die Kinderfrau, und zeigte auf Ngimba, die im
Schatten eines Baumes saß.

»Ngimba.«

»Gimba«, wiederholte Derks.

»Nein, Ngimba«, rief Akuba mit Nachdruck auf dem N.

»Ja, ja, schon gut«, sagte Derks, während er davonging.
Er hatte bestimmt nicht vor, sich die Zunge mit diesen
seltsamen Negerlauten zu verrenken.

»Ihre neue Sklavin heißt Gimba«, sagte er nachmittags zu Masra Couderc, und der schrieb in das Sklavenregister unter die Rubrik »Weiber«: Gimba, und in
Klammern dahinter: gewonnen auf Merodia. Giftmischerin?

40

2. KAPITEL

Ma Rochelle, Dezember 1845

JEAN COUDERC

»Derks, ist das nicht die Neue, die schwanger war?«
fragte Jean seinen Aufseher.
Derks drehte sich um und sah gerade noch, wie eine
Frauengestalt hinter dem Lager verschwand.
»Ja, ich glaube schon«, antwortete er.
»Wie geht es dem Kind?« erkundigte sich Couderc.
»Das ist noch nicht da, aber es müßte jetzt bald kom-
men«, sagte Derks.
Die beiden Herren standen am Anleger und sahen zu,
wie das Zeltboot beladen wurde.
»Apollo, beeil dich, geh zum Haus und hol die Koffer
der Misis«, sagte der Masra zu dem Laufburschen, der
faul an einem Baum lehnte.
Wie jedes Jahr im Dezember fuhr die ganze Familie zu
den Neujahrsfeiern für einige Wochen in die Stadt.
»Was müßte bald kommen?« fragte Constance, die ge-
rade ankam und die Worte des Aufsehers gehört hatte.
»Das Kind der neuen Sklavin, die der Masra von Merodia mitgebracht hat«, antwortete Derks.
»Sorg dafür, daß sich das Mädchen nach der Geburt
ein bißchen ausruhen kann«, sagte Jean Couderc. »Der
Milchfluß muß richtig in Gang kommen, dann wird es

ein kräftiges, gesundes Kind. Hoffentlich ist es ein Junge. Na ja, das sehen wir dann schon, wenn wir in drei Wochen zurück sind.«

»Ja, Masra. Obwohl sie bis jetzt auch nicht viel getan hat. Einmal hat sie versucht wegzulaufen, deshalb trug sie zur Sicherheit immer eine Eisenkette ums Fußgelenk, und das in ihrem Zustand«, sagte Derks, während er sich mit einem großen, roten Taschentuch den Nacken abwischte.

Marguerite und Lucie kamen jetzt auch nach draußen, gefolgt von der Haussklavin Gracia, die einen großen Korb auf dem Kopf trug. Remi und Etienne saßen schon im Boot.

»Auf Wiedersehen, Derks, auf Wiedersehen, auf Wiedersehen«, riefen die Jungen, als sie ablegten.

Derks winkte. Wie traurig er aussieht, dachte Jean, während sich das Boot langsam vom Ufer entfernte. Ach, es war natürlich schon einsam für ihn. Die Jungen hatten ihm zugewinkt, die Mädchen nicht. Kein Wunder, dachte Jean. Derks war weiß, aber er war ein armer Soldat, und wer arm war, zählte für reiche Pflanzerstöchter nicht.

Ngimba

Nachts hatte sie kaum schlafen können. Immer wieder hatte sie einen Krampf im Unterleib gespürt; zuerst waren die Pausen dazwischen lang, dann kamen die Krämpfe jedoch in immer kürzeren Abständen. Ngimba wußte, was das bedeutete: Jetzt würde das Kind kommen.

Sie wollte das Kind nicht. All die Monate hatte sie zu ignorieren versucht, daß ein neues Leben in ihr wuchs. Sie hatte lange überlegt, was sie tun sollte. Sie würde das Kind töten. Sobald es aus ihrem Körper kam, würde sie es töten. Sie mußte nur dafür sorgen, daß keine der anderen Frauen in der Nähe war, denn vor allem die Kinderfrau machte sich Sorgen um sie.

Jetzt war es Morgen; sie hatte sich nichts anmerken lassen und war wie immer aufgestanden. Sie hatte überlegt, daß es am besten sei, wenn sie hinter das Lager am Kanal ging, dann konnte sie das Kind heimlich in den Fluß werfen.

Wieder spürte sie heftige Stiche im Unterleib; sie unterdrückte einen Schrei und legte sich mit gespreizten Beinen auf den Boden. Sie fühlte, daß sie pressen mußte, und so tat sie es. Wenn nur diese schrecklichen Schmerzen endlich aufhörten. Der Schweiß stand ihr auf der Stirn, Tränen liefen über ihre Wangen, aber sie gab keinen Laut von sich, und auch als sie immer müder wurde, preßte sie weiter. Plötzlich war es vorbei, und sie sah das Kind zwischen ihren Beinen liegen. Sie schaute es an; es bewegte sich heftig und fing sofort an zu schreien.

Was für ein Monster, dachte Ngimba, ein rotes Monster. Das Kind schrie aus vollem Hals. Das verzerrte rosa Gesicht erinnerte Ngimba an das Grinsen des Soldaten, der sie mißbraucht hatte. Oh, wie sie dieses Kind haßte, was für ein verfluchtes Monster, von der weißen Bestie in ihren Körper gestampft. Ngimba wollte das Kind aufheben, um es ins Wasser zu werfen, doch irgend etwas hielt sie zurück; sie konnte es nicht.

Langsam stand sie auf. Sie würde es einfach liegenlassen, wenn die Flut kam, würde es schon ertrinken. Wenn es nur aufhören würde zu schreien.

Plötzlich erklangen Stimmen hinter ihr. Sie drehte sich um und sah den Basya. Hinter ihm kamen Akuba, die Köchin, und Sylvia, die Haussklavin der Misis, mit viel Geschrei angerannt. Ngimba wollte weggehen, doch der Basya hielt sie fest.

Inzwischen hatten auch die Frauen das Lager erreicht. Akuba hob das Kind auf, gab es Sylvia und machte irgend etwas mit der Nabelschnur. Ngimba wollte sich aus dem Griff des Basya befreien, doch der hielt sie eisern fest. Noch mehr Frauen kamen angelaufen, schrien und redeten durcheinander. Akuba wischte das Kind mit einem Tuch ab und wollte es Ngimba geben, doch die schüttelte den Kopf und schaute zu Boden.

»Jetzt nimm es schon!« rief Sylvia. Ngimba reagierte nicht.

»Jetzt nimm dein Kind!« schrie auch Akuba, und die anderen Frauen stimmten mit ein: »Nimm dein Kind! Nimm dein Kind!« Ngimba riß sich los und wollte weglaufen, aber der Basya packte sie und warf sie gegen Sylvia. Die schlug sie ins Gesicht und schüttelte sie.

»Sie will ihr Kind nicht, sie will es nicht, laßt sie doch, wir nehmen es mit, kommt«, sagte Akuba. Sie gingen mit dem Kind weg und ließen Ngimba beim Lager zurück. Die lief ins Wasser und wusch sich; Tränen strömten über ihre Wangen.

Als Ngimba abends zu Akuba in die Hütte kam, sagte die: »Dein Kind ist bei Sylvia. Mußt du es nicht stillen?« »Nein, Sylvia soll es stillen, es ist nicht mein Kind«, antwortete Ngimba schroff.

Auf der Plantage waren noch mehr Frauen mit Babys, Milch gab es also genug. Als allen klar war, daß Ngimba ihr Kind nicht wollte, schenkte ihr keiner mehr Beachtung. Eine Woche später war sie weg.

Ma Rochelle, Februar 1846

SYLVIA

»Ein Baby. Sylvia, wem gehört das Baby?« Am Tag nach ihrer Rückkehr aus der Stadt kam der kleine Masra Etienne schon früh nach unten und starrte verwundert auf das Kind, das in einer Ecke des hinteren Balkons auf einer Matte lag. Sylvia deckte den Tisch; sie hatte gerade Teller aus der Beiküche geholt, als Masra Etienne noch schlaftrunken und im Nachthemd die Treppe heruntergekommen war. Mit den Tellern in der Hand stellte sie sich neben den Jungen.

»Wem gehört das Baby?« fragte er wieder.

»Mir«, antwortete Sylvia.

»Oh, du hast ein Baby«, sagte der Junge, denn er zweifelte keinen Augenblick an Sylvias Worten; Sklavinnen bekamen sehr oft Babys, und jetzt war Sylvia also an der Reihe gewesen. Sylvia hoffte, daß der Rest der Familie es genauso schnell akzeptieren würde, wenn sie sagte: »Mir.«

Von dem Augenblick an, als offensichtlich war, daß Ngimba das Kind nicht wollte, hatte Sylvia es genommen und als ihres betrachtet. Ihrer Meinung nach hatte die Vorsehung dafür gesorgt, daß sie diesmal nicht in die Stadt mitgefahren war. Wie war sie enttäuscht gewesen,

45

als die Misi gesagt hatte, daß nur Gracia mitdürfe. Die Haussklavinnen fanden es immer herrlich, wenn sie mit der Familie in die Stadt reisen durften, wo so viel los war und sie nicht so hart zu arbeiten brauchten. Aber man stelle sich vor, sie wäre mitgefahren, dann wäre sie nicht hiergewesen, als Ngimba niederkam, und dann hätte sie dieses Kind jetzt nicht gehabt. Erst jetzt wurde ihr bewußt, wie sehr sie sich die ganze Zeit nach einem Kind gesehnt hatte. Vor Jahren hatte sie kurz hintereinander drei Kinder bekommen, alles Jungen, von denen keines älter als ein Jahr geworden war. Die beiden ältesten Kinder der Misi waren mit der Milch gesäugt worden, die ihre eigenen Jungen nicht getrunken hatten. Danach bekam sie kein Kind mehr; sie hatte auch seit fünf Jahren schon keinen Mann mehr gehabt und eigentlich gedacht, daß sie sich mit der Tatsache abgefunden hätte, kinderlos zu bleiben. Bis dann vor zwei Monaten dieses Kind geboren worden war. Sylvia hatte es genommen und nicht mehr aus der Hand gegeben. Danach war Ngimba plötzlich verschwunden. Was würde der Gran Masra wohl dazu sagen? Davor hatte sie eigentlich am meisten Angst, denn diese Bakras, diese Weißen, wurden immer schrecklich böse, wenn sie entdeckten, daß ein Sklave weggelaufen war. Und Ngimba war sicher weggelaufen, keiner rechnete noch damit, daß sie zurückkam.

Ja, was würde der Gran Masra sagen? Was würde die Misi sagen? Masra Derks hatte schon getobt. Würden sie ihr das Kind lassen? Es war kein schwarzes, sondern ein Mulatte, das konnte man gleich sehen. Vielleicht würden sie es ja in die Stadt schicken, und wer weiß, bei wem es dann landen würde? Nein, das durfte nicht geschehen, das durfte sie nicht zulassen. Sylvia hatte den Plan schon lange im Kopf; sie würde die Familie einfach vor vollendete Tatsachen stellen und sagen, es wäre ihr Kind. Gestern nachmittag waren die Leute aus der Stadt zurückgekommen, und sie hatte das Kind extra nicht dabeigehabt, doch heute morgen war sie mit ihm zum Haus gegangen und hatte es auf der Hinterveranda auf einer Matte schlafen gelegt, so wie sie es in den vergangenen Wochen immer getan hatte.

»Ist es ein Junge?« fragte Masra Etienne.

»Nein, es ist ein Mädchen«, antwortete Sylvia, während sie ins Eßzimmer ging. Masra Etienne kam hinter ihr her.

»Schade, daß es kein Junge ist, dann hätte ich mit ihm spielen können«, sagte er.

Sylvia lächelte. »Aber Masra Etienne kann doch auch mit einem Mädchen spielen? Möchte der Masra schon Kakao?«

Etienne kletterte auf einen Stuhl, und Sylvia schenkte ihm einen Becher Kakao ein. »Wie heißt sie?« fragte er.

»Sie hat noch keinen Namen«, sagte Sylvia. »Ich habe gewartet, bis die Misi ihr einen Namen geben kann.«

»Francine hat auch ein kleines Mädchen«, erzählte Etienne, »aber das ist schon größer; es kann ganz laut schreien und auch laut lachen. Kann dieses Baby das auch?«

»Natürlich, Masra«, sagte Sylvia, »alle Babys schreien. Das hier lacht noch nicht laut, aber es lacht schon mit dem Mund und den Augen.«

»Kann ich es sehen?« fragte Etienne, während er vom Stuhl rutschte.

»Später, wenn es wach ist«, antwortete Sylvia.

Etienne hörte seine Mutter die Treppe herunterkommen.

»Mama, guck mal, da«, rief er und zeigte auf das Kind. »Sylvia hat ein Baby.«

Die Misi sah Sylvia erstaunt an, und die sagte schnell: »Dieses neue Mädchen, diese Ngimba, Sie wissen schon, Misi, die der Gran Masra von Merodia mitgebracht hat, es ist ihr Kind, sie will es nicht, und jetzt sorge ich dafür.«

Die Misi ging in die Ecke und betrachtete das Kind. »Heh, es ist ein Mulattenbaby«, sagte sie.

Sylvia nickte. »Ich denke schon.«

»Wie alt ist es denn?« erkundigte sich die Misi.

»Zwei Monate«, antwortete Sylvia.

»Nun, es ist ein kräftiges Kind«, sagte die Misi beifällig.

»Es ist ein Mädchen, Mama, und du mußt ihm einen Namen geben«, rief Etienne.

»Ja, ja, später«, sagte seine Mutter, denn sie hatte noch eine Menge mit Sylvia und den anderen Haussklavinnen zu besprechen und zu regeln.

Dann kamen Lucie und Remi nach unten und mußten sich auf Etiennes Drängen auch das Kind ansehen. Eine halbe Stunde später kam der Gran Masra.

»Großpapa, guck mal, Sylvia hat ein Baby«, rief Etienne aufgeregt.

»Dummkopf, das ist doch nicht von ihr«, rief Remi.

»Jawohl«, widersprach Etienne, »stimmt's, Sylvia?« Die antwortete nicht, denn jetzt war der Augenblick gekommen, den sie fürchtete. Was würde der Gran Masra sagen?

Der blickte eindringlich auf das Kind und fragte dann: »Sylvia, was ist das?«

Sylvia erzählte von Ngimba, die das Kind geboren hatte und nicht wollte. »Ich habe ihr eine Tracht Prügel gegeben und zu ihr gesagt: ›Nimm dein Kind, nimm dein Kind‹, aber sie wollte es nicht, und deshalb kümmere ich mich jetzt darum, denn das arme Ding kann doch auch nichts dafür.«

»Hmm, und was sagt diese Ngimba dazu?« wollte der Gran Masra wissen.

»Die ist weg, sie ist nicht mehr da«, antwortete Sylvia zögernd.

»Wie meinst du das, weg?« fragte der Gran Masra barsch.

»Ja, Masra, ich weiß nicht, Masra«, beeilte sich Sylvia zu sagen, »der Masra kann Masra Derks fragen, plötzlich haben wir Ngimba nicht mehr gesehen. Ich habe sie noch gesucht, zusammen mit Akuba, und wir haben dem Basya gesagt, daß er ein paar Männer schicken soll, um bei der Suche zu helfen, doch sie haben sie nicht gefunden.«

»Was ist das denn für ein Unsinn? Eine Ausreißerin, und sie können sie nicht finden? Da sieht man es mal wieder, kaum ist der Herr weg, schon geht alles drunter und drüber. Ich werde gleich mit Derks sprechen.«

»Ich möchte den Masra bitten, für das Kind sorgen zu dürfen«, sagte Sylvia schnell, während sie den Masra gespannt ansah.

Der fand es längst in Ordnung. »Ja, ja, mach nur«, sagte er abwesend, und Sylvia stieß einen Seufzer der Erleichterung aus.

»Sylvia, guck, sie wird wach!« rief Etienne.

Sylvia lief schnell zu der Matte, um das Kind hochzunehmen, aus Angst, es könnte im Beisein des Masra anfangen zu schreien.

»Guck, guck, der Mund lacht«, rief Etienne aufgeregt und folgte Sylvia in die Beiküche, wo seine Mutter stand.

»Mama, Sylvia sagt, daß du ihm einen Namen geben mußt, darf ich das tun, darf ich ihm einen Namen geben?«

»Nur zu«, antwortete seine Mutter lachend.

Etienne dachte angestrengt nach. »Äh ... äh ... Frank«, sagte er schließlich.

»Aber Etienne«, sagte Lucie, die alles mitangehört hatte, »das ist doch kein Mädchenname.«

»Robinson Crusoe«, rief Remi von der Veranda her.

»Du bist ja verrückt, welches Mädchen heißt denn Robinson Crusoe«, sagte Lucie.

»Dann eben Dienstag, weil heute Dienstag ist«, schlug Remi vor.

»Ach, sei doch still, du redest nur Blödsinn«, sagte Lucie, und dann flüsterte sie Etienne etwas ins Ohr. Der nickte und sah seine Mutter und Sylvia mit strahlendem Gesicht an.

Fast feierlich sagte er dann: »Sie heißt Esthelle.«

3. Kapitel

Ma Rochelle, September 1853

Jean Couderc

Mit einer holländischen Zeitung in der Hand lauschte Jean Couderc auf seiner Veranda dem täglichen Bericht seines weißen Aufsehers. Der hatte ihm gerade erzählt, daß schon wieder zwei Sklaven gestorben waren.

»Und Kwassi war einer der wenigen guten Gräber, die wir noch hatten«, beendete der Mann seinen Rapport.

»Es ist wirklich schwierig, sehr schwierig, und das haben wir alles Holland zu verdanken, die schicken uns jetzt Chinesen, und es kommen noch mehr«, sagte Jean, während er die Zeitung schwenkte als Zeichen, daß er das gerade darin gelesen hatte. »Was denkst du, Mann, werden die Chinesen imstande sein, diese Arbeit zu machen?«

»Ich weiß es nicht, Masra«, antwortete der junge Mann, »vielleicht schon, wenn sie gesund und kräftig sind.«

»Also ich glaube es nicht. Es sind ja schon einige auf Plantagen in Coronie. Sie arbeiten auch ein bißchen, machen jedoch viel lieber Würfelspiele oder rauchen Opium«, sagte Jean. »Es ist gut, Derks, du kannst gehen.«

Jean Couderc schaute mit der zusammengefalteten Zeitung in der Hand über den Fluß. Es ging schlecht auf der Plantage. Alles in Surinam ging schlecht. Und dann immer wieder diese Gerüchte, daß die Sklaverei abgeschafft werden sollte. Begriffen die niederländischen Parlamentsmitglieder denn nicht, daß dies das Ende der Kolonie bedeuten würde? Und durch all die Gerüchte wurden die Sklaven immer kühner und frecher. Man brauchte sich nur anzusehen, was neulich passiert war. Da hatte ein Sklave in Coronie zusammen mit noch ein paar von diesen windigen Burschen einen Schoner überfallen. Sie hatten die Besatzung überwältigt und eingesperrt und waren nach Demerara gefahren, wo die Sklaverei bereits abgeschafft war und sie schon frei waren. Immer wieder hörte man, daß Sklaven in Coronie und Nickerie versuchten, nach Demerara zu fliehen, und nicht selten genug gelang es ihnen auch. Ach nein, es ging gar nicht gut in Surinam.

Vor zwei Jahren hatte es eine schlimme Gelbfieberepidemie gegeben, bei der viele Leute, darunter auch Dutzende von Sklaven, gestorben waren. Für zahlreiche Plantagen hatte das das Ende bedeutet. Er selbst hatte fünfzehn gute Sklaven verloren. Und für Zuckerplantagen wie Ma Rochelle, die noch nach dem alten System arbeiteten, war es doppelt schwer wegen der beiden großen Zuckerplantagen, die jetzt einen modernen Dampfkessel hatten, in dem der Saft gekocht wurde.

Auch in der Familie hatte es Tote und viel Leid gegeben. Als erstes war Marguerites Mann gestorben. Marguerite hatte vor fünf Jahren geheiratet. Eigentlich keine besonders gute Partie, aber nun ja, immer noch besser als der Junge, in den sich das Mädchen verliebt hatte. Ein einfacher Soldat, ein armer holländischer Junge, und da eine Couderc nun einmal keinen armen Mann heiraten konnte, hatte die Familie Marguerite schnell mit einem L'Espinasse vermählt. Der war zwar ein Nachfahre einer alten französischen Familie, damit war jedoch auch schon alles gesagt, denn Daniel L'Espinasse war ein Lebemann, ein Bonvivant, ein Würfelspieler, jemand, der fünf von sieben Tagen betrunken ins Bett taumelte. Arme Marguerite, sie hatte es nicht leicht gehabt, vor allem nicht, als sie nach einem Jahr Ehe eine Tochter bekam, bei der sich bald zeigte, daß sie geistig zurückgeblieben war. Marguerites Mann starb am Anfang der Epidemie und sie selbst an deren Ende, drei Monate später. Und was war Constance anderes übriggeblieben, als ihre Enkelin Danielle bei sich aufzunehmen? Noch mehr Leid kam in die Familie, als auch Francines und Pieters Sohn starb; der kleine Pierre, vier Jahre alt und ein kräftiger Junge, wurde plötzlich krank, und eine Woche später war er tot. Und in Paulines Familie starb auch ein Kind, dort war der zweite Sohn, der vierzehnjährige Jacques, das Opfer. Ach ja, die Familie Couderc war wirklich keine Ausnahme gewesen; in allen Familien gab es Tote zu beklagen, und auf allen Plantagen fehlte es jetzt an Arbeitskräften.

Jean stand auf, er war in die Jahre gekommen, vierundsechzig war er jetzt, und er fühlte sich alt und müde.

Die Sklavin Sylvia kam, um ihm ein Glas Orangensaft zu bringen. Von der Hinterveranda hörte Jean Etiennes Stimme. Der war natürlich wieder mit seiner Schülerin Esthelle beschäftigt. Nach Jeans Meinung tat Etienne nichts anderes, als das Kind mit allerlei Wissen vollzustopfen. Und sie war ein aufgewecktes Kind. Schon mit fünf kannte sie Lieder und Gedichte auswendig, konnte zählen und kleine Rechenaufgaben lösen. Jetzt war sie sieben, konnte lesen, schreiben und rechnen und wollte immer alles genau wissen. Und der vierzehnjährige Etienne hatte soviel Spaß dabei, daß er ihr ständig etwas Neues beibrachte.

Jean hörte Etienne rufen:»Gut so, du bist wirklich unheimlich schlau, Esthelle«, und er stand auf, um nachzusehen, welches Kunststück Esthelle jetzt wieder vollbrachte.

Kaum sah Etienne seinen Großvater auf die Veranda kommen, rief er:»Großpapa, sie kann dir alle holländischen Städte auf der Karte zeigen«, und zu dem Mädchen sagte er:»Zeig es dem Masra, Esthelle.«

Eine Sekunde lang sahen Jean zwei dunkelbraune Kinderaugen an, dann fuhr der kleine braune Finger über die Karte, und das Stimmchen rasselte herunter:»Amsterdam, Rotterdam, 's-Gravenhage, Utrecht, Groningen, 's-Hertogenbosch.«

Aus dem Eßzimmer erklang Kinderweinen. Sofort sprang Esthelle auf und lief davon, um einen Augenblick später mit der vierjährigen Danielle an der Hand zurückzukommen. Esthelle setzte sich auf die oberste Stufe der Hintertreppe, zog das andere Kind auf ihren Schoß und beruhigte es.»Sch, sch, Misi Daantje, sch, sch, wo tut es Misi Daantje denn weh?«

Jean sagte nichts, es schmerzte ihn, wenn er sah, wie klug und aufgeweckt das farbige Kind war, während seine Urenkelin geistig zurückgeblieben war. Oft war er nahe daran gewesen, Etienne zu verbieten, diesem Kind soviel beizubringen. Es war eine Sklavin, es brauchte kein Wissen. Doch er wollte seinem Enkel den Spaß nicht verderben, vor allem jetzt, wo der Junge nicht viel Freude in seinem Leben hatte. Und wenn er sah, wie

54

dieses Sklavenkind wie eine kleine Mutter für Danielle sorgte, dachte er, daß es so vielleicht ganz gut war. Danielle würde sicher nicht viel lernen können und immer jemanden brauchen, der sich um sie kümmerte und alles für sie tat. Und wer war dafür besser geeignet als eine treue Sklavin, die diese Aufgabe von klein auf erfüllte.

Lucie

Constance kam die Treppe herunter, gefolgt von Lucie, die jetzt ein hübsches achtzehnjähriges Mädchen war. Nächsten Monat würde sie heiraten, und in einigen Tagen würde die Familie nach Paramaribo reisen, wo ein großes Hochzeitsfest stattfinden sollte. Lucie heiratete nämlich einen sehr reichen, angesehenen Mann, einen Verwalter, der mindestens zehn Plantagen betreute und in einem großen Haus in der Oranjestraat wohnte.

Der Mann war fast doppelt so alt wie Lucie, die Familie hatte das jedoch nicht gestört, als der Mann um die Hand des Mädchens angehalten hatte. Die brave Lucie, die sonst nie etwas sagte, hatte wohl kurz protestiert: Masra Brederoo sei schon alt, und er habe doch eine farbige Haushälterin mit drei Kindern? Die anderen hatten ihre Bedenken weggewischt. Gerade ein älterer Mann gab ihr doch Sicherheit, vor allem, wo er so reich war, und das mit der Haushälterin hatte keine Bedeutung. Die meisten weißen Männer hielten sich schließlich eine oder mehrere farbige Konkubinen mit Kindern; das sei ganz normal. Und sie verstehe doch wohl, daß sich Masra Brederoo nach einer weißen Nachkommen-

55

schaft sehnte, und die konnte ihm diese farbige Haushälterin nun wirklich nicht geben. Nein, sie müsse vernünftig sein und sich geschmeichelt fühlen, daß dieser Mann sie zu seiner Frau machen wollte. Sie ginge einer glänzenden Zukunft entgegen.

Lucie war bis jetzt ein ruhiges Mädchen gewesen, das nie irgendwelche Probleme gemacht hatte. Sie lebte in ihrer eigenen Traumwelt, las Romane, schrieb Kurzgeschichten und redete nicht viel. Ihr liebster Traum war der von einem großen blonden Ritter oder Prinzen, der sie in seiner Kutsche entführte und mit einem prächtigen Schiff nach Europa brachte, wo sie in Paris Theater und Opern besuchen und selbst eine berühmte Schriftstellerin werden würde.

Vor gut einem Jahr hatte sie den Verwalter Brederoo auf einem Empfang im Gouverneurspalast kennengelernt. Er hatte sie zuerst eine ganze Weile betrachtet und dann ein Gespräch angefangen. Sie hatte seine Fragen höflich beantwortet, freundlich gelächelt und sicher keinen Anlaß zu weiteren Kontakten gegeben. Aber der Mann schien von dem lieben, ruhigen Mädchen so verzaubert, daß er dafür gesorgt hatte, daß sie zu allerlei Diners und Bällen eingeladen wurde, auf denen er sie treffen konnte. Als die Familie letzten Dezember wieder in der Stadt war, hatte Masra Brederoo um einen Besuch bei Mama, Pieter und Francine gebeten und um ihre Hand angehalten.

Wenn es nach Lucie gegangen wäre, hätte sie dankend abgelehnt, aber alle waren sofort entzückt von so einer Verbindung.

»Muß ich, Mama?« hatte Lucie gefragt, als sie hörte, was Masra Brederoo wollte. Mama hatte geantwortet:

»Du mußt nichts, mein Kind, aber es wäre gut und vernünftig.«

»Aber ich liebe ihn nicht«, hatte Lucie eingewandt, worauf Mama sagte:»Ach, Mädchen, diese Art Liebe existiert doch nur in den Romanen, die du liest; die Wirklichkeit ist anders.« Und da Lucie es gewohnt war zu tun, was man von ihr verlangte, protestierte sie nicht weiter und ließ zu, daß allerlei Vorbereitungen getroffen wurden, an denen sie sich jedoch nicht beteiligte. Als das Hochzeitsdatum immer näher rückte, fragte Lucie plötzlich:»Mama, ich muß doch nicht allein zu ihm, oder?«

Constance sah ihre Tochter verständnislos an.»Was meinst du, Kind, natürlich gehst du allein; dein Mann heiratet doch dich.«

»Ich will nicht allein mit ihm in diesem großen Haus sein«, rief Lucie halb weinend.

»Du bist doch nicht allein, Mädchen, Masra Brederoo ist reich; er hat mindestens zehn Sklaven und Sklavinnen«, sagte ihre Mutter ungeduldig.

»Aber ich kenne sie nicht, Mama, ich kenne keinen von ihnen, darf ich bitte Sylvia mitnehmen?«

»Sylvia können wir schlecht entbehren«, antwortete Constance,»du weißt, daß sie die einzige ist, die Daantje beruhigen kann, wenn sie einen ihrer Anfälle hat. Aber du könntest Gracia mitnehmen, ja, nimm Gracia mit.«

Lucie war beruhigt, denn Gracia, die Leibsklavin ihrer Mutter, eine fünfundzwanzigjährige Mulattin, kannte sie gut. Gracia wurde nicht gefragt, wie sie es finde, ihre Heimat verlassen zu müssen. Man sagte ihr erst zwei Tage vor der Abreise, daß sie bei Misi Lucie in der Stadt bleiben sollte.

Eine Woche später fuhr das Zeltboot von Ma Rochelle nach Paramaribo. Lucie hatte von ihrem Elternhaus Abschied genommen, ihre Kleider, Bücher und andere persönliche Dinge waren in zwei großen Holzkisten verpackt. Vor der Abfahrt war sie noch ins Sklavendorf gegangen und hatte sich von allen Leuten dort verabschiedet. Danach saß sie schweigend im Boot, sich fragend, was sie in ihrem neuen Leben wohl erwartete; sie dachte an ihren blonden Prinzen, mit dem sie in ihren Träumen so oft in Paris gewesen war, und sie erkannte, daß ihre Mutter recht hatte: Die Wirklichkeit war anders.

ESTHELLE

Niemand freute sich mehr auf die Reise und den Aufenthalt in der Stadt als die siebenjährige Esthelle. Endlich würde sie das berühmte Paramaribo sehen. Was für eine wundervolle Überraschung war es gewesen, als Masylvie, wie sie Sylvia nannte, ihr erzählt hatte, daß sie in die Stadt mitdürfe.

»Denk daran, daß du dich ruhig verhältst«, warnte Masylvie sie morgens, ehe sie losfuhren. »Die Weißen dürfen dich nicht bemerken.«

Solche Dinge wußte Esthelle schon lange; sie war ein Sklavenkind, und von Sklavenkindern durfte man nichts sehen und hören. Und wenn man sie sah, mußten alle merken, wie sehr man sich anstrengte und sein Bestes gab. Nun, das tat sie bestimmt; sie sorgte gut für Misi Daantje, hob sie auf, wenn sie hinfiel, tröstete sie, wenn sie weinte, sammelte all das weggeworfene Spielzeug auf und wischte ihr den Mund ab, wenn sie kleckerte. Ja, die kleine Esthelle verstand es, sich verdient zu machen. Intelligent, wie sie war, beobachtete sie die Menschen sehr genau und redete nie, wenn sie nicht ausdrücklich gefragt wurde.

Nur bei Masra Etienne konnte sie sie selbst sein. Solange sie sich erinnerte, hatte sich Masra Etienne um sie gekümmert und ihr vieles beigebracht. Vier Jahre war sie gewesen und er zehn, als er einmal ein Gedicht auswendig lernen mußte. Gelangweilt saß er auf der hinteren Veranda, wo Masylvie bügelte. Esthelle spielte neben ihr auf dem Boden. Sie hörte Masra Etienne immer wieder ein paar Zeilen laut lesen, um sie dann aus dem Kopf zu wiederholen. Als er plötzlich nicht mehr weiterwußte, ergänzte sie den Text, und Masra Etienne fiel vor Erstaunen fast vom Stuhl. »Sie kennt es, sie kennt es«, rief er. »Sag es auf, Esthelle, sag es auf, damit ich es hören kann«, und dann hatte sie das Gedicht fehlerfrei heruntergerasselt. Von dem Tag an begann Masra Etienne, ihr alles mögliche beizubringen, und jetzt konnte sie schreiben, lesen und rechnen. Er hatte ihr eine Tafel gegeben und Griffel; jeden Tag löste sie Rechenaufgaben und schrieb kleine Aufsätze, und Masra Etienne schaute alles nach. Er war so stolz auf sie. »Kluge Esthelle«, nannte er sie oder »Stelletje«. Mit ihm konnte sie normal reden, und sie unterhielten sich manchmal stundenlang. Er hatte sonst niemanden auf der Plantage, denn Misi Lucie sagte nicht viel, und Masra Remi wohnte in der Stadt. Wenn Esthelle mit Masra Etienne allein war, fragte sie ihn tausend Sachen, doch sobald ein anderer dazukam, war sie still und verschwand unauffällig. Außer dem Gran Masra wußte eigentlich keiner, daß Masra Etienne immer niederländisch mit ihr sprach und daß er ihr soviel beibrachte. Und das Kind sorgte dafür, daß es so blieb.

Auch jetzt im Boot ließ sie in keiner Weise merken, daß sie für Masra Etienne eine Schülerin war und kein gewöhnliches Sklavenkind. Sie saß neben Masylvie, die eine greinende Misi Daantje auf dem Schoß hielt. Esthelle streichelte Misi Daantje über den Rücken, das beruhigte das Mädchen immer. Ab und zu schaute das Kind verstohlen zu Masra Etienne. Ob der sie in der Stadt wohl bemerken würde? Würde er mit ihr reden und sie vielleicht, ganz vielleicht, einmal bitten, ein Gedicht aufzusagen?

Paramaribo, Oktober 1853

ESTHELLE

Viele französische und jüdische Familien hatten in Paramaribo in der Gravenstraat oder an der Waterkant ein schönes Haus. Ihre Vorfahren gehörten im siebzehnten Jahrhundert zu den ersten Kolonisten in Surinam. Das Couderc-Haus in der Gravenstraat war wie viele andere Herrenhäuser aus Holz gebaut. Die roten Backsteine, aus denen das Fundament bestand, wurden im achtzehnten Jahrhundert von den niederländischen Schiffen, die die Plantagenerzeugnisse abholten, auf dem Hinweg als Ballast mitgeführt. Das Steinfundament diente bei den meisten Wohnungen als Keller. Die älteren Häuser hatten keinen Balkon; die waren erst nach dem Brand von 1821 in Mode gekommen. Die Häuser waren weiß gestrichen, mit großen, grünen Fenstern, die von außen mit Maschendraht bespannt waren. Innen hingen Seiden- oder Spitzenvorhänge, die mit Samtbändern und -schleifen hochgehalten wurden.

Von der Straße aus betrat man die Wohnung über einen breiten Aufgang mit fünf Stufen zu beiden Seiten. Wenn man durch die schwere, doppelte Eingangstür ging, stand man direkt in der großen Vorhalle; meistens gab es auf der anderen Seite auch noch ein Empfangszimmer. Beide Räume waren üppig mit gepolsterten Sesseln und Holzsofas mit Zierkissen möbliert. Mitten in der Vorhalle hing ein großer Kristalleuchter; die Wände waren mit Gemälden, verzierten Porzellanwandtellern und silbernen Kerzenhaltern geschmückt. Hinter der Halle befand sich der Speiseraum mit einem großen Tisch in der Mitte, geraden Stühlen und dem unentbehrlichen Glasschrank in einer Ecke, in dem das teure Kristall und Porzellan aufbewahrt wurde. Hinter dem Empfangszimmer lag das Büro des Hausherrn. Dann kam man auf die Hintergalerie, wo sich, angrenzend an den Speiseraum, die Beiküche befand, in der mit Tellern gefüllte Regale an der Wand hingen und in offenen Schränken allerlei Kupferkessel, Töpfe und Backformen standen. Von der Hintergalerie aus führte eine Treppe nach oben; dort waren drei oder vier Schlafzimmer zu beiden Seiten eines Flurs. Wenn das Haus sehr groß war, gab es noch ein weiteres Stockwerk, in dem sich meistens ein offener Raum oder zwei Zimmer befanden. Unten kam man von der Hintergalerie zur rückwärtigen Eingangstreppe und gelangte auf diesem Weg auf den Hof. Dort befand sich auf der einen Seite die Küche mit einem Steinofen und auf der anderen das Lager; direkt hinter dem Haus stand meistens ein Regenbecken. Modernere Häuser hatten auch noch ein Badezimmer ans Haus angebaut. Außerdem gab es noch ein Kutschenhaus und Ställe, weiter hinten einen gemauerten Brunnen und dahinter eine, manchmal auch zwei Reihen Sklavenunterkünfte. Ganz am Ende des Hofes befand sich das Toilettenhaus. In der Mauer, die den Hof umgab, war ein breites Tor für die Kutsche, und daneben befand sich eine Tür, die die Negerpforte genannt wurde, weil die Sklaven dahinter schliefen und nur auf diesem Weg das Haus betreten durften.

Neben den Couercs wohnten auf der einen Seite die Celliers und auf der anderen eine jüdische Familie namens Da Costa.

Esthelle konnte sich gar nicht sattsehen in der Stadt. Sie erlebte soviel Neues und fand alles großartig; nur die Kinder auf dem Hof in der Gravenstraat waren oft nicht nett zu ihr. Sie behaupteten, sie sei hochmütig – sicher, weil sie eine Mulattin war. Masylvie sagte, daß die anderen Kinder eifersüchtig seien, weil Esthelle in dem großen Haus schlief. Als sie in der Stadt ankamen, hatten Masylvie und sie einen Schlafplatz in einer kleinen Kammer bei einer anderen Frau mit Kindern bekommen. Mitten in der Nacht klopfte es an der Tür, und jemand rief, Masylvie solle sofort ins große Haus kommen, Misi Daantje habe wieder einen Anfall. Masylvie war aufgestanden, hatte sie wachgerüttelt und gesagt: »Komm.«

Im großen Haus war alles in heller Aufregung, denn Misi Daantje schrie und brüllte und hielt alle wach. Der strenge, lange Masra mit dem kahlen Kopf war wütend und rief immer wieder: »Bringt das Kind zum Schweigen«, und ihre eigene Misi hatte nervös gerufen: »Schnell, Sylvia, hilf ihr.« Natürlich war es Masylvie gelungen, Misi Daantje zu beruhigen. Da hatte die Misi gesagt, Masylvie solle in Zukunft im Haus schlafen, auf einer Matte neben Misi Daantjes Bett, und Masylvie hatte geantwortet: »Ist gut, Misi, ich und Esthelle.« Deshalb schliefen sie jetzt in dem großen Haus. Wenn Misi Daantje schlief und Masylvie dachte, Esthelle würde auch schlafen, lag das Mädchen mit geschlossenen Augen da und lauschte auf die Geräusche im Haus. Manchmal, wenn sie wußte, daß alle Leute im Vorderzimmer oder im Eßzimmer waren, und Masylvie noch auf dem Hof war oder schon schlief, schlich Esthelle zur Treppe. Da saß sie dann ganz still in einer Ecke und hörte dem zu, was unten gesagt wurde.

Am Tag von Lucies Hochzeit hatte sie nicht viel gesehen. Schon früh am Morgen hatte man sie mit Misi Daantje in einem Zimmer eingesperrt, und Masylvie hatte gesagt: »Esthelle, paß auf die Misi auf, sorg dafür, daß sie nicht anfängt zu weinen oder zu schreien. Wenn sie weint, mußt du dich mit ihr in den Schaukelstuhl setzen und sie beruhigen.« Misi Daantje war jedoch ganz brav gewesen; wenn keine Fremden dabei waren, war sie meistens nicht so schwierig. Einmal hatte die Misi kurz nachgesehen, aber da spielte Misi Daantje zufrieden mit einer Puppe, während Esthelle auf dem Boden neben ihr saß. Die Misi hatte beifällig genickt und gesagt: »Gut so, sorg dafür, daß sie ruhig bleibt«, und später war Masylvie mit einem Teller mit allerlei Leckerbissen gekommen.

Misi Daantje schlief schon bald, Esthelle hatte jedoch nicht vor, sich schlafen zu legen. Sie hörte den Trubel im Haus und die Musik, aber sie konnte nicht aus dem Zimmer, denn das war von außen abgeschlossen. Plötzlich war Masra Etienne ins Zimmer gekommen. Lachend hatte er gesagt: »Hier bist du also, Stelletje. Schau mal, was ich für dich habe«, und dann hatte er ihr einen Teller mit allerlei Gebäck gezeigt. »Für dich, weil sie dich hier eingesperrt haben und du alles verpaßt«, erklärte er und zog sie neckend an einem ihrer Zöpfe. Dann sagte er: »Weißt du was? Ich sorge dafür, daß du gucken kannst.« Die Jalousien vor den Fenstern waren geschlossen, und Masra Etienne rüttelte so lange daran, bis es einen kleinen Spalt gab, durch den Esthelle spähen konnte. »Stell dich hierher«, sagte er, »hier kannst du alles sehen. Aber sei schön leise, hast du gehört, keiner braucht zu wissen, daß du guckst – und später gibt es noch ein Feuerwerk.«

»Was ist ein Feuerwerk, Masra?« fragte Esthelle neugierig.

»Das ist etwas ganz Schönes, mit Farben und Sternen. Arme Kleine, du wirst es nicht sehen können, nur hören, denn um es zu sehen, müßtest du auf der Vorderseite sein.«

»Misi Daantje schläft«, sagte Esthelle und sah ihn hoffnungsvoll an.

»Also gut«, sagte Masra Etienne, »ich schließe die Tür nicht ab.« »Wenn du es knallen hörst, mußt du schnell auf der Vorderseite ans Fenster gehen, aber paß auf, daß dich keiner sieht.«

Esthelle versprach, vorsichtig zu sein, und spähte durch einen Schlitz in den Jalousien; sie sah, wie sich die Leute unten miteinander unterhielten und lachten, wie Sklaven, Sklavinnen und andere Diener mit Tabletts herumgingen und gegessen und getrunken wurde. Sie aß auch von dem Kuchen, den Masra Etienne ihr gebracht hatte und dachte: Das ist also eine Hochzeit. Dann sah sie unten Masra Etienne, er schaute sich um und hob dann schnell einen Finger, und Esthelle wußte, daß ihr das galt.

Nach einer Stunde hörte sie plötzlich Schüsse und Knallen. Das mußte das Feuerwerk sein. Einen Augenblick hatte sie Angst, Misi Daantje würde von dem Krach aufwachen, doch die schlief ruhig weiter. Esthelle zögerte. Sollte sie es wagen, das Zimmer zu verlassen? Vorsichtig drehte sie an dem Türknauf, und als die Tür aufging, schlich sie hinaus auf den Flur. Sie hörte einen hohen Pfeifton und sah durch das geöffnete Fenster auf der Vorderseite einen Fächer von rosa Sternen. Das Feuerwerk! Das Kind lief zum Fenster und schaute in atemloser Bewunderung zu. So etwas Schönes hatte es noch nie gesehen. Jetzt knallte es wieder, und dann fielen noch mehr prächtige Sterne vom Himmel. Wie schön, wie wunderschön. Die kleine Esthelle war so verzückt, daß sie nicht merkte, daß Misi Daantje aufgewacht war und weinte.

Plötzlich hörte sie laute Schritte und Stimmen. Esthelle drehte sich um und wollte schnell ins Zimmer zurücklaufen, da trafen sie zwei harte Schläge ins Gesicht, und die Misi aus der Stadt schrie sie an: »Du dummes Kind, du solltest doch auf Misi Daantje aufpassen. Wie bist du aus dem Zimmer gekommen?«

Esthelle lief an ihr vorbei, hob Misi Daantje aus dem Bett und setzte sich mit ihr in den Schaukelstuhl. Während sie vor und zurück schaukelte, sagte sie: »Sch, sch, Misi Daantje, Esthelle ist ja bei dir.«

LUCIE

Einen Monat war Lucie jetzt verheiratet. Es war eine Hochzeit gewesen, von der die ganze Kolonie noch immer sprach. Alle waren dagewesen: der Gouverneur und seine Frau, die Ratsmitglieder, alle höheren Beamten, Pflanzer und andere bedeutende Persönlichkeiten. Das Haus und der große Hof in der Gravenstraat waren prächtig geschmückt gewesen, und abends nach dem großen Empfang hatte es das Feuerwerk gegeben. Alle hatten es genossen, außer der Braut selbst. Die hatte alles über sich ergehen lassen, als würde es sie nicht betreffen. Die Vorbereitungen, die Anspannung, Mamas Angst, daß nicht alles rechtzeitig fertig würde, Francines Sorge, ob auch alles stilgemäß war, das Schrubben und Putzen der Sklavinnen, das Gezimmer der Sklaven auf dem Hof, das Tortenbacken und Zubereiten der Getränke, das alles war an Lucie vorbeigegangen. Mit teilnahmslosem Gesicht hatte sie oben in ihrem Zimmer am Fenster gesessen und auf die Straße gestarrt, wie immer in ihre eigenen Träume versunken.

Wenn Mama rief: »Lucie, die Schneiderin ist da«, stand Lucie folgsam auf und ließ sich ihr Kleid anpassen. Mußte sie sich umdrehen, drehte sie sich um; mußte sie stillstehen, stand sie still. Wenn ihre Mutter sagte: »Hast du deine Laken und Tischtücher schon sortiert?« stellte sich Lucie gehorsam neben die Wäsche und sah zu, wie Mama bis zwölf zählte und alles ordentlich stapelte.

An den Hochzeitstag selbst konnte sie sich kaum noch erinnern. Das einzige, was sie noch wußte, war, daß sie nur mit Mühe ein Schluchzen hatte unterdrücken können, als sie in der Kirche ja geflüstert hatte.

Jetzt war sie auf dem Weg zu ihrer Mutter. Zum ersten Mal, seit sie verheiratet war, ging sie allein zur Gravenstraat. Sie mußte gehen, sie mußte Mama erzählen, daß sie das nicht wollte. Es war furchtbar. Warum hatte ihr keiner erzählt, daß die Ehe so etwas Schreckliches war. Vier Wochen war sie jetzt verheiratet, und jeden Abend passierte *es* wieder. Sie fand *es* so schlimm und so erniedrigend, daß sie den ganzen Tag voller Angst auf die Uhr schaute, um die Zeiger zum Abend wandern zu sehen, worauf es Nacht werden und *es* wieder geschehen würde.

Sie hatte in den vergangenen Wochen zwar Besuch gehabt, zweimal von Mama und Francine, einmal von Francine mit ihrer kleinen Tochter Jeane-Marie, einmal von Großpapa, einmal von Tante Pauline und Lisette, einmal von Lisette allein, aber jedesmal war ihr Mann aus Höflichkeit aus seinem Büro heraufgekommen, um bei den Gästen zu sein. Sie selbst war mit ihrem Mann auch schon bei verschiedenen seiner Bekannten zu Besuch gewesen und auch zu Hause bei Francine und Pieter, doch sie war keinen Augenblick ohne ihn mit jemandem allein gewesen, und so hatte sie mit niemandem über all das Schreckliche sprechen können.

Lodewijk, was für ein gräßlicher Name, dachte Lucie, so schwer. Genauso schwer, wie sich der Name in ihrem Mund anfühlte, genauso schwer lag das Gewicht dieses Mannes auf ihr, wenn er das Schlimme mit ihr machte, jeden Abend wieder. Danach schlief er sofort ein und schnarchte neben ihr, während sie so aufgelöst war, daß sie nicht schlafen konnte. Würde das immer so weitergehen, war es das, was sie ihr Leben lang erwartete? Machten das alle Frauen mit? Wie konnten verheiratete Frauen lachen und fröhlich sein? Sie wollte nur noch weinen!

Sie blickte auf die Häuser, an denen sie vorbeikam, und sagte leise zu sich: »Das passiert hier überall.« Und jetzt war seit vorgestern auch noch Gracia weg, die einzige Person, der sie vertraute und der sie ab und zu etwas sagen konnte.

Lucie betrat durch die Vordertür ihr Elternhaus in der Gravenstraat. Auf der Hinterveranda fand sie Mama und Francine beim üblichen Morgenkaffee.

»Oh, Lucie, wie nett, daß du vorbeikommst«, rief Francine.

Lucie antwortete ihrer Schwester nicht, schlang die Arme um den Hals ihrer Mutter und brach in Schluchzen aus.

»Aber was ist denn, Kind, was ist denn?« fragte Mama erschrocken.

»Es ist schrecklich, Mama, ich will nicht, es ist so schlimm, so schlimm«, war alles, was Lucie herausbringen konnte.

»Mißhandelt er dich?« fragte Mama entsetzt.

»Hat er dich geschlagen?« fragte Francine empört.

Lucie schüttelte den Kopf. Nein, nein, das war es nicht. Ihr Mann mißhandelte sie nicht, er hatte sie nicht geschlagen.

»Ist er unfreundlich zu dir?« fragte Francine weiter. Auch das mußte Lucie verneinen, denn Lodewijk war nicht wirklich unfreundlich. Er gab sich sogar alle Mühe, fragte sie immer, ob sie etwas haben wolle, hatte ihr eine prächtige goldene Kette geschenkt und wollte ihr Geld für neue Kleider geben. Nein, er war nicht unfreundlich; es war dieses andere, dieses Schreckliche.

»Ach, Mädchen«, sagte Mama erleichtert, während sie Lucie tröstend über den Kopf strich, »daran gewöhnt man sich schon.«

»Ich werde mich nie daran gewöhnen«, rief Lucie ungewöhnlich laut, »ich will mich auch nicht daran gewöhnen, es ist schrecklich.«

»Versuch einfach, dabei an etwas anderes zu denken«, riet ihre Mutter, »dann ist es schnell vorbei.«

Und Francine fragte vorsichtig: »Ist er jede Nacht bei dir, oder geht er zu seiner Konkubine?«

»Nein«, antwortete Lucie weinend, »täte er das nur, dann wäre er nicht bei mir.«

»Sag das nicht«, ermahnte sie ihre Mutter.

»Magst du deinen Mann eigentlich, Lucie?« fragte Francine.

»Manchmal schon, aber wenn er *das* macht, ist er wie ein Ungeheuer«, rief Lucie und fing wieder an zu weinen, denn sie erkannte, daß sie von ihrer Mutter keine Hilfe bekommen würde.

»Weißt du, wenn du nun versuchen würdest, ihn auch zu mögen, wenn … wenn …« Francine suchte nach Worten, um ihrer Schwester zu erklären, was sie meinte, aber es war nicht so einfach, Worte dafür zu finden, denn über dieses Thema wurde nie gesprochen. »Du mußt ihn auch mögen, wenn er das mit dir macht«, sagte sie schnell.

»Das kann ich nicht, das werde ich nie können«, antwortete Lucie weinend.

Mama stand auf und rief Sylvia, damit sie ein Glas Milch für Misi Lucie brachte.

Als Sylvia mit der Milch zurückkam, sagte sie: »Hier, trink das.«

Lucie setzte das Glas an ihre Lippen und nahm einen Schluck. Dann dachte sie an Gracia und fing wieder an zu schluchzen. »Und jetzt bin ich so allein, ich bin so schrecklich allein, Gracia ist auch weg.«

»Gracia ist weg?« fragte Constance erstaunt. »Wie kann Gracia weg sein?« Und auch Francine rief erschrocken: »Wo ist Gracia denn?«

Stockend erzählte Lucie die Geschichte. Ein guter Freund von Lodewijk hatte sie ein paarmal besucht; er hatte Gracia gesehen und mit ihr gesprochen. Jedesmal, wenn er zu ihnen kam, machte er Andeutungen, daß er Gracia gern als Haushälterin hätte, und da hatte Lodewijk Gracia gefragt, ob sie das auch wolle. Natürlich hatte die Frau zugestimmt. Jan Menkema hatte sie sofort von Lodewijk gekauft und anschließend um ihre Freilassung gebeten, und vorgestern hatte er sie abgeholt.

»Das kann Lodewijk doch nicht einfach machen«, meinte Constance, »Gracia war Familienbesitz.«

»Wir holen sie sofort zurück«, rief Francine.

»Das geht nicht mehr«, sagte Lucie, während sie sich die Tränen abtrocknete. »Er hat für sie bezahlt, seht, hier ist das Geld«, und sie warf einen Geldbeutel auf den Tisch. Francine öffnete ihn sofort und holte fünfhundert Gulden heraus.

»Ich will das Geld nicht, ich habe niemanden mehr, ich bin so allein, ich will da nicht bleiben.« Lucie fing wieder an zu weinen.

»Still jetzt, Lucie«, sagte Constance. »Weißt du was? Du mußt dafür sorgen, daß du schnell schwanger wirst, dann ist *das eine* vorbei, und wenn das Kind da ist, bist du auch nicht mehr allein.«

Lucie sagte nichts mehr, sie trank ihre Milch und dachte, daß ihre Mutter leicht reden hatte. Und schwanger werden? Es hatte etwas *damit* zu tun, aber wie ging das? Und wie sorgte man dafür, daß es schnell ging? Das erzählte ihre Mutter nicht.

Als Lucie eine Weile später ihr Elternhaus verließ, sah sie Sylvia an der Negerpforte stehen. Die Sklavin schaute ihre Misi mitleidig an und sagte: »Wenn die Misi will, kann ich die Misi nach Hause bringen.«

»Ja, das wäre schön, Sylvia«, antwortete Lucie, und zu ihrer Mutter sagte sie: »Mama, Sylvia begleitet mich.«

Bei sich zu Hause angekommen, fragte Lucie: »Kommst du noch einen Augenblick mit herein, Sylvia?«

Lucie betrat das Haus durch die Vordertür, während Sylvia durch die Negerpforte ging, die Hintertreppe hochlief und auf der hinteren Galerie ihre Misi wiedertraf.

»Ach, Misi«, sagte Sylvia, »Sie haben Kummer, nicht?«

»Gracia ist weg«, antwortete Lucie.

»Ach, Misi, lassen Sie Gracia doch auch etwas vom Leben haben. Das findet die Misi doch nicht schlimm?«

Lucie schüttelte den Kopf. »Aber das andere, das ist so schlimm, Sylvia. Finden alle Frauen *es* so schlimm, oder bin ich die einzige?«

»Manche weiße Frauen finden es schlimm«, antwortete Sylvia. »Sehen Sie, Misi, *es* ist immer schlimm, wenn man es selbst nicht will. Die Misi muß versuchen, es normal zu finden, es auch zu wollen. Die älteren Frauen hätten die Misi darauf vorbereiten müssen, was sie erwartet. Sie dürfen nicht dagegen ankämpfen und sich nicht steif wie ein Brett machen. Versuchen Sie, sich zu entspannen, dann tut es nicht weh.«

Lucie war froh, daß sie wenigstens von Sylvia einen brauchbaren Rat bekommen hatte. »Mama hat gesagt, daß ich schnell schwanger werden muß, aber wie mache ich das?« fragte sie.

»Warten Sie, wir werden der Misi etwas geben, das ihr hilft«, antwortete Sylvia, und zu Afiba, der Haussklavin von Masra Lodewijk, sagte sie: »Paß gut auf meine Misi auf, du mußt ihr helfen, hast du gehört?«

Afiba nickte, sie hatte gesehen, daß ihre neue Herrin Kummer hatte, und sie bedauerte das arme Kind.

Doch dann kam die Lösung von anderer Seite. Lodewijk hatte auch gemerkt, daß seine junge Frau seine Intimitäten nicht wollte, und er selbst hatte auch kein Bedürfnis nach einem ängstlichen jungen Mädchen, das seine Zärtlichkeiten als Strafe empfand. Er hatte schließlich Beate, seine Konkubine, seine Geliebte, bei der er gern war und mit der er alles besprach. Beate versorgte und verwöhnte ihn, bei ihr und ihren gemeinsamen Kindern war er zu Hause. Lucie hatte er nur geheiratet, weil alle es für ratsam hielten, daß er eine rechtmäßige weiße Ehefrau hatte. Weil sie so lieb und folgsam war, hatte er sie auserwählt, in keiner anderen Absicht, als sich mit ihr zu schmücken, eine Frau zu haben, mit der er angeben konnte. Eine andere Funktion brauchte sie nicht zu erfüllen, von ihm aus konnte es so bleiben, wie es war.

Nach dem Mittagessen sagte er ohne Umschweife zu Lucie: »Mein liebes Kind, ich will dich zu nichts zwingen. Du kannst in einem anderen Zimmer schlafen, wenn du willst. Und solltest du je das Bedürfnis nach nächtlicher Gesellschaft haben, kommst du einfach zu mir, du weißt ja, wo mein Zimmer ist. Abgemacht?«

Lucie atmete erleichtert auf.

Sie merkte zwar, daß ihr Mann danach sehr oft die Nacht bei seiner Haushälterin verbrachte, fand dies jedoch überhaupt nicht schlimm. So war sie wenigstens von diesem Schrecklichen erlöst. Sie gab sich Mühe, lieb und nett zu ihrem Mann zu sein, wenn er zu Hause war; sie spielte gehorsam die gute Gastgeberin, wenn er sagte, daß sie Besuch empfangen müßten, und sie ging brav mit, wenn sie bei seinen Bekannten eingeladen waren.

Nicht lange danach sah Lucie Gracia auf der Straße vorbeigehen. Sie schickte einen Laufburschen mit dem Auftrag hinaus, Gracia hereinzubitten.

»Kannst du mich nicht ab und zu besuchen kommen?« fragte Lucie ihre frühere Sklavin, die jetzt ein schönes Kleid und Schuhe trug. Gracia wollte schon, aber was würde der Masra dazu sagen, ging so was denn? Farbige Konkubinen gingen doch nicht bei weißen Frauen auf Besuch?

»Ach bitte, Gracia, du kannst ja alle vierzehn Tage einmal kommen, um die Näharbeiten zu verrichten, du bist doch so eine gute Näherin. Das geht doch? Ich kenne hier niemanden, und meine Schwester ist so streng.«

Gracia nickte, sie wollte der Misi gern diesen Gefallen tun, und die Misi hatte recht, keiner konnte etwas dagegen haben, wenn die Näherin regelmäßig vorbeikam.

Den Haushalt hatte von jeher die Sklavin Afiba geführt; mit drei weiteren Sklavinnen im Haus, einem Laufburschen und ein paar Arbeitern für den Hof lief alles wie am Schnürchen. Lucie mußte Afiba nur ab und zu Geld geben und die Schlüssel für die Schränke. Ihr war es recht so.

Wenn Lodewijk tagsüber unten in seinem Büro war, führte sie ihr gewohntes Leben weiter und zog sich in ihre eigene Welt voller Träume und Phantasien zurück.

ESTHELLE

Nach der Hochzeit blieb die Familie noch eine Weile in der Stadt. Esthelle hatte nichts dagegen, ihr gefiel es hier sehr gut; einmal war sie mit Masylvie auf die Straße gegangen, und einmal durfte sie mit zum Markt, das war ein richtiges Erlebnis. Meistens blieb sie jedoch im Haus, oben in einem Zimmer mit Misi Daantje. Eigentlich hatte Esthelle ein bißchen Angst vor den Stadtbakras. Die Hausherrin war so eine vornehme Misi, sie war zwar eine Schwester von Masra Etienne, aber ganz anders als er. Sie war auch diejenige gewesen, die sie geschlagen hatte, als sie sich am Abend der Hochzeit das Feuerwerk angesehen hatte. Einmal kamen auch die Söhne der Stadtmisi in das Zimmer, in dem sich Esthelle und Misi Daantje aufhielten, zwei Jungen im Alter von fünf und vier Jahren, und sie waren gar nicht nett zu Misi Daantje und brachten sie zum Weinen. Eine kleine Misi war auch noch im Haus. Sie war nur ein Jahr älter als Esthelle und trug immer die schönsten Kleider. Natürlich existierte das braune Sklavenkind für diese Jeane-Marie überhaupt nicht. Nur ab und zu, wenn die kleine Misi etwas brauchte, rief sie befehlend: »Esthelle, bring mir dies«, oder: »Esthelle, hol mir das.« Und vor dem Stadtmasra hatte Esthelle richtig Angst.

Der Gran Masra von der Plantage war schon alt, aber durchaus nett, er lachte sogar manchmal, wenn Masra Etienne ihm zeigte, wie klug sie war. Doch diesen langen, dünnen Mann mit dem schmalen Mund und dem kahlem Schädel fand sie einfach gräßlich. Der Masra sah sie zum Glück nie, und wenn sie ihn erblickte, machte sie sich so klein wie möglich.

Esthelle wußte, daß Misi Lucie jetzt mit ihrem Mann in einem eigenen Haus wohnte, und sie war auch einmal mit Masylvie dort gewesen, weil sie etwas abgeben mußten. Misi Lucie würde also nicht mit ihnen nach Ma Rochelle zurückkehren. Esthelle fand das schade; Misi Lucie sagte nie viel, aber sie war nicht streng, und wenn sie mit ihr sprach, war sie immer freundlich.

Masra Etienne sah sie selten. Der ging jeden Morgen weg und kam erst nachmittags zurück. Er ging zur Schule. Esthelle hatte begriffen, daß das ein Ort war, wo man alles mögliche lernte. Mußte Masra Etienne denn noch mehr lernen? Er war doch schon so klug. Sie wünschte, er hätte in der Stadt auch Zeit gehabt, ihr etwas beizubringen. Seit sie hier waren, hatte sie nichts mehr geschrieben oder vorgelesen, und sie bekam auch keine Rechenaufgaben mehr von ihm.

Einmal spielte Esthelle auf der Hinterveranda mit Misi Daantje. Neben ihr war Misi Jeane-Marie mit einer Tafel und einem Griffel beschäftigt. Die Misi zählte an den Fingern ab und schrieb manchmal etwas auf die Tafel, um es anschließend seufzend wieder auszuwischen. Als sie die Tafel hinlegte, um zu ihrer Mutter ins Eßzimmer zu gehen, hatte Esthelle schnell einen Blick darauf geworfen. Es waren alles Rechenaufgaben, deren Lösung sie sofort wußte. Es hatte ihr in den Fingern gejuckt, den

Griffel zu nehmen und überall die richtigen Zahlen dahinter zu schreiben, doch ihr war klar, daß sie das nur in Schwierigkeiten bringen würde, und so hatte sie es lieber gelassen.

Als Silvester und Neujahr vorbei waren, hörte Esthelle die Misi sagen, daß sie bald wieder nach Ma Rochelle zurückfahren würden. Dann kann mir Masra Etienne wieder etwas beibringen, das ist schön, dachte sie. Aber als sie eines Abends wieder einmal lauschte, was im Vorderzimmer besprochen wurde, hörte sie, daß Masra Etienne nicht mit ihnen mitgehen, sondern in der Stadt bleiben würde.

Alles wurde für die Abfahrt vorbereitet, und als Esthelle wußte, daß sie am nächsten Tag abreisen würden, wartete sie auf Masra Etienne, als er aus der Schule kam. Er fühlte plötzlich, wie eine kleine Hand an seinem Hemd zog, und als er sich umdrehte, sah er Esthelle.

»Bleibt der Masra in der Stadt, wenn wir weggehen?«

»Ja, Stelletje, ich bleibe in der Stadt. Warum willst du das wissen?«

Das Mädchen zuckte mit den Schultern und ließ den Kopf hängen.

Masra Etienne hob mit einem Finger ihr Kinn an und wiederholte seine Frage. »Warum willst du das wissen?«

Zwei große Tränen rollten über Esthelles Wangen. Flüsternd antwortete sie: »Wer bringt mir dann etwas bei, Masra?«

Etienne sah das Kind an, und ihn beschlich ein seltsames Gefühl. Ihm hatte es einfach Spaß gemacht, doch jetzt erkannte er, wie wichtig er für Esthelle war. Am liebsten hätte er sie an sich gezogen, den Arm um sie gelegt und sie getröstet. Aber das ging nicht, so etwas machten vierzehnjährige weiße Jungen bei achtjährigen Sklavinnen nicht.

»Hör zu, Esthelle.« Er blickte nach oben, um sich zu vergewissern, daß sie keiner sah, und fuhr dann fort: »Sag keinem was, mach zu Hause auf deiner Tafel Rechenaufgaben, ganz viele Rechenaufgaben, und wenn ich zur Plantage komme, sehe ich sie nach.«

»Wann kommt der Masra denn?« fragte Esthelle.

»Bald«, Masra Etienne dachte kurz nach, »in zehn Wochen, wenn zehnmal ein Sonntag vorbei ist. Abgemacht?«

Am nächsten Morgen, ehe er zur Schule ging, steckte Masra Etienne den Kopf in Misi Daantjes Zimmer und flüsterte: »Psst, Esthelle.« Das Mädchen lief auf den Flur.

Masra Etienne hatte ein kleines Päckchen in der Hand.

»Das ist ein Buch«, sagte er, »für dich zum Lesen. Zeig es niemandem, versteck es am besten gleich.«

»Ja, Masra«, flüsterte Esthelle, und sie ging schnell die Treppe hinunter auf den Hof. In dem Zimmer, in dem Masylvie ihre Sachen hatte, versteckte Esthelle das Päckchen tief unten in einem Korb und legte Masylvies Rock darüber. Als sie zum Haus zurückkam, sah sie gerade noch Masra Etienne weggehen. Er hob die Hand zum Gruß. »Auf Wiedersehen, Masra«, rief sie.

Als Esthelle ein paar Tage später auf Ma Rochelle ihr Buch aus Masylvies Korb holte, fehlte nicht viel, und sie hätte eine Tracht Prügel bekommen, weil Masylvie dachte, sie hätte das Buch gestohlen.

»Nein, nein, Masylvie, ich habe es nicht gestohlen,

77

Masra Etienne hat es mir gegeben, wenn der Masra kommt, kann Masylvie ihn selbst fragen«, rief Esthelle. »Das tue ich bestimmt, und wenn sich herausstellt, daß du gelogen hast, bekommst du nachträglich noch eine Tracht Prügel«, sagte Masylvie streng. »Und paß bloß auf, daß die Misi und der Masra das Buch nicht sehen.« Das hatte Esthelle auch nicht vor; sie bewahrte das Buch in Misi Daantjes Zimmer unter ihrer Matte auf. Jeden Mittag, wenn die Familie schlief, las Esthelle darin. Zuerst verstand sie nicht viel. Die Geschichte handelte von einem Mädchen, das eine wunderschöne Katze hatte, und einem Lumpenhändler, der die Katze haben wollte, um ihr Fell verkaufen zu können. Esthelle las das Buch so oft, bis sie es fast auswendig kannte.

Eines Mittags schlich das Kind heimlich in Misi Lucies Zimmer. Auf einem Tisch sah sie ein paar Bücher liegen. Sie nahm eins davon mit und begann, darin zu lesen. Auch jetzt verstand sie zuerst wenig von dem, was sie las; durch das Buch lernte sie eine völlig neue Welt kennen. Hier gab es keine Plantage und keine Stadt; hier gab es Schlösser mit Edelmännern und Burgfrauen, die Mäntel trugen. Was war ein Mantel? Den Menschen in der Geschichte war kalt, sie spazierten durch Schnee, liefen auf Eis Schlittschuh und fuhren mit einem Pferdeschlitten. Was war Schnee, und was war Eis? Es gab so vieles, das Esthelle nicht kannte. Eines verstand sie allerdings sofort: In der Welt dieser Bücher gab es keine Sklaven und Sklavinnen, keine schwarzen und braunen Menschen. Die Menschen hatten keine Farbe. In dieser Welt waren alle Menschen weiß.

4. KAPITEL

Ma Rochelle, Oktober 1859

JEAN COUDERC

»Guten Tag, Masra Couderc«, sagte ein blonder junger
Mann, der gerade mit einem Boot angekommen war
und jetzt an der Treppe zur Vorderveranda stand. An
seinen rosigen Wangen konnte man erkennen, daß er
noch nicht lange in Surinam war. Hinter ihm kamen
noch zwei Männer an Land, einer von ihnen war ein
älterer weißer Herr und der andere ein Mulatte.

»Guten Tag, meine Herren«, begrüßte Jean Couderc
die drei freundlich. »Kommen Sie doch herein. Es wird
schon dunkel, Sie wollen sicher hier übernachten.
Wohin geht die Reise denn?«

»Wir besuchen einige Plantagen, Masra, und würden
uns freuen, wenn wir auch bei Ihnen ein paar Tage bleiben könnten.«

»Oh, das geht sicher. Was ist denn der Grund Ihres Auf-
enthaltes?«

Einen Augenblick sahen sich die beiden weißen Männer
unsicher an, der Farbige war stehengeblieben und stand
ein Stück von der Treppe entfernt.

»Wir sind Missionare der Herrnhuter«, erklärte der
ältere Mann. »Wir kommen, um Ihren Sklaven das
Evangelium beizubringen ...«

Noch ehe er weitersprechen konnte, rief Masra Couderc: »Was? Gott behüte! Wenn Sie das vorhaben, können Sie gleich wieder umkehren.«

Der junge Mann trat vor Schreck einen Schritt zurück, doch sein älterer Begleiter öffnete seine braune Ledertasche und holte ein paar Papiere heraus.

»Nach dem Sklavengesetz von 1856 dürfen wir Plantagen besuchen, um das sittliche Niveau der Sklaven zu heben«, sagte er.

»So, und wie, bitte, gedachten Sie, das zu tun?« fragte Jean Couderc spöttisch.

»Indem wir ihnen die Botschaft des Herrn verkündigen«, antwortete der ältere Mann.

»Daß ich nicht lache«, sagte Jean Couderc, während er seinen Stock schwenkte. »Also gut, Männer, ich werde euch ein Zimmer geben, in dem ihr die Nacht verbringen könnt.« Dann zeigte er auf den Mulatten und fragte: »Und wer ist das?«

»Das ist unser Kollege, er ist auch ein Bruder«, beeilte sich der junge Mann zu sagen.

»Er kann bei meinem Aufseher übernachten. Oder wissen Sie was, Sie können zu dritt dort übernachten. Ich werde Ihnen eine Mahlzeit bringen lassen. Morgen früh reisen Sie wieder ab, und lassen Sie bitte meine Sklaven in Ruhe. Es sind meine Sklaven, verstehen Sie. Es hieße Perlen vor die Säue werfen, ihnen vom Herrn zu erzählen. Auf Wiedersehen.«

Nachdem die Männer zum Haus des weißen Aufsehers gegangen waren, stand Jean auf. Er war inzwischen ein alter Mann; auf seinen Stock gestützt ging er ins Eßzimmer, wo er Constance antraf, die auf einem Stuhl saß und zusah, wie Sylvia Danielle mit einem Löffel fütterte.

80

»Wer war das, Vater?« fragte Constance.

»Wieder ein paar von diesen unverschämten Herrnhuter-Missionaren«, antwortete Jean, »diese Leute lehren …« Er brach mitten im Satz ab. Seine Augen verdrehten sich, er schwankte und fiel zu Boden.

»O mein Gott«, rief Constance.

»Ach du meine Güte, Masra«, rief Sylvia. Sie sprang auf und kniete sich neben ihn.

Danielle fing an zu weinen. Esthelle ging zu ihr. »Komm, Misi Daantje, schön essen«, sagte sie. Sie nahm den Löffel und fütterte das Kind, während sie auf die Szene starrte, die sich vor ihren Augen abspielte. Da lag der Gran Masra mit Schaum vor dem Mund am Boden, zuckte und gab seltsame Laute von sich.

»Es ist ein Schlaganfall, was sollen wir tun?« fragte Constance ängstlich.

»Soll ich den Medizinmann rufen, Misi?« fragte Sylvia, nachdem sie versucht hatte, dem Masra das Gesicht abzuwischen.

»Oder diese Männer, Masylvie, diese Herrnhuter?« schlug Esthelle vor.

»Ja, hol sie«, sagte Sylvia.

So kam es, daß die drei Herrnhuter-Missionare doch noch vier Tage auf der Plantage blieben, nicht, um den Sklaven von Gott, dem Herrn, zu erzählen, sondern um dem Besitzer Jean Couderc zu helfen, den ein Schlaganfall getroffen hatte.

Einige Wochen später war offensichtlich, daß Masra Couderc gelähmt bleiben würde. Constance fand es nicht ratsam, mit dem Kranken auf der Plantage zu bleiben. Ihr Schwiegervater würde Pflege, vor allem aber medizinische Hilfe brauchen; es war besser, wenn sie alle zusammen in die Stadt zogen. Das Leben auf der Plantage hatte sowieso seinen Glanz verloren.

Remi und Etienne kamen für ein paar Tage nach Ma Rochelle, um ihren Großvater zu sehen und zu besprechen, was getan werden mußte. Sie rieten ihrer Mutter, noch eine Weile mit dem Umzug zu warten. Im Haus in der Gravenstraat sollten zuerst noch ein paar Veränderungen vorgenommen werden, damit zwei getrennte Wohnungen entstanden. Mama konnte dann mit Großvater und Danielle unten wohnen, und Francine und Pieter mit ihrer Familie oben. Etienne erzählte seiner Mutter lieber nicht, daß Pieter sehr böse geworden war, als er hörte, daß seine Schwiegermutter mit ihrem Schwiegervater in die Stadt ziehen wollte. Er hatte keine Lust, einen Lahmen und ein schwachsinniges Kind am Hals zu haben. Francine hatte ihn daran erinnern müssen, daß das Haus, in dem sie wohnten, ihrem Großvater gehörte. Noch immer murrend hatte sich Pieter schließlich damit einverstanden erklärt, nach oben zu ziehen, nicht ohne seiner Frau noch mitzuteilen, daß er auf keinen Fall für die Umbaukosten aufkommen würde. Etienne hatte das ganze Gespräch mit angehört, doch er wollte seine Mutter nicht beunruhigen. Er hatte immer schon gewußt, daß sein Schwager ein Geizhals war.

Einige Wochen später, an Silvester, genau zwei Wochen bevor die Familie in die Stadt ziehen wollte, starb Jean Couderc. Er war friedlich eingeschlafen und lag mit einem Lächeln auf dem Gesicht da, als Sylvia ihn morgens waschen wollte. Er wurde auf seiner Plantage Ma Rochelle begraben, neben seiner Frau und seinen Eltern.

Etienne bestand darauf, daß sein Grabstein die Inschrift trug: »Er fand sein Eldorado.«

SYLVIA UND ESTHELLE

Als klar war, daß die Familie Ma Rochelle endgültig verlassen würde und daß Sylvia und Esthelle sie in die Stadt begleiten würden, wollte Sylvia, daß sie und ihre Pflegetochter würdig von ihrer Heimat Abschied nahmen. Alle Plantagensklaven stimmten ihr zu. Die Heimat war heilig, da war die Nabelschnur begraben, und da gehörte man hin. Wenn man wegging, mußte man die Geister um Vergebung und Beistand an seinem neuen Wohnort bitten. Dafür brauchte man ein gutes Wasi, ein rituelles Bad, und ein richtiges Dansi beim Kankantriebaum. Außerdem hatten die Sklaven dieses Jahr keinen traditionellen Neujahrstanz gehabt, weil der Gran Masra gerade gestorben war. Auf allen Plantagen wurden Neujahrstänze abgehalten, und normalerweise würde ein Pflanzer seinen Sklaven diese Tanzwoche nie nehmen, denn er konnte sicher sein, daß die Sklaven sonst nicht mitarbeiten würden und daß alles in dem Jahr schlecht vorangehen würde. Misi Constance hatte dann auch keine Einwände, als sie hörte, daß getanzt werden sollte.

»Geht Esthelle auch mit?« fragte Misi Constance Sylvia, als sie sah, daß beide am Abend des Tanzfestes das Haus verließen.

Esthelle drehte sich erschrocken um. Was, wenn sie nicht zu dem Fest mitdurfte! Aber Sylvia antwortete entschieden: »Ja, Misi, Esthelle ist doch auch ein Sklavenkind, und ihre Nabelschnur liegt auch hier begraben.«

»Aber wer soll denn dann bei Misi Daantje bleiben?« fragte Constance.

»Misi Daantje wird schlafen«, sagte Sylvia, so, als würde sie eine Beschwörung aussprechen.

Alle Weißen hielten die religiösen Tänze der Sklaven für Aberglaube, doch gleichzeitig hatten sie soviel Angst vor diesem Götzenglauben, daß Misi Constance nickte und glaubte, was Sylvia gesagt hatte: Misi Daantje würde schlafen.

Es war zehn Uhr abends; der Vollmond schien, und der breite Commewijne sah aus wie ein silbernes Band. Eine Gruppe Frauen bildete einen Halbkreis am Ufer. In der Mitte standen Sylvia und Esthelle; sie trugen nur ein kleines Umschlagtuch, das um die Taille gebunden war und bis auf die Schenkel reichte. Neben ihnen stand eine Priesterin in einem langen, weißen Rock. Auf dem Boden neben ihr standen verschiedene Kalebassen, und in der Hand hielt sie einen Zweig. Die Frauen begannen zu singen und zu klatschen, und ihre Körper bewegten sich zum Rhythmus des Gesangs. Die Priesterin schlug zuerst sich selbst ein paarmal mit dem Zweig auf den Rücken, die Arme, die Schenkel und die Beine, und dann wurden Sylvia und Esthelle geschlagen. Danach nahm die Priesterin einen Stock und rührte damit in den Kalebassen. Dabei rief sie immer wieder bestimmte Worte, und die Frauen wiederholten die Zeile und sangen sie ein paarmal nach. Dann nahm die Priesterin eine Kalebasse und schenkte aus den anderen Kalebassen und einem Krug etwas ein. Nachdem sie selbst einen

Schluck getrunken hatte, mußte Sylvia trinken und anschließend Esthelle. Danach watete die Priesterin langsam ins Wasser, gefolgt von den beiden Frauen. Die anderen Sklavinnen kamen singend hinterher, doch sie gingen nicht ganz in den Fluß, sondern blieben am Rand stehen, wo das Wasser nicht weiter als bis zu den Knöcheln reichte. Sylvia und Esthelle wurden von der Priesterin mit Wasser besprengt und danach auch von den anderen Frauen. Anschließend verließ die ganze Gruppe singend den Fluß, um ins Sklavendorf zurückzukehren, vorneweg die Priesterin, der Rest tanzend dahinter. Auf dem Dorfplatz bekamen Sylvia und Esthelle beide ein buntes Tuch umgebunden und wurden mit Schnüren behängt; an den Hand- und Fußgelenken wurden Bänder befestigt. Um Mitternacht begab sich die ganze Gruppe singend und tanzend zu dem großen Kankantriebaum, dem Baum, der weit über alle anderen Bäume hinausragt und von den Schwarzen verehrt wird. Alle anderen Frauen und die Männer warteten dort, und der Hohepriester, der wie ein afrikanischer Stammesfürst gekleidet war, stand bereit, um mit dem Tanz zu beginnen, der Watramama genannt wurde. In einer Hand hielt er ein gebogenes Messer und in der anderen einen Sangrafuzweig. Mit diesem Zweig wurden alle Anwesenden, die um den Baum standen, kurz berührt. Dabei rief jeder: »Hilf uns, Gott.« Die Zeremonie wurde von Händeklatschen und Gesang begleitet. Danach nahmen ein paar Männer an den Trommeln Platz, und der Tanz begann. So manch einer fiel im Laufe der Nacht vor Müdigkeit fast um, doch dann stellte er sich kurz an die Seite, um zu verschnaufen, und danach ging es voller Energie weiter. Bis zum Morgengrauen dauerte das Fest.

Dann gingen die Leute nach Hause, um sich auszuruhen.
An diesem Tag wurde natürlich nicht gearbeitet.
In den folgenden vier Nächten wurde weitergefeiert.
Gegen Mittag gingen Sylvia, Esthelle und noch ein paar
Haussklavinnen jeweils für einige Stunden zum Haus,
um für das Essen zu sorgen und die wichtigsten Dinge
im Haushalt zu erledigen.
Als die Tanzwoche vorbei war, mußten Sylvia und an-
dere Sklavinnen beim Einpacken helfen, und ein paar
Tage später reiste Misi Constance mit Danielle und
ihren Haussklavinnen nach Paramaribo. Sie verließen
Ma Rochelle für immer.

Paramaribo, Oktober 1859

CONSTANCE

Constance richtete sich in ihrem Haus in der Stadt ein.
Jetzt, wo ihr Schwiegervater nicht mehr lebte, fand Pieter es besser, wenn das Haus nun doch anders aufgeteilt
wurde. Er und Francine wohnten unten und hatten ihr
Schlafzimmer auf der kühlen Rückseite des Hauses, und
daneben war das Zimmer ihrer Tochter Jeane-Marie.
Constance wohnte im ersten Stock. Sie hatte ihr Schlafzimmer auch auf der Rückseite des Hauses; daneben befand sich Danielles Zimmer, in dem Esthelle auf einer
Matte am Boden schlief. Sylvia war in einer der Skla-
venkammern im Hof untergebracht. Im zweiten Stock
hatte Etienne auf der einen Seite ein Zimmer, und auf
der anderen Seite hatten die beiden Söhne von Francine
und Pieter ihr Zimmer.

Constance wußte wohl, daß Pieter diese Aufteilung vorzog, weil er Angst hatte, Danielle würde auf den Hof laufen oder vielleicht zu ihnen ins Vorderzimmer kommen, wenn sie Besuch hatten. Jetzt war oben an der Treppe ein Gitter befestigt, und Danielle wurde beigebracht, daß sie dort nicht hinuntergehen durfte. Esthelle bekam den Auftrag, darüber zu wachen.

Constance dachte, daß es vor allem für Lucie gut sei, daß sie in der Stadt war und in der Nähe ihrer Tochter wohnte. So hatte die junge Frau wenigstens ein bißchen Gesellschaft, denn viele Freunde hatte sie nicht, und zu ihrer Schwester ging sie nicht oft. Was Constance jedoch beunruhigte, war, daß Lucie soviel Umgang mit ihrer früheren Sklavin Gracia hatte. Auch wenn Gracia jetzt keine Sklavin mehr war, sondern die Haushälterin von Jan Menkema, einem Freund von Lodewijk, so gehörte es sich doch nicht, daß Lucie Gracia zur Freundin hatte. Alle Bekannten von Constance machten ihr gegenüber Bemerkungen darüber, und Pieter hatte sogar gesagt, sie müsse ihrer Tochter klarmachen, daß sie sich nicht mit diesem Mischlingsvolk gemein machen dürfe, weil sie so eine Schande für die Familie sei.

Arme Lucie, dachte Constance; sie hatte keine Kinder und war noch immer das stille Mädchen, das nicht viel sagte und folgsam alles tat, was man von ihr erwartete.

Doch so folgsam war Lucie nicht mehr, denn als ihre Mutter sie einige Tage später fragte, ob sie wirklich keine andere Freundin haben könne als Gracia, erwiderte Lucie: »Was hast du gegen Gracia? Früher fandest du sie gut genug, um alles für uns zu tun, und jetzt soll ich nicht mal mit ihr reden dürfen?«

»Du bist eine weiße, verheiratete Frau, Lucie«, sagte

ihre Mutter, »Gracia ist eine Mulattin und eine frei-
gekaufte Sklavin, die in Unzucht mit einem Mann
lebt.«
Lucie sah ihre Mutter an und entgegnete ruhig: »Weißt
du, Mama, manchmal wünschte ich, ich wäre an Gracias Stelle.«
Ihre Mutter schüttelte verständnislos den Kopf und
dachte bei sich, daß mit Lucie vielleicht doch irgend
etwas nicht stimmte.

ESTHELLE

Esthelle fand es herrlich in der Stadt. Da war immer
etwas los, und sie verstand sich gut mit den anderen
Sklaven und Sklavinnen auf dem Hof. Schon bald hatte
sie dort auch eine gute Freundin, die Meta hieß. Meta
war achtzehn und hatte einen ehemaligen Sklaven zum
Freund, der jetzt bei einem Blechschmied in der Saramaccastraat arbeitete. Er wohnte bei seinem Arbeitgeber
auf dem Hof, besuchte Meta aber fast jeden Abend; zusammen hatten sie einen zehn Monate alten Sohn. Meta
war das Putzmädchen der Coudercs; jeden Morgen
mußte sie alle Lampengläser abstauben und polieren,
die Nachttöpfe wegräumen und säubern, und außerdem
saß sie oft stundenlang auf der hinteren Eingangstreppe
und putzte Kupfergegenstände und Tafelsilber. Wenn
Esthelle nichts zu tun hatte, weil Misi Daantje schlief,
setzte sie sich zu Meta und half ihr bei der Arbeit. Dabei
unterhielten sich die Mädchen. Meta wußte viel vom
Leben, und sie erzählte der inzwischen vierzehnjährigen
Esthelle, die noch nicht soviel erlebt hatte, von ihren Er-

fahrungen. Esthelle revanchierte sich dafür mit all den prächtigen Geschichten, die sie in Büchern gelesen hatte, und Meta lauschte gebannt, denn so etwas hatte sie noch nie gehört.

Einmal fragte Meta: »Warum nannten sie dich eigentlich immer das Ausreißerkind?«, denn sie hatte früher manchmal gehört, daß die anderen Sylvia gegenüber so von Esthelle sprachen.

Esthelle erzählte, was sie von Sylvia über ihre Geburt wußte.

»Hat denn niemand je wieder etwas von deiner Mutter gesehen oder gehört?« wollte Meta wissen.

»Nein«, sagte Esthelle. »Ach, sie wird wohl tot sein.«

Das Schönste am Leben in der Stadt war für Esthelle, daß Masra Etienne wieder in ihrer Nähe war. Sie sah ihn jetzt jeden Tag und hatte ihn gefragt, ob er ihr noch mehr beibringen würde.

»Du bist groß geworden, Mädchen«, hatte Masra Etienne geantwortet, während er sie lächelnd ansah, »und du weißt schon so viel, was könnte ich dir noch beibringen? Lies mal die Zeitung.«

Die kam zweimal in der Woche, sonntags und mittwochs, und wenn alle sie gelesen hatten, sorgte Masra Etienne dafür, daß Esthelle sie bekam. Das Mädchen verschlang alles, was darin stand, selbst die kleinste Anzeige.

Eines Tages las sie etwas von einer Leihbibliothek, bei der man Mitglied sein konnte. Was das war, wußte sie, denn darüber hatte sie einmal etwas in einem Buch gelesen. Sie paßte einen Augenblick ab, in dem Masra Etienne allein im Eßzimmer war. Dann fragte sie ihn, ob eine Bibliothek nicht ein Ort sei, wo man Bücher ausleihen könne, und ob es viele Bücher in der Bibliothek gebe, von der sie in der Zeitung gelesen hatte.

»O ja«, Etienne nickte, und er erzählte ihr, wie es dort zuging. Das Mädchen hörte interessiert zu.

»Kann ich auch dorthin gehen, Masra?« fragte sie hoffnungsvoll.

»Ach, Stelletje«, antwortete er mitleidig. »Jetzt kannst du noch nicht dorthin, aber es wird nicht mehr lange dauern, dann ist die Sklaverei abgeschafft, und du kannst tun, was du möchtest.«

Esthelle zuckte mit den Achseln, sie hatte sich schon gedacht, daß es nicht gehen würde.

»Die Weißen werden die Sklaverei nie abschaffen«, sagte sie, »sie sagen das nur, um die Sklaven zu beruhigen, in Wirklichkeit machen sie uns nur etwas vor.«

Etienne sah das Mädchen an und dachte bei sich, daß sie damit vielleicht recht hatte.

»Hör zu, Esthelle«, sagte er, »ich bin Mitglied der Leihbibliothek. Soll ich für dich ein Buch ausleihen?«

»Wirklich, Masra? Will der Masra das für mich tun?« Das Mädchen klatschte aufgeregt in die Hände.

»Ja, aber pssst, sag keinem etwas davon, hast du gehört, und denk daran, daß keiner das Buch sehen darf. Und du mußt ganz vorsichtig damit umgehen, denn wenn du die Bücher beschädigst oder schmutzig machst, darf ich mir nichts mehr ausleihen.«

Das versprach Esthelle; sie würde jedes Buch wie ihren Augapfel hüten, und seitdem lieh Masra Etienne jede Woche ein Buch für sie aus; tagsüber versteckte sie es unter ihrer zusammengerollten Matte, und abends las sie darin; sie hatte Glück, denn Misi Daantje hatte Angst im Dunkeln, und deshalb mußte immer eine

Lampe brennen, ehe sie einschlief. Auch nachmittags, wenn Misi Daantje und alle anderen im Haus schliefen, holte sie ihr Buch hervor. Oft hatte sie es schon nach drei Tagen ausgelesen, und dann mußte sie bis zur nächsten Woche warten. Manchmal wollte Masra Etienne wissen, was sie gelesen hatte, und dann erzählte sie, während er ihr amüsiert zuhörte. Ja, Masra Etienne war nett, und Esthelle hoffte von ganzem Herzen, daß er noch lange so nett bleiben und bei seiner Mutter wohnen würde, denn dann konnte sie weiter lesen.

Obwohl Esthelle speziell für Misi Daantje da war, hatte Masra Pieter gleich gesagt, daß sie auch beim Bedienen helfen müsse, wenn er und seine Frau Besuch empfingen. Esthelle war klar, daß er das wollte, weil sie eine Mulattin war. Masra Pieter machte aus seiner Verachtung für Farbige keinen Hehl. Je dunkler, desto mehr Abneigung brachte er ihnen entgegen. Er wollte nicht einmal, daß ihm die Haussklavinnen zu nahe kamen. Er könne ihren Körpergeruch nicht ertragen, behauptete er. Der Masra und die Misi bekamen sehr oft Besuch; zu den einflußreichen Gästen zählten manchmal auch der Gouverneur und seine Frau. Esthelle konnte genau hören, wie in dieser Gesellschaft über faule, dumme Neger und unzuverlässige Mulatten gesprochen wurde. Manchmal hatte sie Lust, einem der Sprecher eine Tasse Kakao ins Gesicht zu schütten, doch es blieb immer nur beim Wunsch, denn so etwas würde sie nie wagen.

In solchen Augenblicken sehnte sich das Mädchen nach dem Ende dieser Zusammenkünfte; sie mußte immer aufbleiben, bis der letzte Gast gegangen war, und je später es wurde, desto länger dauerte es, bis sie weiterlesen konnte. Oft saß sie stundenlang ohne Arbeit auf einer

Bank in der Küche, und sie hatte schon ein paarmal überlegt, ob sie nicht heimlich ihr Buch hervorholen sollte. Doch dann beschloß sie, es lieber zu lassen, sie hatte viel zuviel Angst, daß Masra Pieter es entdecken könnte, und sie wußte, was das für Folgen für sie haben würde. Nein, er sollte denken, daß sie ein dummes, unwissendes Sklavenkind war.

Der Hof in der Gravenstraat war groß; in der Länge reichte er bis zum Van Sommelsdijkcreek. Auf der anderen Seite des kleinen Wasserlaufs ging das Gelände weiter; dort wurden Bananen und Gemüse angebaut; es gab auch eine große Hühnerzucht. Ganz am Ende, an der Grenze zur Plantage Ma Retraite, waren ein Stall und eine Weide, auf der die fünf Kühe grasten. Hier wohnten auch die beiden Sklavenfamilien, die sich um das Ackerland kümmerten, und der Aufseher, ein ehemaliger Soldat.
Einer der Laufburschen brachte täglich die Milch zu den Stammkunden, und eine Sklavin verkaufte das Gemüse und die Eier, die nicht von der Familie gegessen wurden.
Zum Haus selbst gehörten sechs Sklavenunterkünfte, die alle dicht am Creek standen. Dort lebten die Sklaven, die jeden Tag für die Familie sorgten. Im ersten Zimmer wohnte die Köchin Felina mit ihren Kindern. Außer Meta hatte sie noch zwei Söhne im Alter von fünfzehn und zehn und eine Tochter von elf Jahren. Der älteste Sohn Kwasi arbeitete als Stalljunge; er mußte jeden Tag Gras schneiden und helfen, die Pferde zu versorgen. Im zweiten Zimmer war jetzt Meta mit ihrem kleinen Sohn untergebracht und daneben Isidor, der Kutscher. Das vierte Zimmer teilten sich Lulu, das Waschmädchen, und

Pedro, ihr Mann. Pedro war Zimmermann; er kümmerte sich um alle Reparaturen, die im und am Haus anfielen. Außerdem wurde er viermal pro Woche an einen Unternehmer in der Keizerstraat vermietet. Pedro und Lulu hatten keine gemeinsamen Kinder. Wohl hatte Pedro Kinder mit früheren Frauen, aber die waren alle schon erwachsen. Im fünften Zimmer wohnte Bella, die Putzfrau, zusammen mit ihrer Mutter, Nene Afie. Die war jetzt eine alte Frau, die fast nichts mehr tun konnte, weil sie kaum noch gehen konnte und außerdem taub war. Sie saß den ganzen Tag auf der Schwelle ihres Zimmers und band Besen oder verrichtete kleinere Arbeiten wie Kakaobohnen enthülsen, Bananen schälen, Gemüse putzen und dergleichen. Im letzten Zimmer waren Sylvia und Esthelle untergebracht. Esthelle hatte zwar ihre wenigen Kleider in Sylvias Zimmer, doch sie selbst mußte immer im Haus bei Misi Daantje schlafen. Trotzdem saß sie oft bei den anderen Sklaven im Hof, und abends war es manchmal richtig unterhaltsam, wenn sie sich Geschichten erzählten oder sich darüber unterhielten, was im Haus passierte.

Schon bald war Esthelle diejenige, die am meisten erzählen konnte, denn sie verstand alles, was im Haus gesagt wurde, und aus der Zeitung erfuhr sie, was im Land geschah.

»Gestern unterhielten sie sich wieder über die Abschaffung der Sklaverei«, berichtete Esthelle eines Abends, als sie alle zusammensaßen. »Sie halten uns wirklich zum Narren, es kommt bestimmt nicht dazu, denn der Gouverneur sprach von einem Minister in Holland, der gesagt habe, dies sei völlig falsch. Warum? Nun, seiner Meinung nach sind die Schwarzen in Demerara, wo die

Sklaverei bereits abgeschafft ist, wieder faule, träge Wesen geworden, die den ganzen Tag nur schlafen und nichts tun.«

»Ich hab mir schon gedacht, daß es nie dazu kommt«, sagte Isidor, »sie denken sicher, wir wären so dumm und würden nicht merken, daß sie uns zum Narren halten. Deshalb hoffe ich, daß einmal alle Sklaven zusammenkommen und diesen Bakras eine Lektion erteilen.«

»Weiße denken tatsächlich, sie allein hätten das Recht, zu faulenzen und zu schlafen«, sagte Meta.

»Sollte ich je frei sein«, meinte ihr Bruder, während er ein Maiskorn hochwarf und mit seinem Mund auffing, »glaubt mir, dann schlafe ich den ganzen Tag und rühre keinen Finger. Denen werde ich's schon zeigen.«

»Wenn du nicht arbeitest, mein Junge, hast du nichts zu essen«, erwiderte seine Mutter ruhig.

»Aber der Weiße arbeitet nicht und hat trotzdem zu essen«, antwortete Kwassi.

Das mußte Felina zugeben; der Weiße arbeitete nicht und aß trotzdem.

»Und er ißt auch noch sehr gut«, sagte Nene Afie.

5. KAPITEL

Paramaribo, Januar 1862

LUCIE

Lucie saß im Eßzimmer. Ihr gegenüber saß Gracia in
einem prächtigen Kleid und mit einem schönen Hut.
Ihre Tochter und ihr Sohn spielten auf dem hinteren
Balkon und bekamen von Afiba gerade ein Glas Saft gebracht. Gracia erzählte von einem Doe-Fest, das sie or-
ganisierte. Sie war nämlich die Sisi eines vornehmen
Doe, und um Neujahr herum war es üblich, daß die verschiedenen Does Festabende veranstalteten.
Does waren Gesangs- und Tanzvereine, bei denen
Sklavinnen und manchmal auch Freie Mitglied waren. Schirmherrin oder Sisi eines solchen Doe war
immer die Frau oder Konkubine einer angesehenen
Persönlichkeit. Lucie wußte, daß einige der vornehmen weißen Frauen aus dem Kreis, zu dem Francine gehörte, auch Sisis waren, doch Francine war
es nicht. Das würde Pieter nie erlauben; seine Frau
hatte nicht auf dieser Ebene mit Farbigen zu verkeh-
ren. Der eigentliche Grund, dachte Lucie, war natürlich, daß er Angst hatte, es würde ihn Geld kosten. Sie
selbst war auch keine Sisi, nein, das war nichts für sie;
man stelle sich vor, sie müßte das Programm ansagen
oder helfen, so einen Abend zu organisieren. Das

könnte sie nicht; schon der Gedanke daran machte ihr Angst.

Jan Menkema war ein fröhlicher Mann, der alles mitnahm, was ihm das Leben bot. Er betrachtete seinen Aufenthalt in Surinam als großes Abenteuer, und jedes Ereignis, das er aus seiner Heimat nicht kannte, genoß er in vollen Zügen. Deshalb wollte seine Gracia auch einen richtigen schönen Doe-Abend für ihn organisieren. Außerdem war es eine Gelegenheit, ihre Sklavinnen glänzen zu lassen, so daß alle sehen konnten, wie wohlhabend sie war und wie ihr lieber Jan sie und ihre Kinder verwöhnte.

Lucie lauschte amüsiert Gracias begeistertem Bericht über ihr Doe mit dem klingenden Namen »Blühende Rose«! Gracia war gekommen, um Misi Lucie und Masra Lodewijk einzuladen. Sie kamen doch sicher zu ihrem Fest? Lucie nahm die Einladung dankend an. Ja, sie würden bestimmt kommen, sie und Masra Lodewijk.

»Es ist nur schade, daß meine Winanda schwanger ist. In ihrem Zustand kann sie natürlich keine Afrankeer sein. Aber wissen Sie, Misi, ich werde Esthelle bitten, ihre Rolle als Haupttänzerin zu übernehmen.«

»Unsere Esthelle?« fragte Lucie.

Gracia nickte. »Ja, Misi, Esthelle von Ma Rochelle. Sie und Sylvia sind Mitglieder bei »Blühende Rose«. Was ist Esthelle doch für ein hübsches Mädchen geworden! Und wie sie tanzt! Einfach großartig! Kann die Misi Misi Constance vielleicht fragen, ob Esthelle zum Üben kommen darf, denn sie muß auf dem Doe natürlich fehlerfrei tanzen können?«

Lachend versprach Lucie, dafür zu sorgen, daß Esthelle zu den Übungsabenden gehen konnte.

Als Gracia weg war, fiel Lucie plötzlich etwas ein, das ihr Sorgen machte. Wie sollte das nun gehen? Zu Gracias Doe würde sicher auch Beate, Lodewijks Konkubine, eingeladen sein. Gracia und Beate waren schließlich gute Freundinnen. Lucie hatte Beate noch nie getroffen, denn Konkubinen gingen nicht zu den Veranstaltungen, die verheiratete Frauen besuchten, und umgekehrt fand man eine verheiratete Frau nie dort, wo die Männer mit ihren Haushälterinnen oder Mätressen hingingen. Doch jetzt wollte Gracia sie auf dem Doe-Abend dabeihaben, und eigentlich wollte Lucie bei so etwas auch gerne mitmachen. Aber was würde Lodewijk dazu sagen? Nun, sie würde sehen.

Meistens ließ Lodewijk seine Frau in Ruhe. Eigentlich sahen sie sich kaum. Wenn er zu Hause geschlafen hatte, frühstückte er gegen acht. Danach ging er hinunter in sein Büro, wo sein Assistent und die Schreiber schon bei der Arbeit waren.

Wenn er die Nacht bei Beate verbracht hatte, erschien er gegen neun in seinem Büro, schaute schnell ein paar Unterlagen durch und kam dann gegen zehn auf eine Tasse Kaffee nach oben. Das Mittagessen nahm er gewöhnlich zu Hause ein. Manchmal ließ er sich allerdings auch um zwölf mit der Kutsche zu Beate bringen, und dann kehrte er erst nach der Mittagspause zurück. Es kam auch vor, daß er drei oder vier Tage hintereinander kaum zu Hause war. Dann hörte Lucie später von Gracia, daß Lodewijk auf verschiedenen Festen gewesen war, zu denen Haushälterinnen und Konkubinen ihre Männer begleiteten.

Zweimal im Jahr machte Lodewijk eine Reise zu den verschiedenen Plantagen, die unter seiner Verwaltung standen. Einmal besuchte er die Plantagen am Surinam und ein anderes Mal die am Commewijne. Dann blieb er jeweils zwei bis drei Wochen weg.

Lucie fand es nicht schlimm, daß sie ihren Mann so wenig sah; sie lebten nicht wirklich wie ein Ehepaar. Sie hatten beide ihr eigenes Zimmer und waren selten zusammen.

Trotzdem waren noch manchmal schlimme Dinge passiert.

Ein paarmal war Lodewijk völlig betrunken nach Hause gekommen. Lucie ging meist früh zu Bett und war schon in ihrem Zimmer gewesen; plötzlich hatte er vor ihrem Bett gestanden. Danach hatten sich schreckliche Szenen abgespielt. Lodewijk hatte getobt und gebrüllt, daß sie verdammt noch mal seine Frau sei und daß er ihr schon beibringen würde, was die Pflichten einer Frau seien. Er befahl ihr, sich auszuziehen und sich aufs Bett zu legen, und zitternd vor Angst hatte sie tun müssen, was er von ihr verlangte. Ihr graute noch immer, wenn sie daran dachte; einmal hatte sie versucht, aus dem Zimmer zu laufen, doch er hatte sie gepackt und aufs Bett geworfen, ihr die Kleider vom Leib gerissen und sie ohne Mitleid vergewaltigt.

Wenn Lodewijk in so einem Zustand war, hatte Lucie eine Todesangst vor ihm, und wenn sie wußte, daß er in den Männerklub ging, betete sie im stillen, daß er danach nicht nach Hause kam, sondern zu Beate ging, denn er trank immer nur so viel, wenn die Männer unter sich waren. Zum Glück hatte er sie in den letzten Monaten verhältnismäßig wenig belästigt.

Nein, sie hatte nicht viel Freude in ihrem Leben. Meistens saß sie mit einer Handarbeit oder einem Buch still auf ihrem Balkon. Hätten ihr Lodewijks grauenvolle Intimitäten wenigstens Kinder geschenkt, dann wären diese Szenen immerhin zu etwas gut gewesen, dachte sie oft. Doch sie hatte leider keine Kinder, und dabei sehnte sie sich manchmal so sehr danach. Wie anders wäre ihr Leben gewesen, wenn sie ein Kind gehabt hätte, jemanden, den sie liebhaben, mit dem sie schmusen und für den sie sorgen könnte. Das mußte doch etwas Herrliches sein.

Ihre Mutter hatte nicht verstanden, was sie meinte, als sie gesagt hatte, sie würde gern mit Gracia tauschen. Ihr war es ernst damit gewesen.

Sicher, Gracia war eine Mulattin, eine ehemalige Sklavin sogar, aber was hieß das schon? Sie war eine schöne Frau, und Jan Menkema war verrückt nach ihr. Sie hatten nicht in einer Kirche geheiratet, sondern lebten ohne Trauschein glücklich zusammen, und was hatten sie für hübsche Kinder. In ihrem Haus herrschte Fröhlichkeit, da wurde gelacht. In Beates Haus war es sicher genauso. Und hier bei ihr? Hier war es wie im Totenhaus, und wenn Lodewijk da war, fühlte sie sich nicht wohl und wartete nur darauf, daß er ging und sie allein ließ.

Trotzdem hatte es in den letzten Jahren einen kleinen Lichtblick in Lucies Leben gegeben. Sie hatte Otto kennengelernt, einen Mulatten, der vor einigen Jahren als Schreiber in Lodewijks Büro angefangen hatte.

Lucie wußte eigentlich kaum, wer dort arbeitete, und sie hatte keine Ahnung, was dort gemacht wurde, doch einmal mußte Otto ein paar Unterlagen holen, die Lodewijk oben auf seinem Schreibtisch liegen hatte. Dabei hatte Lucie mit dem jungen Mann Bekanntschaft gemacht. Er hatte sie freundlich gegrüßt und ihr erklärt, wer er war und weshalb er kam; da es eine Weile dauerte, ehe er alles zusammen hatte, hatte Lucie ihm ein Glas Zitronenlimonade angeboten. Als er das nächste Mal kam, war Lodewijk gerade unterwegs zu seinen Plantagen. Wieder hatte Lucie ihm etwas zu trinken angeboten. Eine Biene hatte sich auf das Glas gesetzt, und Lucie, die sah, wie er das Insekt wegscheuchte, sagte: »Schlag sie tot.« Otto betrachtete das Tier aufmerksam und meinte: »Das wäre aber schade, schauen Sie, es ist eine Königin.« Lucie hatte ihn verständnislos angesehen, und da hatte er ihr von Bienen erzählt, daß es Königinnen gab und Arbeitsbienen und Drohnen. Alles Dinge, von denen Lucie noch nie etwas gehört hatte; sie hatte es sehr interessant gefunden und es bedauert, daß Otto wieder nach unten mußte.

Als Gracia zu ihrem vierzehntäglichen Nähtag kam, hatte sie ihr von Otto erzählt. Gracia hatte sie amüsiert angesehen, und als Lucie sagte, daß er so ein netter junger Mann sei, hatte Gracia laut gelacht und gefragt: »Netter als sein Vater?« Danach hatte sie ihr die ganze Geschichte erzählt. Otto war Lodewijks ältester Sohn. Er stammte noch aus Lodewijks Zeit als weißer Aufseher; kein Kind von Beate also. Er hatte den Jungen mit einer Sklavin auf einer der Plantagen gezeugt. Das Kind war als Sklavenkind bei seiner Mutter geblieben. Als sie starb, war der Junge erst sechs, und der Plantagendirektor hatte Lodewijk, der inzwischen selbst Direktor auf einer anderen Plantage war, gebeten, etwas für das Kind zu tun, das doch sein Sohn war. Lodewijk hatte den Jungen freigekauft und bei einer freien Mestizin in der Stadt in Pension gegeben. Die hatte ihn sehr liebgewonnen und war wie eine Pflegemutter für ihn; Otto hatte eine gute Schule besucht und war ein ausgezeichneter Schüler gewesen. Nach der Schule hatte er zuerst bei einem jüdischen Kaufmann gearbeitet, der ein Geschäft in der Saramaccastraat hatte, doch sein Vater hatte ihn später als Schreiber in sein eigenes Büro geholt, da er fand, daß sein Sohn, der zwar ein Mulatte, aber trotzdem gebildet war, zu gut war, um bei einem Kaufmann Mädchen für alles zu spielen.

Das war alles neu für Lucie. Otto hatte nicht gesagt, daß Lodewijk sein Vater war, und Lodewijk hatte ihr nie etwas von der Existenz eines Otto erzählt. Aber was wußte sie eigentlich schon von Lodewijk? Sie wußte, daß es Beate gab; sie wußte, daß er jetzt fünf Kinder mit ihr hatte, von denen die beiden jüngsten in der Zeit geboren worden waren, als Lodewijk schon mit ihr verheiratet war, und das alles wußte sie auch nur von Gracia.

Als Otto wieder einmal oben war, sagte Lucie zu ihm: »Ich habe gehört, daß mein Mann dein Vater ist.«

»Ja, das stimmt«, sagte Otto, »hat er es Ihnen erzählt?«

»Nicht er, jemand anders hat es mir erzählt. Ist er ein guter Vater?«

Otto lächelte kurz und sagte dann: »Hmm, es geht. Auf jeden Fall ist er ein guter Chef, und in der Beziehung stehe ich zu ihm, wenn ich unten arbeite.«

Lucie nickte, sie verstand Otto.

DAS DOE

Keiner freute sich mehr auf das Doe als Esthelle. Wie großartig, daß Misi Gracia sie gefragt hatte, ob sie die Afrankeer sein wollte. Sie würde »Blühender Rose«

keine Schande machen; sie würde tanzen, bis sie nicht mehr konnte, und alle würden sagen, daß dies der beste und schönste Doe-Abend gewesen wäre, den sie je erlebt hätten. Masylvie hatte Misi Constance gefragt, ob Esthelle zwei Tage bei Gracia bleiben dürfe, und versprochen, dann selbst für Misi Daantje zu sorgen. Die anderen Sklaven aus der Gravenstraat würden natürlich alle zu dem Doe gehen, um Esthelle als Afrankeer tanzen zu sehen.

Schon Tage vorher hatte bei Gracia geschäftige Betriebsamkeit geherrscht. Kuchen und Kekse wurden gebacken, Getränke bereitgestellt, Stühle gesäubert und falls nötig lackiert, Kupfer geputzt, Lampengläser poliert, und die Waschfrau bügelte einen ganzen Tag lang alle Kleider.

Am Tag des Doe herrschte ein ständiges Kommen und Gehen, Sklaven und Sklavinnen eilten hin und her, während Misi Gracia auf der Hintergalerie saß, alles überwachte und Befehle erteilte. Nachmittags gegen vier trugen sechs Sklaven die Stühle und Lampen zu dem großen Zelt, das man an der Ecke Gravenstraat und Tourtonnelaan gemietet hatte. Alles wurde mit Palmzweigen und bunten Kopftüchern geschmückt, die Stühle wurden nebeneinander in Reihen aufgestellt und die Lampen aufgehängt.

Inzwischen wurden in der Burenstraat alle Kuchen auf schöne Kupfertabletts gestellt und mit Tüchern abgedeckt; die Flaschen mit den Getränken kamen in Körbe. Fünfzehn Sklavinnen stellten sich die Tabletts und Körbe auf die Köpfe, und tanzend setzte sich der Zug in Bewegung. Ganz vorn ging ein kleiner Laufbursche, der immer wieder mit einer Glocke klingelte, dahinter kam eine Sklavin in einem prächtigen Rock; in der Hand hielt sie einen Stock, an dem bunte Tücher befestigt waren. Wenn die Glocke klingelte, rief die Sklavin: »Das ist noch lange nicht alles«, und der Zug rief im Chor: »Es kommt noch viel mehr.« Schon bald gab es zahlreiche Passanten, die mitliefen und -riefen.

Im Haus wollte Esthelle im Vorsaal ein letztes Mal üben, doch sie wurde von Gracĭa aufgefordert, sich noch eine Weile auf der Matte auszuruhen. Sie durfte sich nicht ermüden, schließlich mußte sie die ganze Nacht durchtanzen.

Erst um sechs durfte Esthelle aufstehen; jetzt begann das Ankleiden. Alle Sklavinnen bekamen eine prächtige Ausstattung; eine trug einen goldgelben Seidenrock mit einem goldenen Umschlagtuch, eine andere war ganz in Blau gekleidet, die vier Zeremonienmeisterinnen zogen Arbeitsröcke an, die aus blaukariertem Baumwollstoff genäht waren, und die Kreolenmama trug einen doppelten Rock, der untere war dunkelgrün und der obere, der sich in der Mitte öffnete, aus weißer Spitze. So machten sie sich auf den Weg zum Zelt. Hinter den Frauen gingen die Männer. Der älteste Sklave war der König. Er trug eine schwarze Tuchhose, eine Jacke aus schwarzer Seide, die mit Goldpapier und auf den Schultern mit goldenen Streifen beklebt war, und dazu einen großen schwarzen Zweispitz mit goldenen Tressen und einer weißen Feder. Hinter ihm kamen der Fiskal, auch in Schwarz und Gold gekleidet, und der Doktor in einer gestreiften Hose mit schwarzer Jacke und einem schwarzen Zylinder. Von den sechs Kindern, die zu dritt nebeneinander gingen, trugen jeweils zwei rote, zwei weiße und zwei blaue Röcke. Da es ein Sipi-Doe sein sollte, waren alle Kopftücher in Form von Schiffen gebunden, und jeder hatte ein kleines, weißes Papierschiff in der Hand. Niemand war jedoch so schön wie Afrankeer Esthelle. Sie sollte aussehen wie eine blühende Rose. Dazu trug sie einen weiten, weißen Spitzenrock, darüber einen roten Rock mit großen Ajourstickblumen und oben ein prächtiges, besticktes Spitzenhemd sowie eine rote Jacke aus demselben Stoff wie der Rock; von der Taille hingen grüne Schals in Zipfeln nach unten. Ihr rotes Kopftuch war zu einer großen, blühenden roten Rose gebunden mit zwei grünen Spitzen als Blätter an beiden Seiten. An jedem Handgelenk waren zwei goldene Armbänder befestigt, an den Fußgelenken Schnüre aus getrockneten Samen und goldenen Perlen. Um ihren Hals hingen drei Blutkorallenketten in verschiedenen Längen, die vorn über ihr Spitzenhemd fielen. Am Mittel- und Ringfinger jeder Hand trug sie Ringe mit großen Steinen.

Zwischen halb acht und acht trafen die Gäste am Zelt ein. Einige von ihnen kamen in Kutschen, die meisten jedoch zu Fuß, angeführt von einem Laufburschen, der eine Lampe in der Hand hielt. Auf der Straße entstand ein regelrechter Menschenauflauf, denn alle Sklaven hatten von dem Abend gehört und drängten sich nun, um etwas sehen zu können. Manche hatten die Erlaubnis von ihren Herren und konnten, nachdem sie einen Viertelgulden bezahlt hatten, hinten im Zelt Platz nehmen. Die Gäste wurden von den Zeremonienmeisterinnen zur Gastgeberin geführt, die sie herzlich willkommen hieß. Anschließend bekam jeder einen Platz zugewiesen. In der Mitte der ersten Reihe saßen Gracia und Jan mit ihren Kindern, die Gäste in den beiden Reihen dahinter.

Punkt acht kam die Gruppe herein; in feierlicher Stille wurde sie dem Publikum vorgestellt, wobei jeder einzeln nach vorn trat und sich verbeugte.

Zum Schluß kam der Höhepunkt des Abends, Afrankeer Esthelle. Mit einer schwungvollen Verbeugung begrüßte sie das Publikum, und als sie hochschaute, blieb ihr vor Schreck fast das Herz stehen. Denn in der ersten Reihe, ganz an der Seite, saß Masra Etienne. Mit einem breiten Lächeln auf dem Gesicht sah er sie an. Einen Augenblick lang schien es, als würde Esthelle die Fassung verlieren. Etienne zwinkerte ihr zu und nickte ermutigend. Das Mädchen fühlte, wie ihr das Blut in die Wangen stieg. Wäre sie weiß gewesen, hätte man gesagt, sie würde erröten. Durch ihre braune Haut sah man nichts davon, doch ihre Augen strahlten, während sie Masra Etienne kurz zunickte. Ja, sie würde tanzen, tanzen, bis sie umfiel, für Masra Etienne, der extra wegen ihr gekommen war.

Die Trommler schlugen einen Wirbel. Das erste Lied war ein Willkommensgruß für die Gäste.

Danach folgten verschiedene Lieder, deren Texte von Masra Jan handelten, der doch so ein netter Masra war und in allem so ein echter surinamischer Mann. Zuerst tanzten die Kinder, doch schon bald tanzte Afrankeer Esthelle in der Mitte allein; schneller, immer schneller wurde der Rhythmus, und immer schneller bewegten sich Esthelles Füße und Hüften. Nach einer Stunde gab es die erste Pause. Gebäck und Getränke wurden herumgereicht, die Gäste plauderten ein wenig, und Gracia bekam viele Komplimente für ihre phantastische Gruppe und vor allem für Esthelle.

Lucie saß neben Lodewijk in der zweiten Reihe. Eine Woche zuvor hatte es eine heftige Diskussion über das Doe gegeben. Als Lodewijk von der Einladung hörte und Lucie sagte, daß sie gern daran teilnehmen wolle, hatte er erwidert, es schicke sich nicht, daß Lucie dorthin ginge. Eigentlich war er es gar nicht gewohnt, daß ihm seine Frau bei etwas widersprach, doch diesmal war sie fest entschlossen gewesen und hatte erklärt, sie würde auf jeden Fall gehen, denn Gracia und Jan hätten sie persönlich eingeladen. »Aber es werden keine anderen weißen Frauen da sein, versteh das doch«, hatte Lodewijk gerufen, und Lucie hatte ruhig geantwortet: »Dann bin ich eben die einzige.«

Ehe sie an diesem Abend das Haus verließen, hatte Lodewijk sie noch einmal gewarnt. »Dann mußt du auch für die Folgen geradestehen«, sagte er, und Lucie hatte genickt. Sie wußte, was die Folgen sein würden.

Sie würde Beate und ihre Kinder treffen.

Offenbar waren letztere gut instruiert worden, denn sie ließen in keiner Weise erkennen, daß der Mann neben der fremden Frau ihr Vater war. Auch Beate tat, als würde sie Lodewijk nicht kennen. Was für eine stattliche, elegante Dame, dachte Lucie, als sie Beate sah, ihr war beim ersten Anblick klar gewesen, daß das die Konkubine ihres Mannes sein mußte. Kein dickes, ordinäres Frauenzimmer, wie sie eigentlich gehofft hatte, sondern eine hübsche, gepflegte farbige Frau, die sehr geschmackvoll gekleidet und frisiert war. Und was für hübsche Kinder sie hatte, und so höflich und nett. Ein etwa fünfzehnjähriger Junge mit hellbrauner Haut und dunklen Haaren, eine farbige, aber hübschere Ausgabe von Lodewijk, dachte Lucie. Dann drei Mädchen im

Alter von dreizehn, zwölf und neun. Alle drei ebenfalls hellbraun, eine mit langen, fast glatten Haaren und zwei mit dunkelbraunen Ringellocken, die ihnen bis auf den Rücken reichten, und dann noch ein kleiner Junge von ungefähr fünf in einem Matrosenanzug. Er war so niedlich, daß Lucie ihn am liebsten in den Arm genommen und an sich gedrückt hätte. Als er plötzlich direkt neben ihr stand, streckte sie die Hand nach ihm aus und sagte freundlich:»Hallo, wie heißt du denn?«

Das Kind lachte, wobei ein Grübchen in seinem Kinn entstand, und antwortete:»Guten Tag, ich heiße Freddy, und wie heißen Sie?«

»Ich bin Tante Lucie«, sagte Lucie; sie sah, wie die beiden ältesten Schwestern erschrocken hochschauten und sich etwas zuflüsterten. Lucie nickte den Mädchen freundlich zu, und sie lächelten verlegen zurück.

»Willst du neben mir sitzen, Freddy?« fragte Lucie den Jungen.

Er nickte, kletterte auf den Stuhl neben ihr und sagte zutraulich:»Das ist mein Papa.«

»Ja, das ist dein Papa«, antwortete Lucie,»hier, möchtest du ein Stück Kuchen?« Und sie tat, als sei es die normalste Sache der Welt, daß sie dort mit Beates Kind neben sich saß. Lodewijk sah seine Frau kurz von der Seite an, sagte aber nichts.

Die meisten Gäste gingen gegen elf nach Hause. Freddy hatte sich nach einer Weile wieder zu seiner Mutter gesetzt, und bei der dritten Pause war er fest eingeschlafen. Auch das jüngste Mädchen war an seine Schwester gelehnt eingeschlummert.

»Wenn mich die Kutsche schnell nach Hause fährt,

kann sie anschließend zurückkommen, um sie nach Hause zu bringen«, sagte Lucie zu ihrem Mann. Lodewijk nickte, Lucie stand auf, verabschiedete sich von Gracia und Jan und ging rasch nach draußen, um Lodewijk Gelegenheit zu geben, mit seiner Konkubine zu reden, ohne daß sie dabei war.

Inzwischen ging das Tanzen und Singen weiter. Natürlich stellte jemand zur großen Freude aller Anwesenden auch Aflaw dar, die Ohnmächtige. Die Sklavin, die die Aflaw war, spielte ihre Rolle ausgezeichnet: Ihr wurde angeblich schwindelig, sie taumelte im Kreis und fiel anschließend elegant in Ohnmacht. Der Doktor kam, gewichtig mit einem Zylinder auf dem Kopf, fühlte ihren Puls, strich ihr über die Stirn, legte sein Ohr an ihr Herz und machte vor Schreck verrückte Sprünge; alle amüsierten sich köstlich.

Im nächsten Lied hieß es, alle wüßten, daß »Blühende Rose« das beste Doe sei und daß niemand es je übertreffen könne. Dazu tanzte Esthelle, daß es eine Augenweide war. Einmal stand sie ganz still, dann begannen ihre Finger zu zittern, gefolgt von den Händen, den Handgelenken, den Unter- und Oberarmen, den Schultern und Brüsten, bis schließlich ihr ganzer Körper zum schnellen Rhythmus der Musik in Bewegung war. Das hielt sie minutenlang durch, und danach klatschten alle begeistert. Das Tanzen und Singen dauerte bis fünf Uhr morgens. Nachdem die letzten Gäste gegangen waren, kehrten alle zufrieden zu Gracias Haus zurück. Esthelle übernachtete dort und durfte sich den ganzen nächsten Tag auf einer Matte mit einem bestickten Kissen unter dem Kopf ausruhen. Als sie am Nachmittag aufwachte, brachte ihr Gracia persönlich allerlei Leckerbissen. Die anderen Sklavinnen kamen dazu, man unterhielt sich über den Erfolg des Doe, und Masra Jan Menkema machte allen Komplimente.

»Esthelle, du warst sehr hübsch«, sagte er, »Mädchen, wie du tanzen kannst.« Und sie bekam einen Gulden. Esthelle strahlte.

Ehe es dunkel wurde, mußte Esthelle nach Hause. Beim Abschied erwartete sie eine Überraschung. Misi Gracia hing ihr eine der Blutkorallenketten mit den Worten um: »Die ist für dich, weil du so eine gute Afrankeer warst.«

Ja, alle waren sich einig: Das Doe war ein großer Erfolg gewesen.

Paramaribo, Juli 1862

ESTHELLE

Wieder herrschte emsige Betriebsamkeit im Couderc-Haus in der Gravenstraat; jetzt heiratete Jeane-Marie. Ihr Verlobter Johannes war ein junger Beamter, der für die Vorbereitungen zur Abschaffung der Sklaverei nach Surinam geschickt worden war. Er arbeitete beim Gouvernement, und Pieter war sein oberster Chef. Der junge Mann war schon bei seinem ersten Besuch in der Gravenstraat ganz begeistert von Jeane-Marie gewesen, und da er aus sehr gutem Hause stammte, wollte Pieter kein Gras über die Sache wachsen lassen; seine Tochter durfte sofort heiraten.

Ja, die Sklaverei würde wirklich abgeschafft werden, da waren sich jetzt alle fast sicher. Sogar ein paar Sklaven

109

begannen, daran zu glauben. Nur das Datum mußte noch festgelegt werden.

Ehe es jedoch soweit war, wurde die Kolonie wieder einmal aufgeschreckt. Auf der Plantage Rac à Rac hatte es einen Aufstand gegeben, die Sklaven waren scharenweise weggelaufen. Pieter tobte, als hätten ihm die Rac-à-Rac-Sklaven persönlich Schaden zugefügt.

»Siehst du jetzt, was für eine unzuverlässige Schlangenbrut das ist«, schrie er seine Frau an.

Wenn Besuch da war, sprach Pieter von nichts anderem. »Sie hören, daß sie demnächst frei werden, und trotzdem laufen sie noch weg. Die ganze Kolonie wird im Chaos versinken, wenn dieses Gesindel frei ist.«

Wenn die Couderc-Sklaven ihren Herrn so schreien und schimpfen hörten, taten sie ihr Bestes, alles so gut wie möglich zu machen, denn bei der geringsten Kleinigkeit gab es Prügel.

Zu seiner Frau sagte Pieter immer wieder: »Sobald die Sklaven frei sind, verschwinden wir aus diesem Affenland. Dann ist hier nichts mehr zu holen, und jeder, der noch bleibt, ist ein Narr.«

Und da Pieter vorhatte, sich schon bald in Holland niederzulassen, würde es für ihn von Vorteil sein, wenn er mit einer Familie verwandt war, die in den besten Haagschen Kreisen verkehrte. Nein, Pieter hatte nichts dagegen, daß Johannes aus Den Haag Jeane-Marie sofort heiratete. Obwohl Pieter nicht gern Geld ausgab, betrachtete er es als ein notwendiges Übel, für seine Tochter eine vornehme Hochzeit zu organisieren. Und das, bekam seine Frau zu hören, bedeute nicht etwa, viel Essen und reichlich Getränke zu servieren, vielmehr käme es darauf an, wie man es machte. So sei es nicht vornehm genug,

Sklaven und Sklavinnen bedienen zu lassen; es müsse normales Personal sein, die Frauen ordentlich in einem dunkelblauen Kleid mit weißer Schürze und Haube, weißen Strümpfen und schwarzen Schuhen und die Männer in dunkelblauer Hose mit weißem Jackett. Und am liebsten wolle er keine Schwarzen, sondern arme Weiße oder Mestizen, äußerstenfalls Mulatten. Da es Aufgabe der Frau sei, sich um so etwas zu kümmern, verlasse er sich darauf, daß Francine alles so gut und billig wie möglich regle.

»Esthelle kann auch bedienen helfen«, hatte Misi Francine gestern plötzlich zu Misi Constance gesagt.

»Ich dachte, dein Mann wollte keine Sklaven«, entgegnete diese.

»Esthelle ist eine Mulattin. Wenn sie gut gekleidet ist und Schuhe trägt, weiß doch niemand, daß sie eine Sklavin ist.«

»Aber solche Kleider hat sie nicht.«

»Dann mußt du ihr welche machen lassen«, sagte Misi Francine.

Esthelle saß oben bei Misi Daantje im Zimmer; sie hatte alles mitbekommen, was unten auf der hinteren Galerie besprochen worden war. Am gleichen Abend hörte sie, wie Misi Constance Masra Etienne erzählte, was seine Schwester gesagt hatte.

»Für das gemietete Personal muß er bezahlen. Meinst du, er bezahlt Esthelle auch?« fragte er.

»Natürlich nicht«, antwortete Misi Constance. »Esthelle wird doch nicht gemietet, Francine bittet mich um sie.«

»Ja, schön billig für Pieter«, spöttelte Masra Etienne.

Drei Tage später schickte Misi Constance Esthelle zu einer Schneiderin in der Weidestraat, und anschließend mußte sie bei einem Schuster in der Klipstenenstraat für ein Paar Schuhe Maß nehmen lassen. Kleid und Schuhe wurden geliefert und vorläufig in Misi Daantjes Zimmer hinter einem Vorhang aufbewahrt. Wenn das Kind mittags schlief, zog Esthelle vorsichtig die Schuhe an und ging damit im Zimmer auf und ab. Da es Sklaven verboten war, Schuhe zu tragen, hatte sie vorher nie so etwas besessen. Sie fühlte sich großartig darin.

Im Haus wuchs die Nervosität; so vieles war noch zu tun, und alle mußten helfen. Auch Esthelle, obwohl das ziemlich schwierig war, denn Misi Daantje wurde durch den ganzen Trubel quengelig, und wenn man ihr nicht genug Beachtung schenkte, bekam sie einen schrecklichen Wutanfall. Eines Nachmittags, drei Tage vor der Hochzeit, mußte Esthelle für die Blumenmädchen Körbe flechten und schmücken. Viel schaffte sie nicht, denn Misi Daantje war wieder einmal sehr unruhig. Zum Glück kam Misi Lucie zu Besuch und bot an, ihre Nichte für den Nachmittag mitzunehmen.

So konnte Esthelle in Ruhe weiterflechten. Angestrengt starrte sie auf die knifflige Arbeit; ihre Hände fingen an zu schwitzen, und sie mußte sie ab und zu an einem Tuch abwischen. Sie seufzte, denn sie fand die Arbeit gar nicht angenehm. Sie merkte nicht einmal, daß die Tür aufging und Masra Etienne hereinkam.

»Warum seufzt du denn so«, hörte sie ihn plötzlich fragen.

Erschrocken schaute das Mädchen hoch.

»Keine Angst, du brauchst nicht zu erschrecken«, sagte Masra Etienne, »ich bin's nur.«

»Ich bin froh, wenn ich fertig bin, die Arbeit ist so langweilig«, bekannte Esthelle.

112

»Schon wieder eine Hochzeit, was?« sagte Masra Etienne. »Aber diesmal wirst du alles miterleben, denn du mußt ja bedienen. Beim letzten Mal hatten sie dich eingesperrt, weißt du noch, hier in diesem Zimmer.« Esthelle lachte kurz. »Ja, hier in diesem Zimmer, und dann hat der Masra einen Schlitz in die Jalousien gemacht, damit ich etwas sehen konnte.«

»Damals warst du noch so klein.« Etienne hielt seine Hand in Kniehöhe. »Aber jetzt bist du ein großes Mädchen und ein besonders hübsches dazu.«

Er streckte die Hand aus und streichelte ihr Gesicht. Dabei sagte er: »Stelletje, Stelletje, was bist du groß geworden und schön, so schön.«

Esthelle sagte nichts, sie tat, als würde sie mit ihrer Arbeit fortfahren, doch er nahm ihr das Körbchen aus der Hand und legte es auf den Tisch. Er zog sie hoch und begann, sie leidenschaftlicher zu streicheln, ihre Brüste, ihre Hüften, und dann tastete er mit seiner Hand unter ihre Röcke. Esthelle wehrte sich nicht, sie fand es durchaus angenehm, was Masra Etienne mit ihr machte. Sie begann nun auch, ihn zu streicheln und zu liebkosen, und es dauerte nicht lange, und sie lagen in inniger Umarmung am Boden. Später sagte Masra Etienne: »Du hattest vorher noch nie einen Freund, stimmt's?«

»Nein, Masra«, flüsterte Esthelle.

»Findest du es dann schlimm, daß wir es getan haben?« fragte er.

»Nein, Masra, wenn der Masra es nicht schlimm findet«, flüsterte Esthelle wieder.

Er sah sie lachend an und sagte: »Schlimm? Esthelle, ich fand es herrlich. Aber psst, sag keinem etwas davon.«

Esthelle schüttelte den Kopf.

»Und jetzt mach lieber schnell mit deiner Arbeit weiter, ehe jemand nach dir sucht«, riet er ihr und verließ das Zimmer. Eine Weile später brachte Esthelle die Körbchen nach unten und lief dann zum Waschraum der Sklaven hinten auf dem Hof.

Am Tag der Hochzeit kam die Schneiderin mit ihrer Sklavin, um Jeane-Marie beim Ankleiden und Frisieren zu helfen. Misi Constance schickte Esthelle nach oben, damit sie sich umziehen konnte, und bat eine der Frauen, Esthelles Haare zu frisieren. Als das Mädchen nach einer Weile in einem blauen Kleid, die Haare zu einem Nackenknoten geschlungen und mit einem weißen Spitzenhäubchen auf dem Kopf das Zimmer verließ, um nach unten zu gehen, kam Masra Etienne gerade die andere Treppe herunter. Er stieß einen langen Pfiff aus und rief: »Esthelle, wie schön du bist. Komm her, damit ich dich bewundern kann.« »Dreh dich um«, befahl er, als sie vor ihm stand, und als sie sich langsam umgedreht hatte, legte er seine Hände auf ihre Schultern und gab ihr einen langen, innigen Kuß. Danach schlang er die Arme um sie und flüsterte: »Stelletje, Stelletje, bleib so schön, wie du bist, aber heb deine Schönheit für mich auf, für mich allein, versprichst du das?«
Esthelle sah ihn mit strahlenden Augen an und nickte.
An diesem Abend war Esthelle viel beschäftigt; mit Tabletts in der Hand lief sie zwischen Küche und Speisezimmer hin und her, doch mit ihren Gedanken war sie ganz woanders. Sie war im siebten Himmel.
Ob Masra Etienne sie wirklich liebte?

6. Kapitel

Paramaribo, September 1862

Esthelle

Esthelle saß auf der Schwelle von Sylvias Zimmer. Vor sich auf dem Boden hatte sie eine Zeitung ausgebreitet. An einem Nagel im Türpfosten hing eine Lampe, die etwas Licht spendete. Die anderen Couderc-Sklaven saßen dicht um die Zeitung herum.

»Seht, hier steht es«, sagte Esthelle und zeigte mit dem Finger auf den Artikel. »Am 1. Juli 1863 ist es soweit, das ist in zehn Monaten.«

Felina nahm die Pfeife aus dem Mund und spuckte hinter sich auf den Boden. »Alles Lügen«, sagte sie ruhig, »nichts als Lügen. Weißt du, wie lange ich schon höre, daß wir frei werden sollen? Seit ich klein war, hör ich diese Sprüche, doch das sagen sie nur, um uns ruhig zu halten.«

»Ja, nichts als Sprüche«, stimmte Nene Afie ihr bei, »die Weißen haben unsere Vorfahren mit List und Sprüchen aus Afrika weggelockt, und mit denselben Tricks versuchen sie, uns jetzt als Sklaven zu behalten. Glaubt diesen Unsinn vom Freiwerden doch nicht.«

»Trotzdem muß es diesmal stimmen«, meinte Esthelle, »denn seht, hier steht, daß die Regierung in Holland am 9. Juli ein Gesetz erlassen hat.«

Von allen Seiten ertönte Hohngelächter.

»Mein Kind, du bist noch jung«, rief Sylvia, »woher, glaubst du wohl, kamen all die anderen Lügensprüche? Auch aus Holland natürlich. Es scheint, als würden Lügen dort gemacht. Wo der Weiße lügt, wächst kein Gras mehr.«

»Ihr versteht es nicht. Ein Gesetz ist ein Gesetz. Wenn ein Gesetz beschlossen worden ist, müssen alle machen, was in dem Gesetz steht«, versuchte Esthelle zu erklären.

»Ein Gesetz, ja?« rief Isidor. »Ein Gesetz funktioniert nur, wenn man Schwarze damit bestrafen kann. Weiße brauchen sich nicht an Gesetze zu halten! Hatten wir damals nicht gehört, daß es ein Gesetz gibt, daß Sklaven nicht mißhandelt werden dürfen? Und wie viele Sklaven sind danach totgeprügelt worden, he?« Wie viele? Deshalb sag ich euch: Lügen, alles Lügen!«

»Ich glaube auch, daß es diesmal anders ist«, mischte sich Meta ein. »Auf der englischen und französischen Seite sind die Sklaven doch auch frei geworden? Vielleicht ist es jetzt ja doch wahr.«

»Es ist wahr«, sagte Esthelle, »schaut, das Datum steht dabei. Und wißt ihr, warum ich sicher bin, daß es stimmt? Weil die Weißen Geld bekommen. Für jeden Sklaven, der frei wird, bekommt sein Herr Geld.«

»Oh, das ändert die Sache natürlich«, rief Pedro. »Für Geld tut ein Weißer alles, ja, wenn sie Geld bekommen, werden sie es wohl tun. Wieviel Geld kriegen sie denn?«

»Dreihundert Gulden für jeden Sklaven«, sagte Esthelle.

Alle begannen durcheinanderzureden.

»Warum sollen die Weißen denn Geld kriegen?« fragte

Kwassi. »Uns müßten sie doch bezahlen, und statt dessen bekommen sie Geld, seht ihr jetzt, wie verrückt es in der Welt zugeht?«

»Du bist doch ihr Besitz, wenn man nicht für dich bezahlt, lassen sie dich nicht frei«, erklärte seine Mutter.

»Aber mein Bruder hat recht, eigentlich müßten sie uns Geld geben«, rief Meta.

»Ja, sie müßten uns bezahlen für all das Leid, das sie unseren Leuten jahrhundertelang angetan haben«, meinte auch Pedro.

»Die Sklaven bekommen auch Geld«, sagte Esthelle.

»Was? Wir kriegen Geld? Wieviel? Wieviel? Wo steht das?« schrien alle durcheinander, und Esthelle rief: »Seid still, seht her, hier steht es. Aber viel ist es nicht.«

»Auch dreihundert Gulden?« fragte Meta. Sie faßte ihren Mann am Arm und sagte: »Dann können wir uns ein eigenes Haus mieten.«

»Nein, keine dreihundert Gulden«, antwortete Esthelle, »sechzig Gulden.«

»Verflucht seien sie«, sagte Nene Afie.

»Diese Teufelsbrut!« rief Isidor. »Die Weißen werden steinreich, und wir bekommen sechzig Gulden.«

»Ich kaufe mir Schuhe dafür«, rief Meta.

»Ich auch«, sagte Bella, »schöne Schuhe mit Schnallen.«

»Ich will eine Kutsche mit Pferden«, erklärte Kwassi. Esthelle lachte. »Die bekommst du aber nicht für sechzig Gulden.«

»Na gut, dann laß ich mir eben ein Boot bauen, ein schönes Boot«, sagte Kwassi, und sein Bruder nickte zustimmend. »Ja, Kwassi, wir können uns ja zusammentun, dann haben wir ein Boot.«

117

»Und was wollt ihr mit dem Boot anfangen?« fragte Pedro.

»Damit fahren wir zu den Plantagen, holen deren Produkte ab und verkaufen sie in der Stadt. Und dann werden wir reich«, antwortete Kwassi.

»Du willst also reich werden«, sagte Esthelle.

»Natürlich, wer will das nicht?« meinte Kwassi. »Und wenn ich reich bin, habe ich später vielleicht eine Chance bei dir«, fuhr er lachend fort und berührte Esthelle kurz unter dem Kinn.

»Laß das«, sagte das Mädchen giftig und schlug seine Hand weg, denn sie fand, daß Kwassi zu oft solche Bemerkungen machte.

Doch Felina sagte: »Ach ja? Welche Produkte von welchen Plantagen wollt ihr denn abholen? Versteht ihr denn nicht? Dann gibt es keine Plantagen mehr. Wer soll denn auf den Plantagen arbeiten, wenn alle Sklaven frei sind?«

Das war ein neuer Gesichtspunkt.

Ja, wer sollte für die Weißen arbeiten, wenn die Schwarzen frei wurden?

»Seht ihr jetzt, daß es nicht stimmen kann«, meinte Nene Afie.

»Vielleicht arbeiten die Weißen dann ja selbst«, mischte sich Metas kleine Schwester Seri ein.

»Ach, Kind, du weißt nicht, was du sagst«, antwortete Pedro, und Felina stieß ihre Tochter an und sagte: »Halt den Mund«, denn Seri war noch ein Kind und hatte still zu sein, wenn sich Erwachsene unterhielten.

»Was? Ein Weißer und arbeiten?« rief Isidor. »Weiße arbeiten doch nicht; außerdem, selbst wenn sie wollten, sie könnten es gar nicht. Weiße sind viel zu schwach.«

»Ja«, Pedro nickte, »laß einen Schwarzen einen Graben ausheben und daneben einen Weißen. Nach zwei Stunden hat der Schwarze sicher schon zwei Meter ausgehoben und kann noch zehn Stunden weiterarbeiten. Der Weiße dagegen hat noch keinen halben Meter geschafft, ist feuerrot, wird ohnmächtig oder stirbt sogar.«

Alle mußten lachen, und Meta sagte: »Wäre es nicht herrlich, wenn Schwarze nie mehr für Weiße arbeiten und die alles selbst machen müßten? Wie könnten wir sie schön auslachen.«

Isidor wußte zu berichten, daß das tatsächlich schon einmal passiert war. Vor langer Zeit hatte Demerara auch noch den Holländern gehört; damals hatte es einen Aufstand gegeben. Die Schwarzen hatten die Weißen überwältigt und sie zu Sklaven gemacht. Weiße Misis mußten alles für die Schwarzen tun, Wassereimer schleppen und sogar die Nachttöpfe leeren, und die Masras mußten auf dem Feld arbeiten. Alle lachten schallend. Was für eine herrliche Geschichte. Isidor mußte weitererzählen. Wie war die Geschichte ausgegangen? »Nicht gut für die Schwarzen«, fuhr Isidor fort, »denn der Gouverneur von Surinam schickte Soldaten, und natürlich konnten die Schwarzen gegen all die Soldaten mit ihren Gewehren nicht gewinnen.«

»Die Schwarzen werden arbeiten müssen, wenn sie frei sind«, sagte Esthelle. »Freie Schwarze arbeiten doch auch?«

Ja, damit hatte sie recht. Vielleicht würde es dann ja so geregelt werden, daß die Schwarzen ganz normal für Geld für die Weißen arbeiteten.

»Und wir müssen doch auch irgendwo wohnen«, meinte Esthelle.

»Aber dann wohne ich nicht mehr hier«, sagte Meta entschlossen.

»Glaubst du etwa, die Plantagensklaven würden auf den Plantagen bleiben, auf denen sie mißhandelt wurden?« fragte Sylvia.

»Und was wird dann aus den Plantagen?« rief Nene Afie.

Ja, was würde aus den Plantagen werden? Ohne Sklaven konnten sie doch gar nicht existieren. Und kein einziger Schwarzer würde, wenn er frei war, jemals wieder ein Haumesser oder eine Hacke in die Hand nehmen!

Nein, die Couderc-Sklaven aus der Gravenstraat wußten es sicher. Esthelle konnte ihnen aus der Zeitung vorlesen und erzählen, was sie wollte. Es würde bestimmt nicht passieren. Die Weißen ließen die Sklaven nicht frei.

»Vielleicht bezahlen die Weißen die Schwarzen ja dann für die Arbeit, die sie machen«, sagte Esthelle wieder.

»Ach, Mädchen, hör auf mit dem Unsinn«, sagte Nene Afie. »Der Weiße ist so gemein, selbst wenn es in der Zeitung steht und er hundertmal sagt, daß es keine Sklaverei mehr gibt, er findet schon eine Möglichkeit, so weiterzumachen wie bisher und die Schwarzen bis in alle Ewigkeit in der Sklaverei zu halten. Ja, glaube mir, so gemein und schlecht sind sie.«

»Nicht alle Weißen sind schlecht«, widersprach Esthelle. »Überall gibt es gute und schlechte Menschen. Bei den Schwarzen genauso wie bei den Weißen.«

»Sicher liegt es daran, daß du selbst eine halbe Weiße bist, daß du für sie Partei ergreifst«, meinte Meta. »Aber vergiß nicht, auch wenn du eine Mulattin bist, du bist eine ganz gewöhnliche Sklavin.«

Esthelle schwieg. Meta hatte recht. Sie war eine ganz gewöhnliche Sklavin.

Trotzdem dachte Esthelle anders darüber. Es war ihr nicht gelungen, die anderen zu überzeugen, und doch wußte sie, daß das, was in der Zeitung gestanden hatte, passieren würde. Sie unterhielt sich mit Masra Etienne darüber. Der gab ihr recht. Er wußte selbst auch noch nicht, wie das eine oder andere geregelt werden würde, doch eines war sicher: Die Sklaverei wurde abgeschafft. Es sollte sogar ein neuer Gouverneur kommen, der extra ernannt worden war, um dafür zu sorgen, daß alles reibungslos ablaufe.

Völlige Sicherheit bekam Esthelle, als sie Masra Pieter hörte. Der war vor allem wütend wegen des Geldes, das die Niederlande den Pflanzern als Entschädigung zahlen würden.

»Sie müssen verrückt geworden sein«, rief er, »soviel Geld der holländischen Steuerzahler in dieses Faß ohne Boden zu pumpen. Es wird den Staat Millionen kosten. Und was machen diese Surinamer dann mit dem Geld? Schöne Häuser bauen und teure Feste geben, und sonst nichts.«

»Weißt du, warum er so böse ist?« flüsterte Masra Etienne ihr zu, als sie wieder einmal hörten, wie sich Masra Pieter über den Beschluß der niederländischen Regierung aufregte. »Weil er nie einen Sklaven gekauft hat, dazu war er zu geizig. Jetzt kann er selbst keinen Cent Entschädigung bekommen.«

Aber obwohl Masra Pieter nie Geld für einen Sklaven ausgegeben hatte, verstand er es doch so zu regeln, daß er welches für sie bekommen würde. Er verkündete einfach, daß alle Sklaven, die seit seiner Heirat mit Misi Francine auf dem Hof und dem Grundstück auf der anderen Seite des Creeks geboren worden waren – also drei Kinder von Felina und sechs Kinder von den beiden Sklavenfamilien jenseits des Creeks –, sein Eigentum seien. Masra Etienne wollte dagegen protestieren, doch seine Mutter sagte:»Ach, Etienne, laß ihn doch. Die Coudercs haben so viele Sklaven und bekommen soviel Entschädigung, da kommt es auf die paar Gulden auch nicht mehr an.«

»Ja, ja«, sagte Etienne,»er ist nun mal ein Holländer, und bei denen gilt die Devise: Geld zählt.«

Im September erhielt die Familie die Nachricht, daß Masra De la Croix, Paulines Mann, ernsthaft krank sei. Er und Pauline hielten sich auf der großen Plantage Bel Air am Cottica auf, und da es ziemlich sicher war, daß er sterben würde, eilten seine Töchter und Söhne mit ihren Ehemännern und -frauen zur Plantage. Constance als Schwägerin wollte auch hin. Zur Überraschung aller sagte Pieter, er und Francine würden auch mitkommen; schließlich sei De la Croix sein Freund, und er wolle ihm in seinen letzten Stunden zur Seite stehen.

»Es ist doch nett von Pieter, daß er so eine weite Reise machen will, um vom Onkel seiner Frau Abschied zu nehmen«, meinte Constance zu Etienne.

Der mußte laut lachen.»Mama, was bist du doch naiv. Dachtest du wirklich, Pieter würde etwas für Onkel Pierre oder einen anderen aus der Familie empfinden? So ein Unsinn! Nein, er weiß, daß der Mann bis jetzt den Familienbesitz verwaltet hat, und er will nun alle Fäden in die Hand bekommen, wenn demnächst die Entschädigungen gezahlt werden. Es würde mich nicht wundern, wenn wir dann zu hören bekämen, daß Onkel Pierre ihm alles übereignet hat.«

»Ach, nein, meinst du wirklich? Vielleicht ist es ja doch einfach nur Freundlichkeit«, sagte Constance zögernd, denn sie mußte sich eingestehen, daß Etienne wahrscheinlich recht hatte.

»Du bist jetzt für alles im Haus verantwortlich«, sagte sie zu ihrem jüngsten Sohn. »Und Sylvia soll zur Sicherheit auch im Haus schlafen. Sie kann sich auf den Boden vor mein Zimmer legen. Man weiß schließlich nie, Danielle könnte plötzlich einen epileptischen Anfall bekommen, und dann kann Esthelle allein sie nicht in Schach halten.«

Esthelle schlief wie immer auf einer Matte neben Misi Daantjes Bett. Mitten in der Nacht wachte sie davon auf, daß etwas über ihren Körper strich. Erschrocken schlug das Mädchen um sich. Doch ihre Hand wurde festgehalten, und jemand flüsterte: »Keine Angst, ich bin's.«
»Masra Etienne?« flüsterte Esthelle.
»Komm«, sagte er leise.
Esthelle stand auf. Er faßte sie am Arm und sagte: »Komm, schlaf bei mir.«
»Nein, Masra, nein.« Esthelle schüttelte den Kopf und versuchte, sich aus seinem Griff zu befreien.
Doch Etienne zog sie auf den Flur und sagte: »Komm schon, Stelletje, hab keine Angst.« Er zog sie an sich und begann, sie zu streicheln.
Esthelle wollte schon nachgeben, aber dann zeigte sie auf Sylvia, die vor Misi Constances Tür lag, und sagte leise: »Nein, Masra, was ist, wenn Masylvie etwas merkt?«
»Ach, die schläft, hör doch, sie schnarcht wie ein Bär, komm schon, Stelletje, komm.«

Esthelle gab ihren Widerstand auf; vorsichtig schlichen sie hintereinander die Treppe hinauf in Masra Etiennes Zimmer. Es wurde eine wunderbare Nacht voller Liebe, Gebalge und Herumalberei. Als Masra Etienne gegen Morgen erschöpft einschlief, ging Esthelle schnell nach unten, und als Danielle und später Sylvia aufwachten, lag sie unschuldig auf ihrer Matte.

Von da an holte Masra Etienne sie jede Nacht, und jeden Morgen schlich Esthelle leise nach unten. Nach einer Woche wurde sie weniger vorsichtig; sie war todmüde vom späten Einschlafen, und als sie morgens Misi Daantjes Zimmer betrat, war es schon hell, und Sylvia stand neben Danielles Bett.

»Wo kommst du her?« fragte Sylvia.

»Ich war auf der Toilette«, antwortete Esthelle.

Sylvia sah sie mißtrauisch an und sagte nur: »Hmm.«

Zwei Tage später war Esthelle morgens so fest in Masra Etiennes Bett eingeschlafen, daß sie überhaupt nicht wach wurde. Als Danielle aufwachte, schaute sie erstaunt auf die leere Matte neben sich.

»Esthelle«, rief sie schläfrig. Dann lauter: »Esthelle.« Und als sie keine Antwort bekam, fing sie an zu weinen und schrie: »Esthelle.«

Sylvia kam ins Zimmer und sagte: »Ruhig, Misi Daantje, was ist denn?«

»Wo ist Esthelle?« fragte Danielle weinend.

»Sie ist nur kurz weg, sie kommt gleich wieder, Schatz.«

»Esthelle, komm«, weinte Danielle.

»Warte, ich hole sie«, sagte Sylvia.

Sie lief nach oben und öffnete die Tür zu Etiennes Zimmer. Da fand sie die beiden nackt im Bett. Sylvia faßte Esthelle am Arm und zog sie hoch. Erschrocken schlug

124

das Mädchen die Augen auf und sprang sofort aus dem Bett. Sylvia bückte sich, hob das dünne Nachthemd auf und warf es Esthelle mit den Worten zu:»Was ist in dich gefahren, bist du verrückt geworden? Los, los, nach unten, Misi Daantje ruft nach dir.«

Während sie ihr Nachthemd anzog, lief Esthelle aus dem Zimmer. Sylvia kam hinter ihr her und hielt sie fest. Sie faßte Esthelle am Ohr und zog daran.

»Willst du Schwierigkeiten, Mädchen? Willst du Schwierigkeiten? Du denkst, die Sklaverei wäre vorbei, was? Aber das ist nicht so, das ist nicht so. Weißt du nicht, was mit einer Sklavin passiert, wenn ihre Misi so etwas entdeckt?«

Esthelle rannte die Treppe hinunter. In Danielles Zimmer setzte sie sich neben das Kind aufs Bett. »Ssst, Misi Daantje, Esthelle ist ja bei dir.«

Masra Pierre de la Croix starb auf seiner Plantage Bel Air am Cottica und wurde dort begraben. Einige Wochen später war die Familie wieder in der Stadt.

Auch als seine Mutter schon zurück war, kam Etienne nachts oft zu Esthelle und nahm sie mit in sein Zimmer. Noch ehe das neue Jahr begann, wußte Esthelle sicher, daß sie schwanger war. Als sie Masra Etienne davon erzählte, reagierte er ganz ruhig mit den Worten: »Geht es dir gut? Bekommen wir einen Sohn?«

»Was wird Misi Constance dazu sagen?« fragte Esthelle.

»Na ja, ich werde ihr einfach sagen, daß sie ein Enkelkind bekommt«, antwortete Etienne lachend und erzählte es seiner Mutter ein paar Tage später wirklich.

»Junge, in dieser Zeit?« rief Constance. »Wie konntest du nur so dumm sein?«

Als wüßte er nicht, was seine Mutter meinte, antwortete Etienne seelenruhig: »Die Zeit ist genau richtig, denn wenn das Kind geboren wird, ist die Sklaverei schon abgeschafft. Das Kind wird, Gott sei Dank, in Freiheit geboren. Und was meinst du mit dumm, Mutter? Was meinst du damit? Esthelle ist der klügste Mensch, den ich kenne«

»Was wird Pieter sagen, wenn er es merkt?« fragte Constance, und Etienne rief empört: »Pieter? Was hat der denn damit zu tun?«

Aber Pieter merkte überhaupt nichts, denn er sah Esthelle gar nicht. Er hatte ganz andere Dinge im Kopf. Er wollte einen Familienrat einberufen; es mußte unbedingt über den Familienbesitz gesprochen werden, die Plantagen, die Sklaven, die Gebäude, alles. Mit Familie meinte Pieter selbstverständlich nur die Männer; Frauen verstanden doch nichts von Geschäften. Als Constance und Pauline das hörten, sagten sie sofort, daß sie auf jeden Fall bei der Versammlung dabeisein würden. Schließlich gehörte ihnen die Hälfte des Besitzes. Was bildete sich dieser Pieter denn ein?

Jean und Marie Coudercs Enkelkinder besaßen zusammen vier Plantagen mit gut dreihundert Sklaven. Die Versammlung fand im Couderc-Haus in der Gravenstraat statt. Fast alle waren da, denn sowohl Constance als auch Pauline hatten ihre Töchter ermuntert, ja nicht alles ihren Ehemännern zu überlassen, sondern selbst ihre Meinung zu äußern; schließlich war es ihr Besitz und ihr Geld. Und so saßen außer Pieter und Francine auch Constance, Etienne, Lodewijk und Lucie, Remi und seine Frau und von Paulines Kindern Albert und Jean sowie Lisette und Marie mit ihren Ehemännern im großen Vorderzimmer. Voller Spannung wartete man darauf, was Pieter zu sagen hatte.

PIETER

Pieter, der sich selbst zum Sprecher ernannt hatte, begann damit, die schlechte Wirtschaftslage der Kolonie zu beklagen. Seiner Meinung nach war es unsinnig und dumm von den Niederlanden, den Sklavenhaltern soviel Geld als Entschädigung zu zahlen. Und noch dümmer war es, den Freigelassenen auch noch Geld zu geben. Man stelle sich vor, jeder Sklave sollte sechzig Gulden bekommen. Er wußte jetzt schon, was diese Leute mit dem Geld anfangen würden: Alkohol und Tabak kaufen und dann betrunken durch die Straßen ziehen. Nein, er hatte nur einen Rat für alle Pflanzer: das Geld nehmen und so schnell wie möglich verschwinden.

Lodewijk war anderer Meinung. Um die Kolonie war es wirklich nicht so schlecht bestellt. Viele Plantagen erzielten noch beträchtliche Gewinne; und er mußte es wissen, schließlich verwaltete er zwölf Plantagen. Mit dem Kakao ging es ausgezeichnet, Kaffee erzielte angemessene Preise, wenn auch etwas weniger als früher. Den kleinen Zuckerplantagen, die noch mit Wassermühlen arbeiteten und den Zucker in Eisenkesseln kochten, ja, denen ging es tatsächlich schlecht. Es sei besser, so Lodewijk, wenn sich mehrere dieser Plantagen zusammentäten und es auf einer Plantage eine große Zuckerrohrpflanzung für die Heizkessel gebe. Die Produktion des Zuckers müsse wegen der Konkurrenz der englischen Gebiete und des Rübenzuckers in

Europa einfach billiger werden. Wenn man nun die unrentablen Plantagen abstoßen und das Geld von der Entschädigung benutzen würde, um es in die profitablen zu investieren ...

Noch ehe Lodewijk ausgesprochen hatte, platzte Pieter los: »Das ist eine irrsinnige Idee. Surinam ist zum Untergang verdammt. Jeder Cent, der hier noch investiert wird, ist hinausgeschmissenes Geld, es wird nichts bringen, das ist pure Verschwendung, absoluter Wahnsinn.« Pieter war rot vor Wut, die Augen quollen ihm fast aus dem Kopf, und an seinem Hals pochte eine Ader. Ihn beherrschte nur ein Gedanke: Das Geld, das kostbare Geld – es durfte nicht für die Plantagen verwendet werden; Francines Anteil gehörte ihm.

»Ja, aber wenn Lodewijk, und der muß es doch wissen, sagt, daß wir mit den richtigen Investitionen noch Gewinn mit den Plantagen erzielen können ...?« brachte Constance vor.

»Das kannst du ja mit deinem Anteil machen«, rief Pieter, »Francine hat bereits entschieden, daß sie sich ihren Anteil bar auszahlen lassen will. Laßt jeden selbst entscheiden, was er mit seinem Geld anfangen will.«

Remi wollte sich seinen Anteil auch auszahlen lassen, er ging mit seiner Familie nach Holland oder vielleicht auch nach Frankreich, denn da kamen sie ursprünglich schließlich her. Paulines Söhne dachten genauso darüber. Die Familie De la Croix würde die große Holzplantage am Cottica behalten und alle anderen abstoßen.

»Seht ihr«, rief Pieter, »alles muß verkauft werden, die Gebäude, die Geräte, das Vieh, kurzum alles, was auf den Plantagen vorhanden ist, und der Erlös davon muß verteilt werden.«

»Und wenn wir keine Plantagen mehr haben, wovon sollen wir dann leben?« fragte Constance.

»Dann hast du dein Kapital und kannst damit auskommen«, antwortete Pieter.

»Ja, aber bei so einem teuren Haushalt ist das Kapital doch schnell aufgebraucht«, meinte Constance.

»Du begreifst gar nichts, Schwiegermama«, rief Pieter. »Von welchem teuren Haushalt sprichst du denn? Wenn die Sklaven frei sind, bist auch du von ihnen befreit. Du brauchst ihnen nichts mehr zu geben, kein Essen, keine Kleider, keine Unterkunft, sie müssen dann für sich selbst sorgen.«

Constance seufzte; sie fand das alles ziemlich schwierig. Ihrer Meinung nach hatte Pieter überhaupt nichts begriffen. Sie begann, sich flüsternd mit Pauline zu unterhalten. Pieter wußte doch nicht, was er sagte, wie sollten sie das mit dem Haushalt denn machen? Wer sollte kochen? Wer sollte alles sauberhalten? Dafür brauchten sie doch Leute.

Constance selbst war auch am Familienbesitz der Planteaus beteiligt, Remis Familie besaß Anteile am Besitz der Pichots und der De Mérodes, und Danielle besaß Anteile am Besitz der L'Espinasses, der De Labadies und der Pichots. Das alles wurde von Remi aufgelistet.

Pieter wurde klar, daß Danielle wahrscheinlich die Reichste von allen war. Ihr Vater war Einzelkind gewesen, und die Familie L'Espinasse hatte mindestens acht Plantagen besessen und außerdem viele Häuser in der Stadt. Allein schon an Entschädigung für die Sklaven würde Danielle ungefähr zwanzigtausend Gulden bekommen. All das kostbare Geld für ein zurückgebliebenes Kind. Er mußte sich sofort etwas einfallen lassen, um das Geld in seinen Besitz zu bringen.

»Wir reisen so bald wie möglich ab«, sagte er. »Noch vor dem Tag, an dem die Sklaven freigelassen werden, und Jeane-Marie und Johannes kommen sofort mit. Ich rate jedem, dasselbe zu tun, denn bei diesen unzuverlässigen Negern weiß man nie, was passiert. Und was Danielle betrifft«, fuhr er scheinbar achtlos fort, »wird es wohl das Beste sein, wenn ich ihr Vormund werde und wir sie mitnehmen.«

»Danielle mit euch mit?« rief Constance überrascht.

»Danielle?« rief Remi, und Lucie sagte: »Warum soll Danielle mit euch gehen?«

Selbst Francine fand diese Bemerkung ihres Mannes seltsam. »Aber Pieter, du kannst das Kind in deiner Nähe doch nicht ertragen«, sagte sie. »Wie willst du es dann sechs Wochen mit ihr auf einem Schiff aushalten?«

Pieter dachte kurz nach und sagte dann: »Nun, vielleicht kann sie ja nachgeschickt werden.«

Etienne stand auf. »Und wie stellst du dir das vor, Schwager?« fragte er. »Sollen wir sie vielleicht in eine Kiste verpacken oder in Ketten legen? Nein, Danielle geht nirgendwohin, sie bleibt hier. Und außerdem, Pieter, hat sie schon einen Vormund, einen sehr guten sogar, der ihr Kapital ausgezeichnet verwaltet, unseren Vetter Jacques de Mérode, der Notar. Sie braucht keinen neuen Vormund.«

»Aber das arme Kind wäre in Holland viel besser aufgehoben«, versuchte es Pieter weiter.

»Sicher in einem Heim, was?« fragte Etienne. »Und ihr Geld bei dir, nicht wahr?«

»Nein, ich will einfach nur das Beste für das Kind. Es gibt in Holland hervorragende Heime für solche Kinder«, antwortete Pieter, als wüßte er alles darüber.

»Ihr Heim ist hier, bei den Menschen, die sie lieben und annehmen, wie sie ist«, sagte Etienne kurz angebunden, und als er sah, daß Pieter seinen Plan weiter verteidigen wollte, rief er:»Mama, sag bitte, wie du darüber denkst.«

»Danielle ist mir anvertraut worden«, erklärte Constance.»Sie ist da, wo ich bin, und ich bleibe hier.«

»Aber Schwiegermama, du lebst doch nicht ewig«, bemerkte Pieter.

»Du etwa, Schwager? Lebst du vielleicht ewig?« entgegnete Etienne.

»Ach, streitet euch doch nicht«, meinte Lucie.»Laßt uns für Danielle das tun, was für sie am besten ist, und fürs erste scheint es das Beste zu sein, daß sie hier im Haus bleibt. Wir wissen alle, wie sehr sie sich vor einer neuen Umgebung und fremden Menschen fürchtet. Wenn es nicht nötig ist, brauchen wir ihr das doch nicht anzutun.«

Alle waren der Meinung, daß Lucie recht hatte, und über das Thema Danielle wurde nicht weiter gesprochen.

Dann fiel Pieter etwas Neues ein, und er sagte unvermittelt:»Und jetzt zum Haus!«

»Welchem Haus?« fragte Constance.

»Welchem Haus?« fragte auch Pauline.

»Diesem Haus natürlich«, antwortete Pieter. Als er sah, daß ihn alle verständnislos anstarrten, erklärte er:»Dieses Haus ist doch auch Familienbesitz, es muß auch verteilt werden. Francine besitzt auch hieran Anteile, für die sie Geld bekommen muß.«

Noch ehe jemand etwas sagen konnte, sprang Remi auf. »Was bist du doch für ein Schlitzohr!« rief er. »Ja, Francine gehört ein Teil dieses Hauses, aber das Haus ist Familienbesitz, da hast du ganz recht. Wenn Francine also ihren Anteil bekommen soll, mußt du erst mal die Miete für achtzehn Jahre zahlen. Die können wir mit hundert Gulden pro Monat veranschlagen, das macht achtzehn mal zwölfhundert Gulden, davon können wir Francine dann ja ihren Anteil geben.«

Pieter erschrak über Remis Ausbruch und sagte schnell: »Ach, laß nur.«

»Mama, ich gehe, ich habe keine Lust, an diesem Familienrat länger teilzunehmen.« Remi erhob sich, und Etienne rief: »Ich komme mit.«

Alle standen auf. Pieter tat, als sei alles in bester Ordnung, schüttelte Lodewijk die Hand und wollte das gleiche bei den anderen Männern machen. Doch die taten so, als würden sie seine ausgestreckte Hand nicht sehen, verabschiedeten sich ausgiebig von ihrer Tante und ihren Cousinen und gingen hinaus.

»Der Schuft hatte seine Pläne schon fertig, aber die Suppe haben wir ihm gehörig versalzen«, flüsterte Etienne seinem Bruder zu.

»Sag das nicht zu laut«, meinte Remi. »Wenn er die Gelegenheit bekommt, verkauft er alles. Paß auf, demnächst verlangt er noch, daß wir die Sklavenhütten abreißen und das Holz verkaufen.«

»Du hast recht«, sagte Etienne, »wenn er könnte, ließe er sogar den Sand von den Plantagen abtragen.«

Remi nickte. »Er wäre dazu imstande. Möge er darunter begraben werden.«

ESTHELLE

Einige Wochen später las Esthelle etwas in der Zeitung, das sie so aufbrachte, daß sie am liebsten gleich auf den Hof gelaufen wäre, um es den anderen zu erzählen. Was spielte man ihnen doch wieder für einen gemeinen Streich. Und dann wunderten sich die Weißen, daß die Schwarzen wütend wurden!

Ihre Schwangerschaft war jetzt deutlich zu sehen. Allen war sofort klar gewesen, daß Masra Etienne der Vater ihres Kindes war, denn er selbst machte keinen Hehl daraus, daß ihm Esthelle viel bedeutete.

»Ich habe mir schon gedacht, daß du mich deshalb nicht wolltest«, hatte Kwassi gesagt und hinzugefügt: »Wenn dich der Masra sitzenläßt, wirst du noch bei mir angekrochen kommen.« Esthelle hatte nichts darauf erwidert.

Abends kamen alle zusammen, um zu hören, was in der Zeitung gestanden hatte. Die meisten reagierten genauso empört wie Esthelle. In dem Artikel stand nämlich, daß die Sklaverei zwar am 1. Juli abgeschafft würde und daß die Schwarzen dann freie Menschen wären, aber alle Plantagensklaven waren verpflichtet, noch zehn Jahre auf einer Plantage zu arbeiten, Stadtsklaven für einen Herrn in der Stadt.

»Seht ihr jetzt, daß man den Weißen nicht trauen kann?« rief Isidor.

»Das nennen sie also Freiheit! Was für ein gemeiner Streich!« schrie Pedro, und Nene Afie sagte ruhig: »Hab ich's nicht gesagt? Lügen, alles Lügen, ich habe diese Sprüche von Freiheit nie geglaubt.«

»Wenn ich es richtig verstanden habe«, sagte Isidor, »ist

die einzige Freiheit, die wir haben, daß wir sagen dürfen, bei wem wir arbeiten wollen.«

»So ist es, seht, hier steht es.« Esthelle zeigte auf die Stelle in der Zeitung.

»Wenn wir alle bei einem weißen Herrn arbeiten müssen, sage ich einfach irgendeinen Namen und mache dann doch, was ich will«, meinte Kwassi.

»Bist du verrückt geworden, Junge?« rief seine Mutter. »Mach das bloß nicht! Der Weiße erwischt dich immer, und dann bekommst du eine ordentliche Tracht Prügel, da kannst du sicher sein.«

»Ich dachte, Schwarze würden nicht mehr geschlagen, wenn sie frei sind«, sagte Meta und starrte traurig vor sich hin. Auf den Knien hielt sie ihren kleinen Sohn. Sie schlang die Arme um ihn, wiegte den Oberkörper hin und her und sagte leise: »Ach, mein Junge, ich hatte so gehofft, daß du frei sein würdest, aber wir werden wohl ewig Sklaven bleiben.«

»Kwassi, das geht nicht«, erklärte Esthelle. »Die Schwarzen müssen jedes Jahr einen Vertrag bei dem Herrn unterschreiben, für den sie im nächsten Jahr arbeiten. Und wenn du einen Vertrag unterschrieben hast, und du arbeitest nicht, wirst du bestraft. So steht es in der Zeitung.«

»Mit anderen Worten: gewöhnliche Sklaverei«, sagte Isidor.

»Ja, nichts anderes als gewöhnliche Sklaverei«, pflichtete Pedro ihm bei, »und wir waren so dumm zu denken, die Weißen würden es diesmal wirklich ernst meinen.«

Einen Augenblick lang waren alle still.

»Und die Schuhe?« erkundigte sich Seri vorsichtig.

134

»Schuhe? Von welchen Schuhen redest du, Kind?«
fragte Felina.

»Wir sollten doch Geld bekommen und Schuhe kaufen?
Wird das mit dem Geld auch nichts mehr?«

»Davon steht in der Zeitung nichts«, antwortete
Esthelle.

»Ich hatte euch gewarnt. Ihr habt euch wieder umsonst
Hoffnungen gemacht«, sagte Nene Afie. »Ach, ich gehe
schlafen, ich bin schon alt, ich werde frei sein, wenn ich
tot bin, und meinetwegen kann das schon morgen sein.«
Als Esthelle nachts mit Masra Etienne zusammen war,
unterhielten sie sich darüber.

»Ja, es ist nicht gerecht, vor allem nicht gegenüber den
Sklaven auf den Plantagen«, sagte Etienne. »Aber das
Gouvernement hat diese Maßnahme getroffen, weil sie
sonst keine Arbeitskräfte für die Plantagen haben, und
ohne Plantagen kann Surinam nicht existieren. Wovon
sollen die Leute denn leben, es muß doch Geld verdient
werden.«

Esthelle antwortete nicht, sie verstand das zwar, aber
trotzdem war es ungerecht.

»Die Sklaven auf Ma Rochelle werden wirklich frei
sein«, fuhr Etienne fort. »Unsere Plantagen werden aufgelöst. Die Schwarzen können dann gehen, zu wem sie
wollen.«

»Und was passiert mit Ma Rochelle? Müssen die Leute,
die dort wohnen, dann weg?«

»Wenn sie Geld verdienen wollen, ja, dann müssen sie
zu einer anderen Plantage gehen«, antwortete Etienne.

»Und die alten Leute, die ihr Leben lang dort gewohnt
haben, die Leute, die zu alt sind, um zu arbeiten, was
passiert mit denen?« fragte Esthelle beunruhigt.

»Ich denke, die dürfen bleiben, wenn sie wollen. Sie können die Felder bewirtschaften und von dem Ertrag leben. Ja, ich weiß auch nicht so recht, was sich das Gouvernement vorstellt.«

Esthelle seufzte. »Probleme, die armen Leute kriegen Probleme, du wirst es sehen.«

»Ja, Mädchen, und wie so oft bekommen sie Probleme, die von anderen für sie gemacht wurden«, sagte Etienne. »Das ist im Leben häufig so.«

Ma Rochelle, Mai 1863

Etienne

Es war Anfang Mai. Bald würde die große Regenzeit anfangen, und es würde tagelang wie aus Kübeln gießen.

»Ich muß nach Ma Rochelle«, sagte Etienne eines Abends zu seiner Mutter.

»Warum, was willst du denn da?« fragte Constance.

»Wir müssen doch mit unseren Leuten reden und ihnen erklären, was passiert«, antwortete Etienne.

»Junge, das kann doch der Direktor machen, dazu ist er doch da.«

»Nein, Mama, es sind unsere Leute, einer von uns muß es tun.«

»Also gut, wenn du meinst. Aber dann fahr so schnell wie möglich, du weißt, wie schwierig es ist, in der Regenzeit zu reisen. Und nimm Remi mit. Ich werde ihm eine Nachricht schicken.«

Noch am selben Abend kam Remi; alles wurde bespro-

chen, und am nächsten Tag mieteten sie ein Boot, da
das Boot der Coudercs sich auf der Plantage befand.
Pieter bot an mitzufahren, doch das wurde von den
Brüdern abgelehnt. »Stell dir vor«, sagte Etienne später zu Remi, »er wäre
imstande, eigenhändig alles aus dem Haus zu tragen
und in der Stadt zu verkaufen.«
»Aber sicher«, antwortete sein Bruder, »oder er würde
Miete für die Sklavenhütten verlangen. Nein, laß den
Kerl nur ja nicht zu nahe an Ma Rochelle herankom-
men.«
Der junge Direktor erschrak ein wenig, als die Besitzer
plötzlich vor ihm standen. Da er wußte, daß die Plantage aufgegeben werden sollte, hatte er alles darange-
setzt, noch soviel wie möglich aus ihr herauszuholen.
Und er war fest entschlossen, nicht alles den Besitzern
zu überlassen. Das gesamte Zuckerrohr wurde gemah-
len, auch wenn es noch nicht reif war. Die Wassermühlen, die Pressen und die Eisenkessel hatte er einem
Kollegen versprochen, zwei junge Stiere hatte er auch
schon verkauft und den Erlös dafür in die eigene Tasche
gesteckt. Sogar die Schleusentore wollte er verkaufen.
Nach dem letzten Mahltag im Juni würden sie von
einem Floß der übernächsten Plantage abgeholt werden.
Jetzt tat er so, als wäre das alles nur zum Nutzen der
Besitzer geschehen.
»Morgen wird nicht gearbeitet«, sagte Etienne. »Wir
wollen, daß morgen früh alle zu einer Besprechung zum
Haus kommen.«
Während Remi mit dem Direktor das Inventar durchging, machte Etienne einen Gang durch das Sklaven-
dorf. Die meisten Leute arbeiteten auf dem Feld, wo

das Zuckerrohr geschnitten wurde, und er sprach mit denen, die zurückgeblieben waren: die Kinderfrau, ein paar alte Frauen und Männer, der Zimmermann und ein paar Frauen, die die Eisenkessel säuberten. Ja, sie alle hatten Gerüchte gehört, aber was genau passieren würde, wußten sie nicht. Danach ging Etienne zum Ufer. Die schöne Laube, in der seine Mutter und seine Schwestern früher so oft gesessen hatten, war völlig morsch und abgesackt. Er mußte dem Zimmermann sagen, daß er sie abreißen sollte. Etienne setzte sich auf eine Bank und sah auf den Fluß. Jetzt, am späten Nachmittag, sah er ganz dunkel aus; auf dem Wasser trieben weiße Schaumkronen. Sein Blick schweifte zu den Plantagen am anderen Ufer. Er konnte die prächtigen großen Plantagenhäuser sehen. Wie viele von ihnen würden demnächst wohl ihren Betrieb einstellen? Und was würde mit all den schönen Häusern geschehen?

Etienne dachte an die Worte seines Schwagers: »Surinam ist zum Untergang verdammt.« Vielleicht stimmt es ja doch, dachte er. Vielleicht hat eine Kolonie, die nur produzieren kann, indem sie Menschen als Sklaven hält, auch keine Existenzberechtigung. Was würde sein Großvater wohl sagen, wenn er wüßte, daß sie die Plantage aufgaben? Seinen Stolz, seinen Besitz, sein Eldorado? Würde er es verstehen? Zeiten ändern sich, dachte Etienne. Hatte sich sein Großvater eigentlich je gefragt, wie es möglich war, daß er sein Eldorado besaß?

Hier bin ich geboren, dachte Etienne, genauso wie mein Bruder und meine Schwestern, mein Vater und mein Großvater. Hier gehören wir hin, das ist unser Land. Er sah einen Schwarzen hinter dem Bootshaus auftauchen.

Es war Djani, der zur Zeit seines Großvaters Bootsmann gewesen war.

»Komm, Baas Djani, setz dich ein bißchen zu mir«, rief Etienne. Der alte, verkrüppelte Mann hinkte, sich schwer auf einen krummen Stock stützend, zu ihm. »Es ist gut, daß der Masra selbst aus der Stadt gekommen ist«, sagte er. »Ist der Masra gekommen, um Abschied zu nehmen? Der Masra geht doch sicher auch nach Holland? Wir haben gehört, daß Sie alle weggehen.«

»Mein Bruder geht für immer weg und meine eine Schwester auch, ich nicht. Ich gehe zwar weg, doch ich komme zurück«, antwortete Etienne.

»Ja, aber die Plantage besucht der Masra bestimmt nicht mehr«, sagte Djani.

»O doch, auch wenn die Plantage ihren Betrieb einstellt, das Haus bleibt, und ich komme in der Trockenzeit, um Ferien hier zu machen«, sagte Etienne.

»Das ist gut, Masra, laß dein Land nicht im Stich, vergiß nicht, daß hier deine Nabelschnur liegt. Unser aller Nabelschnur, Weißer wie Schwarzer. Wir sind alle hier geboren. Sieh dir alles gut an, Masra, und merke dir, wie dein Land aussah. Erzähl es später deinen Kindern. Wir Alten, wir bleiben hier.«

Etienne sah den Mann von der Seite an und fragte dann: »Bist du froh, Djani? Bist du froh, daß die Sklaverei abgeschafft wird und du bald ein freier Mann bist?«

»Zuerst nicht«, antwortete Djani und starrte vor sich hin.

Vielleicht hätte ich ihn so etwas nicht fragen dürfen, dachte Etienne.

Nach einer Weile begann der alte Mann zu sprechen.

Langsam sagte er:»Sicher, ich bin froh, doch mehr noch bin ich traurig, denn die Freiheit kommt, aber für all die Schwarzen, die hier und in ganz Surinam begraben liegen, kommt sie zu spät, viel zu spät. Selbst für mich. Sieh doch, was für ein alter Mann ich bin, ich kann kaum noch laufen. Was habe ich noch von der Freiheit? Jetzt werde ich nur noch frei sein, um hierzubleiben, ein paar Tajer aus dem Boden zu holen und eine Bananenstaude abzuschneiden, um mich damit am Leben zu halten. Ich kann schließlich nichts mehr.«

Etienne sah den Mann an und seufzte.»Du hast recht, Djani, du hast recht, die Sklaverei war etwas Furchtbares. Wir schulden euch so viel.«

»Ach, Masra«, sagte Djani und klopfte kurz mit seinem Stock auf den Boden,»sei nicht traurig, sie war etwas Furchtbares, ganz gewiß, aber merke dir, der Körper des Schwarzen befand sich in Sklaverei, sein Geist nie. Keiner kann den Geist eines anderen in Sklaverei halten. Dein Geist gehört dir, und du gehörst deinem Geist. Und wenn du etwas Gutes für dich willst, Masra, und du deinen Kindern später etwas Gutes beibringen willst, dann bring ihnen das bei. Lehre sie, ihren Geist sauber und rein zu halten und dafür zu sorgen, daß ihr Geist immer ihnen selbst gehört.«

Etienne stand auf. Er gab dem alten Mann die Hand und sagte:»Vielen Dank, Baas Djani, danke, mein Vater. Wir gehen weg, aber kannst du auf unser Haus aufpassen, so daß wir immer an den Ort zurückkehren können, der uns und euch gehört?«

Zusammen gingen sie ins Sklavendorf zurück und nahmen vor Djanis Hütte Abschied.

Am nächsten Morgen erzählte Remi den Sklaven, die

sich vor dem Haus versammelt hatten, was mit ihnen und der Plantage geschehen würde. Sie würden bald frei sein. Ma Rochelle würde seinen Betrieb einstellen. Diejenigen, die arbeiten konnten, mußten mit einem anderen Plantagenbesitzer einen Vertrag abschließen, die Alten durften auf der Plantage bleiben. Sie konnten von dem leben, was das Land abwarf. Das Vieh würde man dalassen, das konnten sie selbst nutzen, und wenn sie wollten, konnten sie die Zuckerrohrpflanzung bewirtschaften und das Zuckerrohr an die großen Zuckerplantagen verkaufen. Den Erlös durften sie behalten. Ma Rochelle gehörte ihnen. Das Haus blieb stehen und möbliert, denn die Familie würde ab und zu ihre Ferien hier verbringen.

Etienne mischte sich unter die Leute; er verteilte Tabak an die Erwachsenen und Süßigkeiten an die Kinder. Er hatte gedacht, er würde sich glücklich fühlen, aber so war es nicht; eigentlich war ihm zum Weinen zumute.

Abends im Sklavendorf

Masra Etienne und Masra Remi waren weg. Wie so oft saßen die Sklaven abends um ein großes Feuer herum und unterhielten sich.

»Viele gehen weg«, sagte eine alte Frau.

»Wohin gehen sie eigentlich?«

»Weit weg übers Meer, in ihr Vaterland«, antwortete jemand.

»*Sie* haben ein Vaterland«, sagte ein anderer.

»Ja, sie haben ein Vaterland. Wir haben keins. Sie haben unsere Vorfahren aus Afrika weggeholt und uns Generationen lang wie Tiere auf ihren Plantagen arbeiten lassen. Jetzt werden wir frei, sagen sie, aber das sagen sie nur, weil sie weggehen und uns einfach hier zurücklassen.«

»Warum gehen sie weg? Weil wir frei werden? Gehen sie deshalb weg?«

»Ja, sie verlassen alles, weil wir frei werden und dann nicht mehr ohne Bezahlung für sie arbeiten. Dann wird alles zu teuer, dann erzielen sie keinen Gewinn mehr, und deshalb gehen sie weg.«

»Ja, sie gehen weg und lassen uns im Stich. Sie lassen uns in einem Land im Stich, das nicht unser Vaterland ist.«

»Es ist unser Vaterland, es ist unser Land, es ist unsere Erde, sie gehört uns und keinem anderen«, rief Djani, der den anderen zugehört hatte. »Und wißt ihr auch warum? Wißt ihr, warum dieses Land uns gehört? Weil unser Blut, unser Schweiß und unsere Tränen den Boden getränkt haben. Überall in Surinam, im Wald und an den Flüssen, gibt es Plantagen. Plantagen, die mit Sklaven, Tausenden von Sklaven arbeiten. Diese Sklaven sind wir. Warum? Wir wissen es nicht, aber wir spüren es jeden Tag. In ganz Surinam liegen die Knochen und Gebeine von Tausenden, Zehntausenden, Hunderttausenden von Schwarzen begraben. Knochen von Sklaven, die mißbraucht worden sind, die sich zu Tode gearbeitet haben, die totgeprügelt wurden. Deshalb sage ich euch, dieses Land gehört uns. Wir haben es verdient. Der Weiße geht weg, wahrscheinlich in ein anderes Land, wo er Geld verdienen und reich werden kann. Wer weiß, wen er da zu seinen Sklaven macht. Er nimmt alles mit, was er mitnehmen kann, seine ganzen

Reichtümer und Schätze. Aber uns kann er nicht mitnehmen, zum Glück. Und wißt ihr, was er auch nicht mitnehmen kann? Das Land, den Boden, den kann keiner mitnehmen, denn der gehört uns, es ist der Boden unserer Mamaisa, unserer Mutter Erde.«
Ein paar Frauen begannen, leise zu singen:

>   »Mutter Erde, du mußt uns hören ...
>   Mutter Erde, du mußt uns helfen ...«

Immer mehr Frauen stimmten mit ein, und einer der Männer trommelte auf einem Schemel dazu; der Gesang wurde lauter und durchdringender. Die Frauen standen auf und fingen an zu tanzen.

>   »Mutter Erde, du mußt uns hören ...
>   Mutter Erde, du mußt uns helfen ...«

Paramaribo, Mai 1863

ESTHELLE

Eine Woche später, als Etienne wieder in der Stadt war, erzählte er Esthelle, wie er sich bei seinem Abschied von den Sklaven gefühlt hatte. Sie lagen zusammen in Etiennes Bett. Esthelle sah ihn an und sagte:»Masra, Sie haben keinen Grund, traurig zu sein. Wir, die wissen, was Sklaverei ist, wir haben Grund, traurig zu sein.«
»Das ist es ja«, sagte Etienne leise.
Esthelle nahm seinen Kopf in ihre Hände und küßte ihn.

143

»Wann wird unser Kind geboren, Stelletje?« fragte Etienne.

»Anfang Juli laut Masylvie und Nene Afie. Warum?«

»Laß es bitte nach dem 1. Juli sein«, rief Etienne.

Esthelle lachte. »Aber warum denn, Masra, je früher ich erlöst bin, desto besser.«

»Nein, nach dem 1. Juli, denn dann wird es auf jeden Fall in Freiheit geboren. Unser Kind muß in Freiheit geboren werden.«

»Und was, wenn es doch früher kommt? Die Natur läßt sich nicht zwingen«, sagte Esthelle.

»Dann lege ich mich vor deine Füße und halte es bis zum 1. Juli zurück«, antwortete Etienne.

Lächelnd strich Esthelle über seinen Kopf.

Einige Wochen später saß Esthelle nachmittags auf der Hintertreppe. Sie war in der letzten Zeit sehr schwer geworden, und ihr war warm. Die Negerpforte wurde aufgestoßen, und Meta betrat den Hof.

»Psst, Esthelle«, rief sie, »sieh mal, was ich hier habe.«

Esthelle sah hin. »Schuhe, du hast Schuhe«, rief sie und stand auf, um sie zu bewundern. »Sie sind schön«, sagte sie. »Kannst du darin laufen?«

»Ja, sieh nur«, sagte Meta und ging ein paar Schritte auf und ab. Dann zog sie das Tuch von dem Korb, den sie am Arm trug. »Und ich habe noch mehr.«

»Oh, für Johnny«, rief Esthelle, denn in dem Korb stand ein Paar kleine, schwarze Schuhe. »Sind sie nicht viel zu groß?«

Meta nickte. Ja, die Schuhe für ihren Sohn waren zu groß, dann hatte er länger etwas davon.

144

»Meta hat Schuhe für sich und Johnny gekauft«, erzählte Esthelle später Etienne.

»Und wo sind deine Schuhe?« fragte Etienne.

»Ich? Ich habe keine«, antwortete Esthelle.

»Warte mal...« Etienne fiel etwas ein. Er verließ das Zimmer und kam einen Augenblick später mit den Schuhen zurück, die Esthelle an Jeane-Maries Hochzeit getragen und die seine Mutter danach weggestellt hatte.

»Sieh mal«, sagte er und gab sie Esthelle.

Die warf einen kurzen Blick darauf und sagte: »Sie passen mir nicht mehr.«

»Natürlich passen sie noch«, sagte Etienne, »zieh sie an.«

Esthelle schüttelte den Kopf. »Nein, Masra, schauen Sie doch, schauen Sie, wie dick und geschwollen meine Füße sind.«

Etienne betrachtete ihre Füße. »Es ist doch nicht Filariose?« fragte er erschrocken.

»Nein, wenn das Kind geboren ist, werden meine Füße wieder normal, sagt Nene Afie«.

»Na gut, dann ziehst du sie eben danach gleich an«, sagte Etienne und wollte ihr einen Kuß geben.

Esthelle zog ihren Kopf zurück; sie sah ihm ins Gesicht und sagte entschieden: »Nein, Masra, diese Schuhe ziehe ich nicht an, nie wieder ziehe ich sie an. Man hat sie mir für ein einziges Mal gegeben, und auch da durfte ich sie eigentlich gar nicht haben, es war wie etwas Heimliches, etwas, das verboten war, weil ich eine Sklavin bin. Wenn ich Schuhe trage, müssen es richtige Schuhe sein, freie Schuhe eines freien Menschen.«

»Die bekommst du von mir, mein Schatz«, sagte Etienne und küßte sie.

7. KAPITEL

Paramaribo, Juni 1863

LUCIE

Alle sprachen darüber. Die Sklaverei würde abgeschafft werden; noch ein paar Wochen, dann war es soweit. Auch Lucie, die sich wenig dafür interessierte, was um sie herum geschah, wurde gezwungen, darüber zu reden, weil ihre Sklavinnen so viele Fragen hatten. Sie mußte Afiba, Trude, Kwamina und Nesta, ihren Haussklavinnen, erklären, was nach dem 1. Juli 1863 geschehen würde, wenn alle Menschen in Surinam frei waren. Sie versprach, ihnen mit dem Geld, dem Schuhkauf und dem Wichtigsten, der Kirche, zu helfen. Denn eine der Bedingungen für ihre Freilassung war, daß sie sich in einer christlichen Kirche taufen ließen.

»Es ist so ungerecht«, hatte Lucie zu Otto gesagt, als er neulich bei ihr oben war und sie sich im Vorderzimmer unterhielten. »Zuerst durften die Sklaven vom christlichen Glauben nichts wissen, und jetzt müssen sie plötzlich nicht nur glauben, sondern sich auch noch sofort taufen lassen.«

»So viele Maßnahmen des Gouvernements sind ungerecht«, sagte Otto, »und für Normalsterbliche völlig unverständlich. Manchmal scheint es, als würde das niederländische Parlament seine Beschlüsse nur fassen, um ein paar Jahre später genau das Gegenteil zu tun.«

Otto hatte im Laufe der Zeit einen wichtigen Platz in Lucies Leben eingenommen. Es war zu einer festen Gewohnheit geworden, daß er mindestens zweimal pro Woche, wenn Lodewijk nachmittags bei Beate war, nach oben kam und sich mit ihr unterhielt. Sie sprachen über alles mögliche, darüber, was in der Kolonie geschah, über die Menschen, die Sklaverei, aber am meisten über Bücher. Otto war Mitglied der Leihbücherei, und wenn er ein Buch gelesen hatte, das ihm gefiel, lieh er es ihr, und wenn sie es auch gelesen hatte, diskutierten sie darüber. Lucie sah den Nachmittagen mit Otto immer schon sehnsüchtig entgegen, und wenn er einmal eine ganze Woche nicht kommen konnte, vermißte sie ihn sehr.

Manchmal hatte sie sich gefragt, wie es wohl wäre, wenn Lodewijk Otto vorschlagen würde, zu ihnen zu ziehen. Otto war schließlich sein Sohn. Es kam öfter vor, daß der farbige Sohn eines weißen Mannes im Haus seines Vaters wohnte.

Bei den wenigen Gesprächen, die Lucie mit ihrem Mann führte, sprach sie ab und zu von Otto. Als sie sagte, daß dieser junge Mann, der manchmal nach oben kam, um Unterlagen fürs Büro zu holen, so nett und höflich sei, hatte Lodewijk nur genickt und uninteressiert erwidert: »Wie sollte er denn sonst sein?« Daß Otto sein Sohn war, hatte er mit keinem Wort erwähnt.

Es wäre sicher angenehm, Otto im Haus zu haben, dachte Lucie. Dann hätte sie jemanden, eine Familie, wenn auch keine richtige mit einem Kind, denn Otto war fast genauso alt wie sie, nur zwei Jahre jünger.

In den letzten Wochen hatten sie und Otto sich oft gesehen. Lodewijk war fast den ganzen April weggewesen. Im Zusammenhang mit der bevorstehenden Freilassung der Sklaven hatte er zu verschiedenen Plantagen reisen müssen, um für die Entschädigung der Eigentümer, die meistens in Holland wohnten, den Sklavenbestand zu kontrollieren. Fast jeden Nachmittag verbrachten sie und Otto zusammen. Eigentlich war das Büro bis vier Uhr geöffnet, aber wenn der Chef nicht da war, ging der Assistent schon um zwei weg, den Schreiber mit dem Auftrag zurücklassend, dafür zu sorgen, daß alles weggeräumt und abgeschlossen war. Der Amtsbote sperrte das Büro ab, gab Otto den Schlüssel, und der lieferte ihn oben ab, wo er an einen festen Platz auf den Schreibtisch gelegt wurde. Und dann blieb Otto bei Frau Brederoo, die immer schon mit einem Glas Limonade und Keksen oder einer Pastete auf ihn wartete. Manchmal fragte sich Lucie, ob Otto nicht Hunger oder Appetit auf eine kräftige Mahlzeit hatte. Doch sie hatte ihn nie danach gefragt, denn sie hätte nicht gewußt, was sie hätte tun sollen, wenn er wirklich ja gesagt hätte. Es war schließlich ganz und gar unmöglich, daß ein Farbiger mit einer weißen Frau zusammen aß. Erfrischungen, Pasteten, Kekse, ja, das ging, das war nicht richtig essen, und deshalb beließ Lucie es dabei.

In der vergangenen Woche war Otto zum letzten Mal dagewesen, denn einen Tag später war Lodewijk zurückgekommen. Als Lucie an Ottos letzten Besuch dachte, errötete sie unwillkürlich, da ihr Gespräch eine seltsame Wendung genommen hatte. Zuerst hatten sie, wie so oft, über ein Buch gesprochen, das sie beide gelesen hatten. Die unmögliche Liebe der beiden Hauptfigu-

149

ren, von denen die eine reich und die andere arm war, hatte sich zum Schluß als gar nicht so unmöglich erwiesen. Lucie hatte gemeint, daß die Menschen doch immer und überall dieselben Probleme zu haben schienen. Otto war anderer Meinung. In der Welt der Bücher waren die Probleme offenbar dieselben; im wirklichen Leben gab es unendlich viel mehr. Als Lucie verwundert reagierte, hatte Otto erklärt: »Sehen Sie sich nur Surinam an, unseren Problemen begegnet man doch in keinem einzigen Buch.«

Lucie hatte sofort verstanden, was er meinte, und geseufzt: »Du meinst das Problem der Hautfarbe?«

»Ja«, hatte Otto geantwortet, »ja, in Surinam wird doch alles von der Hautfarbe bestimmt. Sie bestimmt, welche Kleider man tragen, in welchem Haus man wohnen und welche Arbeit man verrichten darf, wen man zum Freund haben kann und erst recht, wen man lieben darf. Die Hautfarbe bestimmt einfach alles. Das ist eigentlich die große Tragödie unseres Landes.«

Verlegen hatte Lucie gesagt: »Ja, es ist wirklich eine große Tragödie. Was hat die Menschen in der Vergangenheit nur dazu getrieben, so zu handeln, daß wir für immer mit den schrecklichen Folgen leben müssen. Denn auch wenn die Sklaverei bald abgeschafft wird, werden wir dieses Erbe nie los. Regeln, verachtenswerte Regeln.«

Sie sah Otto an und fragte: »Sag ehrlich, Otto, leidest du sehr darunter?«

»Nicht wirklich«, antwortete er, »ach, wir haben gelernt, damit zu leben, die meisten von uns wissen es nicht besser; manchmal macht es einen traurig, und dann versucht man, den Problemen aus dem Weg zu

150

gehen, aber irgendwie verfolgen sie einen auf Schritt und Tritt, und manchmal ist das Unrecht so greifbar, so alles umfassend, so überwältigend, daß man böse und rebellisch wird und etwas Schreckliches gegen all die Ungerechtigkeit tun möchte.«

Lucie schwieg. Am liebsten hätte sie ihre Arme um Otto geschlungen und ihm einen Kuß auf die Stirn gedrückt. Er hatte recht. Armer Otto, sicher hatte er auch gelitten.

»Willst du mir nicht erzählen, was du erlebt hast, Otto?«

»Ach, Misi Brederoo«, sagte er, denn natürlich hatte er sie nie anders als Misi Brederoo genannt, »soll ich das wirklich tun? Sie wollen es sicher gar nicht hören.«

»Doch, Otto«, antwortete Lucie, »ich will es wissen, erzähl es mir.«

»Ich werde Ihnen ein Beispiel erzählen«, sagte Otto, »eins von Dutzenden, wie sie jeder von uns tagtäglich erlebt.«

Und er erzählte ihr etwas, das er neulich von seiner Pflegemutter erfahren hatte. Sie war es gewesen, die vor einigen Jahren zu seinem Vater gesagt hatte, es sei doch so schade, daß Otto, der in der Schule immer der Beste gewesen war, so eine schlecht bezahlte Arbeit als Kaufmannsgehilfe habe, während andere mit schlechteren Zeugnissen Schreiber in Gouvernementsbüros geworden waren. Sein Vater hatte es sich zu Herzen genommen, und als er kurz darauf erfuhr, daß bei der Provinzverwaltung ein Schreiber gesucht wurde, hatte er selbst mit dem Sekretär des Gouverneurs gesprochen. Er hatte ihm erzählt, daß sein Sohn ein begabter junger Mann sei, und ihn gefragt, ob er diesen Posten vielleicht bekommen könne. Einige Farbige arbeiteten schon als kleine Beamte, unmöglich war es also nicht. Der Sekretär war nicht unwillig, er hatte Otto zu einem Gespräch kommen lassen, Brederoo aber ein paar Tage später mitgeteilt, daß man die Stelle einem anderen gegeben habe. Einem jungen Weißen, der kaum schreiben konnte.

»Waren Ottos Fähigkeiten denn nicht ausreichend?« hatte sein Vater gefragt, und der Sekretär hatte geantwortet: »Seine Fähigkeiten waren mehr als ausreichend, aber leider hatte er nicht die richtige Hautfarbe. Wäre er etwas heller gewesen, wäre es gegangen, aber seine Haut ist zu dunkel für die Provinzverwaltung.«

»Wie schrecklich«, sagte Lucie, »wie schrecklich.«

»Ach, jetzt nicht mehr. Sicher, als ich davon erfuhr, war ich natürlich wütend, aber wie ich schon sagte, wir haben damit zu leben gelernt. Und betrachten Sie es doch einmal von der positiven Seite. Wenn ich die Stelle bekommen hätte, wäre ich nicht im Büro meines Vaters gelandet und hätte Sie nicht kennengelernt. Und Sie zu kennen und mich mit Ihnen unterhalten zu dürfen, ist mir eine Menge wert.« Das letzte sagte er ganz leise, und er wagte es kaum, sie dabei anzusehen.

Lucie errötete. Nach kurzem Schweigen sagte sie: »Aber die Hautfarbe steht auch zwischen uns und bestimmt die Art, wie wir miteinander umgehen.«

»Ja, das ist nun einmal so, daran ist nichts zu ändern«, erwiderte Otto.

»Können wir nicht so tun, als würden wir, ich meine, wir beide, in der Welt der Bücher leben, in der die Hautfarbe keine Rolle spielt und dieses Problem nicht existiert?« fragte Lucie leise und war höchst erstaunt über sich selbst, daß sie diese Worte auszusprechen wagte.

Auch Otto wurde verlegen, er sah sie an, und ihr wurde ganz anders zumute unter seinem Blick.

Dann sagte er: »Wenn wir in der Welt der Bücher lebten, dann ... dann ...«

»Ja, was dann?« fragte Lucie.

»Dann würde ich jetzt Lucie statt Misi Brederoo sagen«, antwortete Otto.

Sie streckte ihre Hand nach ihm aus und streichelte seine Wange. »Und dann könnte ich dich berühren«, sagte sie.

»Lucie, liebe Lucie.« Otto nahm ihre Hand und drückte einen Kuß darauf. Lucie wollte ihn neben sich auf das Sofa ziehen, doch Otto schüttelte den Kopf. »Ach, wie gerne täte ich das, aber es wäre nicht gut, liebe Lucie, und das hier ist mir schon so viel wert, so viel. Es muß dir nicht leid tun.«

»Das wird es bestimmt nicht, Otto, ich bin noch nie so glücklich gewesen wie jetzt, das hier ist so anders als alles, was ich bis jetzt erlebt habe. Das hier sind echte, reine Gefühle, wie sollte mir das je leid tun?«

»Du bist nicht besonders glücklich mit meinem Vater, nicht?«

Lucie schüttelte den Kopf. Sie fühlte, wie ihr Tränen in die Augen traten. Sie wollte etwas sagen, traute sich aber nicht. Auch Otto wagte nichts mehr zu sagen. Sie hatten noch einen Augenblick still Hand in Hand dagesessen, und dann war Otto mit den Worten aufgestanden: »Es ist besser, wenn ich jetzt gehe.«

Lucie hatte nichts erwidert, sie hatte sich ebenfalls erhoben und war mit ihm zur Treppe gegangen. Ehe er nach unten ging, sagte sie: »Von jetzt an leben wir beide zusammen in der Welt der Bücher.«

»Auf Wiedersehen, liebe Lucie«, sagte er.

Am nächsten Tag war Lodewijk zurückgekommen, und sie hatte Otto nicht mehr gesehen. Doch die ganze Woche hatte Lucie an nichts anderes denken können als an das Gespräch zwischen Otto und ihr, und manchmal träumte sie, daß er nicht so zurückhaltend gewesen wäre.

Lucie saß auf dem Balkon und hörte Lodewijk in seinem Zimmer husten. Er fühlte sich nicht wohl und hatte Fieber. Bereits am Tag nach seiner Rückkehr war der Arzt dagewesen. Er stellte eine starke Erkältung fest und verschrieb seinem Patienten mindestens eine Woche Bettruhe. Jetzt, nach einer Woche, hatte sich Lodewijks Zustand noch immer nicht gebessert, und wieder kam der Arzt. Eine Bronchitis, lautete seine Diagnose, Lodewijk müsse sehr vorsichtig sein, seine Medizin schlucken und weiter Bettruhe halten.

Lucie stand auf und schaute auf die Straße hinunter, auf der viele Pfützen standen, da es stark geregnet hatte. Sie sah einen von Lodewijks und Beates Söhnen auf das Haus zukommen und unten ins Büro gehen. Wahrscheinlich braucht Beate Geld, dachte Lucie; Lodewijk wäre sonst schon längst zu ihr gegangen. Ob der Junge seinen Vater nicht sehen wollte? Eine Weile später kam er nach draußen, und sie sah ihn die Straße überqueren. Lucie klatschte in die Hände, und der Junge schaute zu ihr herauf. Sie winkte ihm und befahl Afiba, ihm die Tür zu öffnen.

»Komm ruhig herauf«, sagte sie, und der Junge kam schüchtern die Treppe hoch.

»Guten Tag, Misi Brederoo«, sagte er verlegen.

»Guten Tag, mein Junge«, sagte Lucie. »Wie heißt du denn?«

»Louis«, antwortete er leise.

»Dein Vater ist krank«, sagte sie.

Er nickte. »Ja, Misi Brederoo, ich weiß.«

»Willst du ihm nicht schnell guten Tag sagen?«

»Ja, Misi Brederoo.«

»Dann geh nur«, sagte Lucie. »Schau, es ist das Zimmer da vorn.« Sie zeigte auf eine Tür.

Louis blieb verlegen an der Treppe stehen.

»Ja, geh nur«, sagte Lucie, als sie das Zögern des Jungen bemerkte.

»Kann ich denn so einfach gehen, Misi Brederoo?« fragte Louis, und Lucie begriff, daß er es schwierig fand, seinem Vater gleich erklären zu müssen, wie er hier hereingekommen war.

»Komm, ich bring dich hin«, sagte sie und ging mit ihm zur Zimmertür. Sie öffnete sie und sagte: »Lodewijk, ich habe deinen Sohn gefragt, ob er dich nicht besuchen möchte. Hier ist er.« Sie schob den Jungen ins Zimmer und schloß die Tür, Vater und Sohn allein lassend.

Eine Viertelstunde später kam der Junge wieder nach draußen. Er lachte freundlich und sagte: »Vielen Dank, Misi Brederoo.«

»Komm bald mal wieder«, sagte Lucie. »Dein Vater muß noch eine Weile im Bett bleiben. Vielleicht kannst du ja deine Schwestern nächstes Mal mitbringen.«

Louis nickte glücklich. »Ich werde meine Mutter fragen, Misi Brederoo, vielen Dank.«

»Möchtest du nicht etwas trinken?« fragte Lucie, aber das wollte der Junge nicht. Er verabschiedete sich noch einmal und ging schnell weg.

Zehn Tage später kam er tatsächlich mit zwei seiner Schwestern. Sie klingelten an der vorderen Eingangstür,

155

und als Afiba ihnen geöffnet hatte, blieben sie unten an der Treppe stehen. Afiba ging zu Lucie, um ihr mitzuteilen, daß ein junger Masra und zwei kleine Misis vor der Tür stünden.

»Oh, kommt herauf«, sagte Lucie, als sie sah, wer es war. »Wie nett, daß du deine Schwestern mitgebracht hast, Louis. Wie heißt ihr denn?«

»Agnes, Misi Brederoo«, flüsterte die Ältere, und die Jüngere sagte: »Ich heiße Vera, Misi Brederoo.«

»Und eure andere Schwester, wie heißt die? Denn ihr habt doch noch eine, oder nicht?« fragte Lucie.

»Ja, Misi Brederoo, das ist Claire«, antwortete Louis.

»Ihr wollt sicher zu eurem Vater, nicht? Dann kommt mal mit.« Lucie führte die Kinder zu Lodewijks Zimmer, öffnete die Tür und sagte: »Lodewijk, deine Kinder sind hier, um dich zu besuchen.« Dann schloß sie die Tür hinter den Kindern und ließ sie mit ihrem Vater allein.

Afiba bekam den Auftrag, drei Gläser Limonade einzuschenken und zusammen mit einer Schale Kekse auf dem Tisch bereitzustellen.

Als die Kinder nach einer halben Stunde aus dem Zimmer kamen, sagte Lucie: »Setzt euch doch einen Augenblick, schaut, ich habe Limonade für euch einschenken lassen.« Die Mädchen sahen sich verlegen an und setzten sich dann, und auch Louis nahm auf einer Stuhlkante Platz. Lucie erkundigte sich nach Freddy, ob er noch so ein netter Bengel sei, und das jüngste Mädchen lachte. »Ja, ein Lausbub ist er«, sagte sie. Dann fragte Lucie nach der Schule und was sie sonst noch so machten.

»Klavier spielen«, flüsterte Vera.

»Ah ja?« sagte Lucie. »Und, kannst du es gut?«

»Agnes schon«, antwortete Vera.

»Würdest du etwas für mich spielen?« fragte Lucie und zeigte auf das Klavier auf der anderen Seite des Vorderzimmers. Doch das Mädchen schüttelte verlegen den Kopf, und Louis sagte: »Wir müssen jetzt nach Hause, Misi Brederoo, vielen Dank.«

»Spielst du dann beim nächsten Mal für mich?« fragte Lucie, als sie mit ihnen zur Treppe ging.

»Ja, Misi Brederoo, auf Wiedersehen und vielen Dank«, sagten die Mädchen und gingen schnell nach unten.

Einige Tage später stand Lodewijk zum ersten Mal wieder auf; er saß jetzt oft auf dem Balkon. Manchmal setzte sich Lucie neben ihn, während er Zeitung las oder seine Papiere durchsah. Sie hoffte, daß er etwas über den Besuch seiner Kinder sagen würde, denn sie wollte ihn fragen, ob es nicht möglich sei, daß sie öfter kämen. Angenommen, Beate würde etwas zustoßen, dann würde sie die Kinder zu sich ins Haus nehmen, dann hätte sie ein bißchen Gesellschaft. Und auch wenn Beate da war, warum konnten die Kinder nicht ab und zu einen Tag bei ihr verbringen, zum Beispiel sonntags nach der Kirche. Wie gerne hätte sie Lodewijk diesen Vorschlag gemacht.

Aber Lodewijk verlor nie ein Wort darüber. Nach einigen Tagen zog er sich nachmittags an, ließ die Kutsche vorfahren und kam erst drei Tage später zurück. Es war der 1. Juli, und das Büro war wegen all der Feierlichkeiten geschlossen. Otto sah sie auch nicht.

Lucie ertappte sich dabei, daß sie nicht mehr sooft von einem blonden Prinzen träumte, der sie in einer schönen Kutsche entführte und mit einem Schiff nach Paris brachte. Sie träumte zwar noch, aber der blonde

Prinz war nicht mehr blond; er hatte immer öfter Ottos braunes Gesicht.

ESTHELLE

Masra Pieter und Misi Francine waren mit ihren Kindern abgereist. Zum Glück. Es schien, als würden alle im Couderc-Haus einen Seufzer der Erleichterung ausstoßen. In den letzten Wochen hatten überall Kisten gestanden, die eingepackt werden mußten und Misi Francine war nervös von einem Zimmer ins andere gelaufen und hatte Befehle geschrien. Obwohl Esthelle nicht zu ihrem Personal gehörte, hatte sie ihre Mutter gefragt, ob Esthelle nicht helfen könne. Misi Constance hatte geantwortet, daß das nicht ginge, Esthelle könne sich in ihrem Zustand doch nicht bücken oder vor eine Kiste hocken. Aber Misi Francine fand, daß Esthelle sich durchaus auf einen Schemel setzen konnte, und so hatte sie Porzellan und Kristall einpacken müssen. Später hatte Masra Etienne gesagt, daß all die Sachen aus dem Glasschrank, die wie selbstverständlich in Kisten verpackt worden waren, schon seit Generationen dort gestanden hätten und eigentlich zum Familienerbe gehörten.

Und dann Masra Pieter; immer wieder hatte er gerufen, daß ihm sein Leben und das seiner Familie lieb sei. Auch das Parlament in den Niederlanden erwartete Schwierigkeiten, und deshalb hatte man bereits vor Wochen Kriegsschiffe nach Surinam geschickt. »Sie werden alles anzünden, kein Weißer wird vor ihnen sicher sein. Was für ein Glück, daß wir wenigstens wegkönnen, ehe die Hölle losbricht«, sagte Masra Pieter.

Sie reisten am 22. Juni ab. Beim Abschied hatten sie zu Misi Constance gesagt, sie solle am besten so schnell wie möglich nachkommen. Als Misi Constance antwortete, sie glaube nicht, daß sie weggehen werde, meinte Masra Pieter:»Du wirst schon noch anders reden, wenn die Häuser um dich herum in Flammen aufgehen und du alles, was du besitzt, an das Räubergesindel verlierst.« Masra Etienne, der das hörte, bemerkte ganz beiläufig:»Na, das Räubergesindel wird nicht allzuviel finden, da sich andere Räuber schon damit aus dem Staub gemacht haben.« Esthelle mußte jetzt noch lachen, wenn sie an Masra Pieters verdattertes Gesicht dachte.

Gleich nachdem seine Schwester mit ihrer Familie weg war, fragte Etienne seine Mutter, ob sie oben wohnen bleiben oder lieber nach unten ziehen wolle, und als sie antwortete, daß sie auch nach unten gehen könne, sagte er, daß er dann mit Esthelle oben bleiben würde. Das große Hinterzimmer hatte er sofort als ihr Schlafzimmer eingerichtet.

»Mama, in Zukunft muß Sylvia bei Danielle schlafen, findest du nicht?« sagte Etienne, als die Zimmer neu verteilt waren.

»Du weißt doch, daß sie mehr an Esthelle gewöhnt ist«, wandte seine Mutter ein.

»Esthelle kann nicht mehr bei Danielle schlafen, Esthelle ist meine Frau, und sie gehört zu ihrem Mann, sogar Danielle wird das verstehen, nicht wahr, Danielle?« Etienne zog seine Nichte auf seinen Schoß und sagte zu ihr:»Siehst du Esthelle hier? Das ist meine Frau. Das findest du doch gut?«

Danielle nickte heftig. Es gefiel ihr, daß Etienne so ernsthaft mit ihr sprach.

»Meine Frau schläft bei mir«, erklärte Etienne, »und Sylvia schläft bei Daantje. Gut?«

Danielle nickte. »Sylvia lieb«, sagte sie.

»Ja, Sylvia ist lieb«, sagte Etienne, »und Daantje ist auch lieb und ein großes Mädchen.«

Danielle lachte stolz, weil Etienne fand, daß sie ein großes Mädchen sei.

Am Tag nach Masra Pieters und Misi Francines Abreise hatte Masra Etienne zu den Leuten vom Hof gesprochen. Er hatte gesagt, daß sie frei seien zu tun, was sie wollten. Sie dürften weiter auf dem Hof wohnen, wenn sie das wollten, sie könnten auch bei der Familie arbeiten und würden dann Geld dafür bekommen. Er selbst betrachte sie als seine Familie. Von ihnen werde erwartet, daß sie einer Kirche angehörten und daß sie regelmäßig an den Gottesdiensten teilnahmen. Er wünsche allen viel Glück mit der Freiheit und hoffe, daß sie diese so gut wie möglich zu nutzen wissen würden.

Die Leute hatten ihre sechzig Gulden schon erhalten, doch Masra Etienne hatte noch eine Überraschung für sie. Alle bekamen weißen Stoff für die neue Kleidung, die sie am 1. Juli anziehen würden, etwas Extrageld, die Erwachsenen Schnaps und Tabak und die Kinder Süßigkeiten.

Esthelle saß auf der Hintergalerie; ihr war heiß. Morgen war der 1. Juli. Dann würden alle Hofbewohner zu dem großen Platz gehen, wo der Gouverneur die Freiheitserklärung verlesen würde. Sie würde nicht dort sein. Masra Etienne fand es nicht ratsam; das Kind konnte jetzt jeden Augenblick kommen. Da blieb sie besser zu Hause.

1. Juli 1863

Einundzwanzig Kanonenschüsse läuteten um sechs Uhr
morgens den Tag ein, an dem dreiunddreißigtausend
Sklaven in Surinam freie Menschen wurden. Das Gouvernement hatte angeordnet, daß es ein Festtag sein
sollte, natürlich so, wie sie ihn wollten. Der Tag begann
mit allgemeinen Gottesdiensten in den Kirchen, die am
Tag zuvor mit Palmzweigen und Blumen geschmückt
worden waren. Alle ehemaligen Sklaven mußten vom
1. Juli an Christen sein und sich auch entsprechend verhalten; das heißt, sie mußten in die Kirche gehen, beten
und singen und ihre heidnischen Bräuche vergessen. In
den vorangegangenen Wochen hatten in allen Kirchen
Massentaufen stattgefunden, und Götzenverehrung
wurde gesetzlich unter Strafe gestellt.
Nach den Gottesdiensten gingen die Leute in weißer
Kleidung und mit Schuhen zum Gouvernementsplein,
wo der Gouverneur eine Ansprache halten sollte. Singend und Palmzweige schwenkend bewegte sich der
Zug durch die Straßen der Stadt, und auf dem Platz
lauschte man dem Gouverneur, der für die meisten nicht
zu hören und erst recht nicht zu verstehen war. Und das
war auch gut so, denn wer weiß, wie die Leute reagiert
hätten, wenn sie tatsächlich verstanden hätten, wie sie
der Gouverneur ermahnte, »recht dankbar zu sein und
nie zu vergessen, was ihre Herren für sie getan hatten«.
Auf dem Fluß lagen fünf Kriegsschiffe, die die Niederlande geschickt hatten, um bei »Ausbrüchen von Gewalt
und Übermut einzugreifen und die Ordnung wiederherzustellen«.
Soviel war diesem Tag vorausgegangen: die Registrie-

rung der Sklaven, die Entschädigung der Eigentümer, die Auszahlungen an die Freigelassenen, und dann gab es auch noch das Namensproblem. Sklaven hatten schließlich keinen Familiennamen. Sie waren bei ihren Eigentümern mit dem Vornamen und der Funktion, die sie hatten, als Arbeitsmaterial inventarisiert. So hieß es zum Beispiel: Kwaku, Gräber; Amimba, Feldarbeiterin. Bei früheren Freikäufen hatten die Sklaven manchmal den Nachnamen ihres Eigentümers oder den Namen der Plantage mit einem »van« davor bekommen. Sklavin Naatje von Herrn Fernandes hieß dann nach ihrem Freikauf Naatje van Fernandes, Pedro von der Plantage Welgelegen Pedro van Welgelegen.

Nach 1830 hatte es viele Freikäufe gegeben. Wenn der frühere Eigentümer wollte, daß die Beziehung zwischen ihm und dem freigekauften Sklaven sichtbar blieb, bekam der neue Bürger häufig seinen Namen mit einer anderen Buchstabenfolge: Exsklaven von De Miranda hießen De Randami, die von Geroldt Tdloreg, von Vermeer Remrev. Das wurde vor allem gemacht, um Schwierigkeiten bei Erbschaften zu vermeiden.

Auch jetzt wurde oft nach diesem System verfahren, wenn es sich um einzelne Sklavenfamilien in der Stadt handelte. Auf Plantagen, wo es sehr viele Familien gab, war es schwieriger. Viele Eigentümer ließen die Sklaven selbst einen Namen wählen, andere waren ihnen dabei behilflich, und so bekamen auf Rozentuin zum Beispiel alle Familien Namen, die etwas mit einem Rosengarten zu tun hatten, wie Rozen, Rozenhof, Rozenblad und Rozeknop, die Sklaven von Berg en Dal einen, der auf Berg endete, und die von ein paar Plantagen am Parafluß Nachnamen, die mit einem P anfingen.

Drei Tage durften die Freigelassenen feiern, danach mußten alle wieder an die Arbeit. Die Leute sollten ja nicht glauben, frei sein bedeute nichts tun. Schließlich mußten die Plantagen weiterlaufen, und dafür wurden Arbeitskräfte gebraucht, auch wenn die jetzt bezahlt werden mußten. Nicht in Form von Tageslohn natürlich, sondern Stücklohn, denn sonst würde sich diese faule Brut doch nur den ganzen Tag unter einen Baum legen!

OTTO

Einer der vielen, die auf der Straße waren, um sich den Zug der Freigelassenen anzusehen, war Otto. Er stand auf dem Platz und lauschte der Rede des Gouverneurs. Als er die Worte des Mannes hörte, spürte er solch eine Empörung in sich aufsteigen, daß er das Gefühl hatte, keine Luft mehr zu bekommen.

Was für eine Arroganz, dachte er, was für eine Selbstgefälligkeit, solche Worte Leuten gegenüber zu äußern, die nach jahrzehntelanger Sklaverei zum ersten Mal sich selbst gehören würden. Und er hatte geglaubt, irgendwo in der Rede des Gouverneurs vielleicht die Bitte um Vergebung zu hören.

Wie dumm von mir, dachte er. Der Weiße meint doch immer, er hätte recht. Er bestimmt die Spielregeln und verändert sie, wie es ihm paßt.

Was bedeutet diese Freiheit denn, wenn doch alles beim alten bleibt? Natürlich können Beamte noch immer sagen: »Seine Fähigkeiten sind gut, aber seine Hautfarbe nicht.« Das würde sich nicht ändern, da besaßen die Weißen jegliche Freiheit.

Otto sah zum Gouverneurspalast hinüber. Würde je der Tag kommen, an dem ein brauner oder schwarzer Gouverneur darin wohnen würde? Er mußte bei dem Gedanken selbst lachen. Natürlich kam dieser Tag nie. Er lief von dem Platz weg durch die Heerenstraat. An der Ecke zur Oranjestraat schaute er sich kurz nach dem Haus um, in dem Lucie wohnte, Lucie mit seinem Vater. Ob sie jetzt wohl am Frühstückstisch saßen? Oder lagen sie vielleicht noch im Bett? Zusammen in einem Bett? Sie eng an ihn geschmiegt? Die Hand ihres Mannes auf ihrem Körper? Er wollte nicht daran denken.

Er erreichte den Kerkplein und sah, wie der Küster die Kirche abschloß. Die Kirche für angesehene Weiße, die Kirche des Gouverneurs. Auch privilegierte Farbige gehörten ihr an, und jetzt waren sogar ein paar ehemalige Sklaven darin getauft worden. Würde wohl je ein schwarzer Pfarrer hier predigen? Natürlich nicht.

Er ging um die Kirche herum zur Keizerstraat und an der Knuffelsgracht entlang zur Waterkant. Dort lagen die Kriegsschiffe, die die Niederlande geschickt hatten. Schade für die Männer, daß sie jetzt nichts zu tun haben, dachte er, aber sie würden bestimmt in den Häusern der Weißen zu Festen und Feiern eingeladen werden. Sie würden lachen und tanzen und en passant vielleicht auch ein paar Kinder zeugen. Nachher gingen sie natürlich zum Empfang des Gouverneurs, und da würden sie essen und trinken und über diese dummen Schwarzen lachen, die jetzt frei waren und hofften, daß sie sich den ganzen Tag faul unter einen Baum legen konnten.

So dachten die Weißen, so dachte sein Vater, so dachten auch die meisten Elitemischlinge, die den Weißen alles

nachmachten und nachsprachen. Was für eine Selbstgefälligkeit und Arroganz.
Niedergeschlagen schüttelte er den Kopf, während er
sich am Ufer auf eine Bank setzte. War er nicht selbst
ein Produkt dieser Selbstgefälligkeit und des Umstands,
daß die Weißen die Spielregeln bestimmten? Ein Mulatte. Ein Kind, das ein Weißer von einer Schwarzen bekommen hatte; ja, so etwas durften Weiße, sie durften
Schwarzen Kinder machen. Die waren doch ihr Eigentum. Und wer war er? Zuerst ein gewöhnliches Sklavenkind, später freigekauft, da seine Mutter starb und
der Eigentümer mit dem Kind, das er nicht für stark
genug hielt, später für ihn arbeiten zu können, nichts
anzufangen wußte. Und jetzt war er so dumm gewesen,
sich in eine Situation hineinzumanövrieren, bei der die
Spielregeln wieder von einem Weißen bestimmt wurden.
Einer Frau auch noch und nicht irgendeiner, sondern
der Frau des Mannes, der sein Vater war.
Was soll ich tun? dachte Otto, was soll ich nur tun? Ich
muß weg, ich darf sie nie mehr sehen. Doch während er
das dachte, wußte er, daß er das nicht konnte.
Sie hatte vorgeschlagen, so zu tun, als würden sie in
einer Welt leben, in der die Hautfarbe keine Rolle
spielte. Warum war er darauf eingegangen? Diese Welt
gab es für sie doch nicht. Er hatte sie angesehen und
sich beherrschen müssen, nicht einen Kuß auf eines
ihrer schönen Gazellenaugen zu drücken, in denen er
eine Träne sah, als er sagte: »Du bist nicht glücklich,
nicht wahr?« Aber warum hatte er so eine Frage gestellt? Er konnte sie doch auch nicht glücklich machen.
Eine weiße Frau und ein farbiger Mann? Das war unmöglich in Surinam.

165

Und jetzt stand er da mit seinen Gefühlen. Wieder so ein Beispiel dafür, daß der Weiße mit dem Farbigen machte, was er wollte. Sie hatte es geschafft, daß er sich in sie verliebt hatte. Warum? Um ihn lächerlich zu machen? Vielleicht sprach sie ja mit anderen weißen Frauen über ihn und lachte über diesen dummen Mann, der sich einbildete, ein Farbiger dürfte eine Weiße lieben. Doch in seinem Herzen wußte er, daß es nicht so war, denn er wußte, daß Lucie keine Freundinnen hatte, mit denen sie über solche Sachen tratschte. Trotzdem würde er diese Gefühle unterdrücken müssen, notfalls würde er sie aus seiner Brust reißen.

Während er sich das immer wieder sagte, sah er ihr Gesicht vor sich, und ohne es zu wollen, flüsterte er leise: »Lucie, liebe Lucie.«

ESTHELLE

Alle Hofbewohner waren in die Kirche und anschließend zum Gouvernementsplein gegangen. Esthelle war schon aufgestanden; sie war inzwischen so dick, daß sie nur noch auf dem Rücken liegen konnte. Sie schaute auf Etienne hinunter, der quer in dem großen Bett lag, den nackten Rücken nach oben gekehrt, ein Kissen unter die Brust geklemmt.

Heute bin ich eine freie Frau, dachte Esthelle. Von heute an gibt es keine Sklaverei mehr in Surinam. Mein Kind wird in Freiheit geboren. Masra Etienne hat seinen Willen bekommen.

Was würde ihnen die Zukunft bringen? Die Menschen auf dem Hof erwarteten so viel. Würden sie nicht enttäuscht werden? Esthelle wußte, daß diese Freiheit in Wirklichkeit nicht viel bedeutete. Würden die Menschen tatsächlich tun können, was sie wollten? Nein, sie würden tun müssen, was die Weißen wollten. Das war jetzt so und würde wohl immer so bleiben. Die Weißen hatten das Sagen.

Nur ihr Herr, Masra Etienne, war anders. Der liebte sie, wie Menschen einander liebten. Und sie liebte ihn, ja, sie liebte ihn von ganzem Herzen. Aber wie lange würde es dauern? Wie lange würde er bei ihr bleiben? Sie war beileibe nicht die erste farbige Frau, die ein Verhältnis mit einem weißen Mann hatte. So viele farbige Frauen waren Konkubinen, Nebenfrauen, Geliebte, Mätressen. Eine surinamische Ehe nannte man das. Aber ihr Masra Etienne hatte vorläufig nur sie, und das machte es doch anders.

Wann würde das Kind geboren werden? Und wie würde es aussehen? Würde es vielleicht ganz weiß sein? Sie wußte, daß das möglich war. Bitte nicht, dachte sie, laß es bitte auch braun sein, und laß es mir nie, nie vorwerfen, daß ich braun bin und daß es dadurch ist, was es sein wird: ein freier Bürger, aber zweitklassig.

Masra Etienne wurde wach. »Hallo«, sagte er, »worüber grübelst du denn nach?«

»Ich grüble nicht«, antwortete Esthelle lachend, »ich habe dich angesehen und gedacht, daß sich dein Wunsch erfüllt hat.«

»Was meinst du? Welcher Wunsch?« fragte Etienne.

»Daß das Kind nicht vor dem 1. Juli auf die Welt kommt, weil es ein freier Bürger sein soll. Heute bin ich eine freie Frau, Masra Etienne.«

Er streckte die Hand aus und sagte: »Komm her.«

167

Sie erhob sich schwerfällig und ging zum Bett.
»Komm«, sagte er, »leg dich neben mich und sag das noch mal.«
Sie legte sich auf den Rücken, er schob einen Arm unter ihren Kopf und legte seine andere Hand auf ihren gewölbten Bauch.
Sie sah ihn an und sagte: »Heute bin ich eine freie Frau.«
»Gerade hast du noch etwas danach gesagt.«
»Noch was? Was denn?« fragte Esthelle, während sie die Stirn runzelte. »Oh, ich hab gesagt: ›Heute bin ich eine freie Frau, Masra Etienne.‹«
»Genau«, sagte er, »und das war das letzte Mal, daß du Masra zu mir gesagt hast; eine freie Frau nennt ihren Mann nicht Masra.«
»Du bist lieb«, sagte sie leise, »du bist so lieb, aber du bist doch mein Masra?«
»Nur in dem Sinn, daß ich dein Mann bin, deiner ganz allein, genauso, wie ich erwarte, daß du nur meine Frau bist und keinem anderen gehörst«, sagte er, während er sie sanft auf die Wange küßte.
Sie sah ihm in die Augen und flüsterte: »Lieber Etienne, ich gehöre dir, dir allein, ich kann nie die Frau eines anderen sein.«
Esthelles und Etiennes Kind wurde am 3. Juli geboren. Am Abend zuvor waren die Leute vom Hof nach Hause gekommen. Überall hatte es Feiern gegeben, und alle waren müde. Esthelle hatte auf dem Hof gesessen und ihren Geschichten gelauscht. Plötzlich hatte Nene Afie gesagt: »Esthelle, Misi, geh ins Haus, es wird nicht mehr lange dauern.« Und zu Masylvie sagte sie: »Hast du alles fertig? Setz schon mal Wasser auf.«

»Ich will nicht ins Haus«, sagte Esthelle, »ich will mein Kind in Masylvies Zimmer zur Welt bringen.«

»Was ist das denn für ein Unsinn?« fragte Masylvie. »Was wird Masra Etienne dazu sagen?«

»Nichts, er sagt nichts, er findet es in Ordnung, ich hab es ihm schon erzählt«, antwortete Esthelle.

»Sie hat recht«, meinte Bella, »laß sie bei ihrer Mutter sein, die Weißen brauchen es nicht zu hören, wenn sie schreit. Wenn das Kind geboren ist, kann sie nach vorn gehen und es dem Vater zeigen. Früher ist es nicht nötig.«

So geschah es auch. Etienne merkte überhaupt nichts davon. Esthelle sagte ihm, sie würde diese Nacht in Masylvies Zimmer bleiben. Die kam selbst erst, nachdem Misi Daantje eingeschlafen war.

Am 3. Juli ging Masylvie morgens zu Etienne und sagte: »Masra, Masra, wachen Sie auf, Esthelle hat eine Tochter.«

Mit einem Satz war Etienne aus dem Bett, auf nackten Füßen lief er auf den Hof zu Masylvies Zimmer. Dort lag Esthelle auf einer Matte am Boden. In den Armen hielt sie ein kleines, rosiges Bündel. Nachdem Etienne seine Tochter von oben bis unten betrachtet hatte, nahm er sie aus Esthelles Armen, küßte sie auf die Stirn und reichte sie an Masylvie weiter. »Komm«, sagte er. Er hob Esthelle auf, trug sie zum Vorderhaus, die Treppe hoch in sein Zimmer und legte sie aufs Bett. Dann nahm er das Kind von Masylvie entgegen und sagte: »Frau des Hauses, wie nennen wir unsere Tochter?«

»Liliane«, antwortete Esthelle. »Findest du den Namen gut?«

»Alles, was du willst, ist gut, mein Schatz. Sie heißt Liliane.«

Zwei Wochen später wurde das Kind in der reformierten Kirche auf dem Kerkplein getauft. Wie so viele Kinder war es unehelich und durfte nicht in einem Sonntagsgottesdienst getauft werden. Die Taufe fand deshalb an einem Mittwoch statt. Da der Platz vor der Kanzel für weiße Kinder aus ordentlichen Ehen reserviert war, wurde Liliane dahinter getauft.

In einem schönen Rock und mit Schuhen hatte Masylvie das Kind zur Kirche getragen. Esthelle und Etienne gingen neben ihr her, Esthelle in einem hübschen Kleid, mit einem Hut und Schuhen mit Schnallen. In der Kirche nahm Etienne das Kind von Masylvie entgegen. Er wollte, daß der Pfarrer hinter seinen Namen schrieb: Vater und Pate. Das Kind wurde getauft und erhielt den Namen Liliane Esther Couderc.

8. KAPITEL

Paramaribo, September 1863

ETIENNE

»Bald ist der 1. Oktober. Alle ehemaligen Sklaven haben Verträge abgeschlossen, alle arbeiten und verdienen ihren Lebensunterhalt, keine Räuber, keine Brandstifter, nicht mal Faulenzer, die den ganzen Tag unter einem Baum liegen und schlafen«, sagte Etienne zu Esthelle. »Was bin ich froh, daß die niederländische Regierung die Situation so schlecht eingeschätzt hat.«

»Ach ja«, sagte Esthelle, die mit ihrem Kind an der Brust in einem Schaukelstuhl saß, »dort ist man immer geneigt, das Schlechteste von den Schwarzen zu denken.«

»Sogar mit der Kirche gibt es keine Probleme«, fuhr Etienne fort. »Ob es die Pfarrer sind, die so gute Arbeit verrichten, oder wollen die Schwarzen wirklich ihre eigenen Götter und Traditionen für den christlichen Glauben aufgeben?«

»Ich denke«, sagte Esthelle langsam, während sie das Kind hochhob und über ihre Schulter legte, damit es ein Bäuerchen machen konnte, »ich denke, daß alle Menschen, die in Unterdrückung leben, einen Glauben akzeptieren, der ihnen Erlösung von allen Qualen verspricht, der ihnen erzählt, daß es Liebe für sie gibt und daß sie es im Jenseits besser haben werden; das ist es nun einmal, was die Menschen hören wollen, denn das gibt ihnen Hoffnung.«

»Der Pfarrer sollte bei dir in die Lehre gehen«, meinte Etienne. Er ging zu ihr und nahm ihr das Kind ab. »Was sagst du dazu, Liliane, deine Mutter ist eine weise Frau, nicht? Der Pfarrer kann noch etwas von ihr lernen.« Er ging eine Weile im Zimmer auf und ab, während er das Kind in den Armen wiegte. »Guck, sie schläft schon«, sagte er zu Esthelle. Er gab ihr das Kind zurück, und sie legte es ins Bett.

»Wir müssen morgen zusammen in die Kirche gehen«, fuhr er fort, »und wenn ich weg bin, mußt du allein dorthin gehen, denn sie werden auf dich achten, da kannst du sicher sein.«

Esthelle nickte. »Ich weiß, daß sie auf mich achten werden, es wird nicht leicht sein ohne dich.«

»Aber es dauert nicht lange«, sagte Etienne. »Anderthalb, höchstens zwei Jahre.«

»Das nennst du nicht lange?« seufzte Esthelle. »Es ist schrecklich lange. Wenn du zurückkommst, läuft Liliane schon. Ach was, sie rennt und spricht, und sie wird sagen: ›Mama, wer ist dieser fremde Bakra?‹«

»Bring ihr ja bei, hast du mich gehört, bring ihr ja bei, daß ich kein fremder Bakra bin, sondern ihr Vater«, sagte Etienne scheinbar böse. Er faßte Esthelle bei den Schultern und umarmte sie. »Komm, Esthelle, es ist zu unser aller Besten, das verstehst du doch?«

In zwei Wochen würde Etienne nach Holland abreisen. Mit dem Entschädigungsgeld wollte er in Surinam eine Druckerei aufbauen und eine Zeitung herausgeben. Das Rüstzeug dafür wollte er sich in Holland aneignen, und

172

dort würde er auch alles anschaffen, was er dafür brauchte. Er und Esthelle hatten die Pläne ausführlich besprochen, und auch mit Remi hatte Etienne darüber geredet. Der fand den Plan gut. Remi ging selbst nächstes Frühjahr mit seiner Familie nach Holland. Von dort wollte er weiter nach Frankreich, um sich in dem Land niederzulassen, aus dem seine Vorfahren und die seiner Frau stammten. Esthelle würde im Haus in der Gravenstraat wohnen bleiben, über Misi Constance, die zwar die Großmutter ihres Kindes war, für sie aber weiterhin die »Misi« blieb.

ESTHELLE

Am nächsten Tag saßen Etienne und Esthelle in der Kirche. Esthelle sah einige Mulatten und ein paar Schwarze auf den hinteren Bänken Platz nehmen. Zuerst wurde gesungen; Esthelle blickte zu ihren Leuten hinüber. Die sangen nicht mit, denn die Lieder waren auf Niederländisch, und diese Sprache hatten sie ja nie lernen dürfen. Anschließend hielt der Pfarrer eine leidenschaftliche Predigt darüber, daß die Weißen so gut gewesen waren, den Schwarzen die Freiheit zu schenken. Es sei ein Schritt in die richtige Richtung, meinte er, wenn auch nur ein kleiner auf dem langen Weg, der noch gegangen werden müsse. Zivilisation müsse den Schwarzen beigebracht werden, denn sie seien noch sehr unzivilisiert. Das sei zwar nicht ihre Schuld, aber es müsse sich ändern, und der Weiße habe die Pflicht, ihnen dabei zu helfen.
Was für ein Glück, daß sie nicht verstehen, was er sagt,

dachte Esthelle, die sich im stillen über die Worte des Pfarrers ärgerte. Der farbigen Bevölkerung müsse ihre Sittenlosigkeit ausgetrieben werden, fuhr der jetzt fort, die Unzucht, ohne kirchlichen Segen zusammenzuleben und uneheliche Kinder zur Welt zu bringen. Das sei eine große Sünde, die die Kirche, ja, die alle Christen bekämpfen müßten.

Er redet von mir, dachte Esthelle, ich bin dieses sittenlose Wesen. Sie sah sich um; es waren noch eine ganze Reihe brauner Frauen da, die genau wie sie eine surinamische Ehe führten. Und all die weißen Männer, die farbige Kinder gezeugt hatten, saßen mit unbewegtem Gesicht da, schauten den Pfarrer an und lauschten seinen Worten. Denn natürlich ging es hier nicht um sie, sie waren nicht sittenlos, das waren die braunen und schwarzen Frauen, die die Kinder zur Welt brachten.

Was für Heuchler, dachte Esthelle, was für elende Heuchler. Am liebsten wäre sie aufgesprungen und hätte die Kirche verlassen. Sie beherrschte sich jedoch, weil sie Etienne nicht in Verlegenheit bringen wollte. Säße er nur neben ihr, dann hätte sie in ihrer Wut in seine Hand kneifen können, doch die Männer saßen von den Frauen getrennt.

Als der Gottesdienst zu Ende war, schoben sich die Menschen nach draußen; der Pfarrer stand in der Tür. Viele gaben ihm beim Hinausgehen die Hand. Esthelle wechselte schnell auf die andere Seite, damit sie nicht an ihm vorbeimußte. Draußen wartete Etienne, und sie gingen zusammen nach Hause.

»Warum bist du so still?« fragte Etienne, als sie sich später in ihrem Schlafzimmer umzogen. Esthelle antwortete nicht; sie hob ihre Tochter aus dem Bett, setzte

174

sich in den Schaukelstuhl und begann, das Kind zu stillen. Dann sagte sie: »Etienne, ich hatte dir versprochen, in die Kirche zu gehen, aber ich kann es nicht.«

»Warum kannst du es nicht?« fragte Etienne erstaunt. »Es ging doch gut heute morgen?«

»Nein, es ging überhaupt nicht gut, ich mußte mich beherrschen, um nicht aus der Kirche zu laufen. Etienne, ich kann da nicht sitzen und ruhig zuhören, wie der Pfarrer im Namen seines Gottes verkündet, daß mein Volk unzivilisiert und sittenlos sei und daß uns unser unmoralischer Lebenswandel ausgetrieben werden müsse. Ist das euer Gott, denkt euer Gott so? Jetzt verstehe ich auch, warum in eurer Bibel steht, Gott habe den Menschen nach seinem Angesicht geschaffen. Er ist genauso ein weißer Heuchler, ein Bakra.«

»Esthelle, Esthelle, reg dich doch nicht so auf, vor allem nicht, während du das Kind stillst. Du hast ja recht, aber da sprach ein Pfarrer und nicht Gott.«

»Er spricht doch im Namen Gottes, oder? Ist es nicht das, was euch euer Glaube lehrt? Wenn der Pfarrer von der Kanzel spricht, tut er das im Namen des Herrn.«

»Aber er ist ein Mensch, und er spricht als Mensch«, entgegnete Etienne.

»Ich gehe nicht mehr in diese Kirche«, sagte Esthelle entschieden. »Schwarze haben auch Götter, sie glauben an gute und böse Geister, und sie lehren einander, daß man Gutes tun muß, um die guten Geister gnädig zu stimmen. Was ist daran schlecht? Warum ist das Aberglaube?«

»Die Weißen in Surinam nennen es Aberglaube«, sagte Etienne.

»Haben die Herrnhuter denselben Gott wie ihr?« fragte Esthelle.

175

»Ich denke schon, alle Christen haben denselben Gott, und er ist auch der Gott der Juden.«

»Warum ist der Gott der Herrnhuter dann soviel gütiger? Ich bin mit Bella, Felina und Meta zu ihnen in die Kirche gegangen. Da ist der Gott viel freundlicher, und das Schicksal der Schwarzen betrifft ihn. Da spricht man unsere Sprache, die Lieder sind im Nengre; jeder versteht, was der Pfarrer sagt. Alle sitzen durcheinander, nicht wie in eurer Kirche, wo die reichen Weißen vorn und die armen Farbigen hinten sitzen.«

»Willst du lieber in diese Kirche gehen?« fragte Etienne.

»Viel lieber.«

»Gut, mein Schatz, dann gehen wir künftig dorthin.«

»Aber was wird deine Mutter dazu sagen?« fragte Esthelle.

»Das weiß ich nicht, und es interessiert mich auch nicht«, antwortete Etienne ruhig.

Esthelle blickte auf das Kind hinab, das aufgehört hatte zu trinken und seine Mutter ansah. Sie lachte es an, und das Kind lachte gurrend zurück.

»Komm, lach deinen Vater mal an«, sagte Esthelle, während sie das Mädchen hochhob.

Etienne ging zu ihr und legte den Arm um sie.

»Weißt du, was ich glaube«, sagte Esthelle. »Ich glaube, daß sie den Satz einfach umgekehrt haben.«

»Was meinst du? Welchen Satz?« fragte Etienne.

»Nicht der Mensch ist nach Gottes Angesicht, sondern Gott ist nach des Menschen Angesicht geschaffen«, antwortete Esthelle.

Etienne lachte. »Du bist eine weise Frau, eine weise Philosophin.«

176

Paramaribo, Dezember 1863

OTTO

Otto ging neben seiner Pflegemutter durch die Wagenwegstraat. Sie waren unterwegs zum Thaliatheater, wo
ein Weihnachtsspiel aufgeführt werden sollte. Frau Van
Leeuwaarden wollte sich das Stück gerne ansehen, weil
ihr Patenkind die Rolle der Maria spielte. Otto begleitete sie, denn eine Dame konnte abends natürlich nicht
allein über die Straße gehen; außerdem wollte er das
Stück selbst gern sehen.
Als sie am Theater ankamen, schaute sich Frau Van
Leeuwaarden interessiert um, grüßte hier ein paar
Freunde, nickte auf der anderen Seite Bekannten zu
und flüsterte Otto plötzlich zu: »Oben in der Loge sitzt
dein Vater mit seiner Frau.«
Otto fühlte, wie ihm das Blut in die Wangen stieg.
»Willst du sie nicht begrüßen?« fragte Frau Van Leeuwaarden. Otto schüttelte leicht verärgert den Kopf. Natürlich nicht, er würde gar nicht hochschauen; er wollte
nicht sehen, wie Lucie neben seinem Vater saß.
Lucie! Was sollte aus ihnen werden? Was sollte er machen? Er hatte sich so fest vorgenommen, keine Gefühle
für sie zu haben; er durfte sie nicht lieben, er wollte es
nicht. Und deshalb war er seit Mai, als sie dieses Gespräch geführt hatten, nicht mehr dort gewesen. Die Tatsache, daß sein Vater am nächsten Tag zurückgekommen
und wochenlang krank gewesen war, hatte ihm geholfen.
So konnte er erst gar nicht nach oben gehen.
Aber dann ging es seinem Vater besser, und im September unternahm er wieder eine Reise zu verschiedenen

Plantagen. Gut einen Monat lang war er weggeblieben.
Otto mußte also nach oben; das erste Mal in der Über-
zeugung, daß er nur den Schlüssel abgeben und danach
sofort wieder gehen würde. Aber es kam anders.
Sie stand im Vorderzimmer, als er nach oben kam; sie
hatte ihn mit ihren schönen Gazellenaugen angesehen
und langsam gesagt: »Du willst nicht mehr hierherkommen, habe ich recht? Du willst nicht mehr mit mir
sprechen. Findest du mich dumm? Findest du mich
langweilig?«
Und er? Was hatte er gemacht? Er hatte verzweifelt geseufzt: »Oh, Lucie, natürlich finde ich dich nicht dumm
oder langweilig, ich wäre am liebsten immer hier bei dir
und würde mich mit dir unterhalten, aber es geht nicht,
es ist nicht richtig, versteh das doch!«
»Wir wollten doch so tun, als würden wir in der Welt
der Bücher leben, in einer Welt, in der es geht! Das war
doch unsere Abmachung?« sagte sie leise.
»Ja, aber es war eine falsche Abmachung.«
»Warum falsch? Wenn wir es doch beide wollen?«
»Du hast es selbst gesagt, es würde bedeuten, so zu tun
als ob, und das kann nichts Gutes bringen.«
»Ich verstehe dich«, sagte sie, »ich verstehe es. Leg den
Schlüssel einfach auf den Schreibtisch.«
Während er ihrer Aufforderung nachkam, sagte sie ganz
leise: »Otto, ich habe dich so vermißt, ich habe mich so
danach gesehnt, dich zu sehen und deine Stimme zu
hören.«
Er sah sie an. Sie drehte sich um und fing an zu
schluchzen. Im nächsten Augenblick lag sie in seinen
Armen, und er küßte sie auf die Wangen, auf die Haare
und zum Schluß auf den Mund.

Sie erschraken beide. Er trat einen Schritt zurück und sie auch.

»Geh nicht weg«, sagte sie, »geh bitte nicht weg, setz dich.«

Er setzte sich, nicht aufs Sofa, auf das sie zeigte, sondern auf einen Stuhl. Sie setzte sich neben ihn.

»Wie bei dir habe ich mich noch nie gefühlt«, sagte sie. »Wie mit dir habe ich noch mit keinem gesprochen; ich wußte nicht einmal, daß ich solche Gedanken hatte, und erst recht nicht, daß ich mich trauen würde, sie einem anderen gegenüber auszusprechen. Und doch ist bei dir alles so selbstverständlich und so natürlich.«

Und da hatte auch er bekennen müssen, daß sie die einzige war, mit der er sich so unterhalten konnte. Sie war die einzige, die bei Vielem dasselbe dachte und fühlte wie er. Er hatte nicht gesagt, daß er sie liebte; das traute er sich nicht. Er wußte, daß es nicht ging, daß es gegen die Regeln verstieß.

Otto sah fast nichts von dem Weihnachtsspiel. Seine Gedanken waren bei Lucie und dem, was sich in der letzten Zeit zwischen ihnen abgespielt hatte. Er war nach jenem Mal regelmäßig bei ihr gewesen. Wenn sein Vater in der Stadt war und nachmittags zu Hause blieb, fühlte er sich den ganzen nächsten Tag unruhig und sehnte den Augenblick herbei, an dem sein Vater wegfuhr und der Assistent ging, so daß er nach oben gehen konnte, wo Lucie wartete, seine liebe Lucie.

Otto schreckte auf, als das Licht anging und die Leute den Saal verließen, um eine Pausenerfrischung zu sich zu nehmen.

»Sollen wir schnell deinem Vater guten Tag sagen?« fragte Frau Van Leeuwaarden.

»Bitte nicht«, sagte Otto erschrocken.

»Warum nicht?« fragte Frau van Leuwaarden. »Er ist doch nett zu dir.«

»Ich sehe ihn doch schon jeden Tag«, brummte Otto. Er ging zur Bar und holte etwas zu trinken für sie. Als er mit dem Glas in der Hand zurückkam, stand sie neben seinem Vater und Lucie. Er gab Frau van Leeuwaarden das Glas, schüttelte seinem Vater die Hand und murmelte: »Guten Abend.« Dann nickte er Lucie zu und murmelte: »Gnädige Frau.« Schließlich gab ein junger Farbiger einer weißen Dame nicht die Hand.

In der Nacht nach der Aufführung lag Otto im Bett und konnte, wie so oft in der letzten Zeit, nicht schlafen. Ständig mußte er an Lucie denken. Was sollte er tun? Wenn er bei ihr war und sie sich immer wieder leidenschaftlich geküßt hatten und er sie auch gestreichelt hatte, mußte er sich mit aller Gewalt zwingen, nicht weiterzugehen. Er wollte sich eigentlich nie auf das Sofa setzen, doch oft genug landete er dort, weil sie ihn dorthin zog. Dann war ihr schöner Körper seinem so beängstigend nah. Es war schon einmal vorgekommen, daß er abrupt aufgestanden war und gerufen hatte: »Lucie, laß uns damit aufhören, es ist nicht gut.« Danach war er weggerannt, die Treppe hinunter, hinaus auf die Straße, wo er erst eine Weile ziellos umhergelaufen war, ehe er nach Hause ging. Und manchmal weinte er im Bett, sein Schluchzen im Kissen erstickend. Lucie, liebe Lucie. Was soll ich tun? Was sollen wir tun? Wenn er gekonnt hätte, wäre er weggegangen. Aber er hatte kein Geld, und weggehen kostete Geld, Geld, das er nie haben würde. Würde er immer so weiterleben müssen? War das sein Leben?

Er hielt es nicht mehr aus. Warum mußte ihm das passieren? Warum mußte er so dumm sein, sich in eine weiße Frau zu verlieben, die Frau seines Vaters noch dazu? Aber er liebte sie nicht. Sie wollte das, doch er würde damit aufhören. Er würde nicht mehr nach oben gehen. Es war ihre Schuld, daß er sich in sie verliebt hatte. Sogar in diesen Dingen verstanden es die Weißen, den Farbigen ihren Willen aufzuzwingen. Er hatte sie durchschaut. Sie wollte ihn zum Narren halten, mit seinen Gefühlen spielen! Doch das würde er nicht mehr zulassen! Er war nicht mehr in sie verliebt. Er liebte sie nicht. Nein! Nein! Er würde es ihr so schnell wie möglich sagen, ja, das würde er machen, er würde nach oben gehen und ihr einfach ins Gesicht sagen, daß es vorbei war. Schluß! Aus! Und dann würde er das Büro seines Vaters verlassen und sich irgendwo anders Arbeit suchen, auf einer Plantage zum Beispiel. Ja, das würde er machen. Nie mehr Lucie! Nie mehr! Und als wollte er sich selbst daran hindern, sie in seinen Träumen zu sehen, schlief er mit dem Kissen über dem Kopf ein.

Paramaribo, Februar 1864

LUCIE

Lucie saß auf dem Balkon und lauschte auf die Geräusche, die von unten zu ihr drangen. Kam Lodewijk nach oben? Fuhr die Kutsche vor? Denn wenn das der Fall war, fuhr Lodewijk weg, dann fuhr er zu Beate, und dann würde Otto später nach oben kommen, und sie würden wieder ein paar herrliche Stunden verleben. Otto! Noch nie hatte sie jemanden so geliebt wie ihn. Sie hatte nicht einmal gewußt, daß es so eine Liebe gab. So sehr lieben, daß es körperlich fast weh tat, wenn man nicht zusammen war. Denn so liebte sie ihn. Aber es durfte nicht sein, es ging nicht. Warum war es nicht richtig, Otto zu lieben? Er war der beste, der liebste Mensch auf der Welt. Sie wollte es hinausschreien, so daß es alle hören konnten. Sie wollte rufen: »Ich liebe Otto, Otto allein.« Warum war alles so schwer? Warum konnte sie nicht einfach allen erzählen, daß sie verliebt war, daß sie ihn liebte? Es ging nicht, weil seine Haut braun war, weil seine Mutter eine Sklavin gewesen und sie, Lucie, eine weiße Frau war.

Lodewijk kam nicht nach oben. Er ging heute nachmittag also nicht zu Beate. Dann würde Otto auch nicht kommen. Lucie ging ins Haus. Sie würde sich anziehen und später zu ihrer Mutter gehen. Sie klingelte nach Afiba. Ob die wohl wußte, was sich hier nachmittags abspielte, wenn der Masra nicht da war und die Misi allen Sklavinnen sagte, sie dürften in ihre Zimmer gehen und sich ausruhen, da sie selbst ruhen wolle? Nein, sicher nicht, keiner wußte, daß Otto stundenlang bei ihr im Vorderzimmer saß und in der letzten Zeit auch bei ihr im Schlafzimmer war. Wenn Lodewijk wegging, schloß sie immer die Hintertür ab und sagte den Sklavinnen, sie sollten erst hereinkommen, wenn sie gerufen würden.

Lucie blickte auf das Kissen auf ihrem Bett und lächelte bei dem Gedanken, daß Ottos Kopf drei Tage zuvor noch darauf gelegen hatte. Sie erinnerte sich an ihr erstes intimes Zusammensein. Sie hatten es beide kommen fühlen. Schon Wochen vorher hatten sie sich immer leidenschaftlicher geküßt und gestreichelt. Es geschah wie von selbst, als sie auf dem Sofa im Vorderzimmer so zärtlich miteinander beschäftigt waren. Was für ein vollkommen anderes Erlebnis war das als mit Lodewijk. Otto war ganz Zärtlichkeit, eine wohltuende Umarmung, die sie in ekstatischem Glück minutenlang gefangenhielt.

»Oh, Otto, halt mich fest, laß uns für immer zusammensein, bleib bei mir, bleib bei mir«, hatte sie beim ersten Mal geflüstert, und sie wäre dafür gestorben, um dieses Glück ewig festzuhalten.

Heute würde er also nicht kommen. Das machte nichts, sie würden bald wieder zusammensein. Sie mußte mit ihrer Mutter sowieso die Pläne für das Abschiedsfest für Remi und seine Familie besprechen, die in drei Wochen nach Holland abreisten und solange in der Gravenstraat wohnten.

Als sie später vor dem Couderc-Haus stand und Seri ihr die Tür geöffnet hatte, ging sie zuerst zur Hintergalerie. Esthelle kam gerade mit ihrem Kind auf dem Arm die Treppe herunter, gefolgt von Danielle.

»Oh, Esthelle, darf ich sie kurz halten?« rief Lucie. Sie gab Danielle ihren Schirm und nahm Esthelle das Kind ab. »Oh, was für ein Schatz, was bist du doch für ein Schatz. Schau mal her, Liliane, lach deine Tante an.«

Und Liliane lachte und gurrte und zeigte zwei Zähnchen.

»Oh, sieh mal, sie hat schon Zähne«, sagte Lucie.

Esthelle lächelte.

»Bist du nicht schrecklich stolz, bist du nicht unheim-

lich glücklich mit deinem Kind, Esthelle?« fragte Lucie.
Esthelle lachte. »Natürlich bin ich stolz und glücklich.
Ich denke, jede Mutter ist das.«
Lucie nickte. »Ja«, sagte sie, »ja, jede Mutter wäre stolz
und glücklich mit so einem hübschen Kind.«
Sie war keine Mutter. Angenommen, sie bekäme ein
Kind von Otto, dachte sie, dann würde es wie Esthelles
Kind aussehen. Sie erschrak selbst bei dem Gedanken.
Was für eine lächerliche Idee. Sie bekam kein Kind,
Gott sei Dank bekam sie keins, offenbar konnte sie
keine Kinder bekommen, denn Lodewijk hatte welche
mit Beate, und von den Malen, die sie mit Lodewijk zu-
sammengewesen war, war sie ja nicht schwanger gewor-
den. Sie war wohl unfruchtbar. Das war schade, aber im
Moment ganz gut, denn man stelle sich vor, sie würde
durch das Zusammensein mit Otto schwanger werden.
Das wäre schrecklich, eine Katastrophe! Zum Glück
brauchte sie sich darüber keine Sorgen zu machen.
Lucie ging zum Vorderzimmer, in dem ihre Mutter saß.
Danielle lief hinter ihr her, setzte sich in einen Schaukelstuhl, und während sie vor sich hin summte, schaukelte sie heftig vor und zurück.
»Nicht so wild, nicht so wild, Misi Daantje, du fällst ja
noch um«, sagte Esthelle, die mit einem Tablett mit zwei
Gläsern und einer Schale Gebäck hereinkam. »Möchte
Misi Daantje auch etwas trinken?«
»Ja, Daantje tinke«, antwortete das Kind.
»Aber nicht drinnen, Esthelle«, sagte Constance, »nicht
drinnen, du weißt, sie kleckert sonst den ganzen Tep-
pich voll.«
»Ja, Misi«, sagte Esthelle und zu Danielle: »Komm mit
auf die Galerie, Misi Daantje.«

»Was ist Esthelles Kind doch für ein Schatz«, sagte Lucie, als die drei das Zimmer verlassen hatten.
»Ja, und es ähnelt Etienne sehr«, entgegnete ihre Mutter. »Er will alles über sie wissen, Esthelle muß ihm jeden Monat einen Brief schreiben, damit er auf dem laufenden bleibt.«
Vielleicht findet sie es ja nicht mehr so schlimm, dachte Lucie, denn sie wußte noch gut, daß ihre Mutter zuerst gar nicht damit einverstanden gewesen war, daß Etienne ein Verhältnis mit Esthelle anfing.
Ach, dachte sie, Männer sind besser dran als Frauen. Etienne hatte getan, was er wollte. Er hatte Esthelle einfach zu seiner Frau gemacht, und das gleiche taten all die anderen weißen Männer, die sich eine braune oder schwarze Frau nahmen.
Nachdem Lucie mit ihrer Mutter die Gästeliste durchgegangen war und sie darüber gesprochen hatten, welche Gerichte serviert werden sollten, setzte sie sich auf die Hintergalerie.
»Darf ich sie füttern?« fragte sie Esthelle, als sie sah, daß Liliane ein Lätzchen umgebunden bekam. Sie nahm das Kind auf den Schoß, und bei jedem Bissen, den sie ihm gab, sagte sie: »Happ.«
Sylvia kam auf die Galerie. Sie betrachtete das Bild, das sich ihr bot, und sagte: »Wie schön Misi Lucie geworden ist, so strahlend schön.«
Lucie lächelte und schwieg.
Als Lucie weg war, sagte Sylvia zu Esthelle: »Misi Lucie sah so strahlend aus, man könnte fast meinen, sie wäre verliebt.«
Am nächsten Morgen merkte Lucie, daß sich ihr Mann reisefertig machte.

»Wir besuchen zwei Plantagen am Commewijne«, sagte er.
»Die Besitzer von Wederzorg und Mon Trésor haben beschlossen, doch zu verkaufen. Es ist schönes Wetter, aller Voraussicht nach werde ich wohl eine Woche weg sein.«
Lucie nickte. Sie gab sich Mühe, so normal wie möglich auszusehen, doch innerlich jubelte sie.
»Es ist gut, daß es diese Woche ist«, sagte sie, »denn nächste Woche gibt meine Mutter für Remi und seine Familie ein Fest.«
Lodewijk antwortete nicht. Er war mit seinen Gedanken schon bei der Reise.
Als Otto nachmittags zu Lucie kam, sagte sie: »Otto, Lodewijk ist für eine Woche weggefahren.«
»Ich weiß«, sagte er.
»Ich habe mit dem Essen auf dich gewartet«, fuhr sie fort.
»Das hättest du nicht tun sollen«, sagte Otto. »Was werden die Sklavinnen denken?«
»Die wissen es nicht, und sie brauchen es auch nicht zu wissen«, sagte Lucie.
»Oh, Lucie, liebe Lucie, mach doch keine unvernünftigen Sachen, du spielst mit dem Feuer. Laß uns bitte nichts Dummes tun.«
»Ist es denn dumm, sich zu lieben?« fragte Lucie.
»Vielleicht schon, in unserer Situation vielleicht sogar sehr«, seufzte Otto.
»Lieber Otto«, sie ging zu ihm und setzte sich auf seinen Schoß, »lieber Otto, halt mich fest, denn ich will dir etwas sehr Unvernünftiges vorschlagen.«
Mit großen Augen sah er sie an.
»Mach nicht so ein erschrockenes Gesicht«, sagte sie, »bleib heute nacht bei mir, Otto.«

186

Er sprang so ruckartig auf, daß sie fast von seinem Schoß fiel. Da mußte sie so lachen, daß auch er zu lachen anfing, sich wieder setzte und sie auf seinen Schoß zog.

»Oh, mein Liebling, wie gern täte ich das, aber es geht nicht, es geht nicht. Verstehst du das nicht? Meine Pflegemutter wird mich sofort suchen, wenn ich nicht nach Hause komme, und natürlich läßt sie hier als erstes nachfragen, und was machen wir dann?«

»Dann sagen wir, daß du nicht da bist«, antwortete Lucie.

»Sie wird mich überall suchen, und wenn sie mich nirgends findet, ist sie imstande, hierherzukommen und jeden Schrank im Haus nach mir zu durchsuchen. Sie findet sowieso schon, daß ich viel zu lange arbeite. Wenn sie wüßte, was das für eine Arbeit ist.«

»Oh, Otto, bitte, einmal nur, wäre es nicht herrlich, eine ganze Nacht lang zusammenzusein?« flehte Lucie.

»Natürlich wäre es herrlich; ich kann mir nichts Schöneres vorstellen. Nur wie soll das gehen? Lucie, meine liebe Lucie, versteh doch, daß es unmöglich ist.«

»Du willst es nicht«, schmollte sie.

»Ich will schon, aber wie? Weißt du, welche Folgen es hätte, wenn dein Mann es herausbekäme? Man würde mich vielleicht sogar ins Gefängnis stecken, und du, du ...«

»Ja, was ist mit mir?« fragte Lucie.

»Sie würden schreckliche Dinge über dich sagen, sie würden über dich klatschen, und dein Mann würde dich aus dem Haus werfen. In der Vergangenheit wurde ein Farbiger, der so etwas getan hatte, sofort getötet, und die weiße Frau wurde aus der Kolonie verbannt.«

Lucie sah ihn mit glänzenden Augen an und sagte zärtlich: »Hast du vergessen, mein lieber Otto, daß wir in der Welt der Bücher leben? Da gibt es dieses Problem nicht, weißt du noch?«

Sie strich mit ihrem Finger über seine Lippen. »Vielleicht hast du recht, es ist gefährlich. Schade.«

»Und wenn ich in ein paar Tagen so tue, als müßte ich zu einer Plantage?« sagte Otto. »Dann sage ich ihr morgens, daß ich erst am nächsten Tag zurückkomme.«

»Aber natürlich, das ist es, daß wir daran nicht eher gedacht haben«, rief Lucie begeistert.

»Einmal nur, Lucie, nur einmal«, sagte Otto. »Wir müssen ganz vorsichtig sein. Denn auch wenn wir so tun, als würden wir in der Welt der Bücher leben, wissen wir doch, daß wir in Surinam sind, in einer kleinen Gemeinschaft, da kommt alles heraus. Einmal nur, ehe meine Pflegemutter mißtrauisch wird.«

»Heute also nicht. Wann dann, Otto, wann?« fragte Lucie heftig.

»Übermorgen. Übermorgen bleibe ich eine ganze Nacht bei dir, mein Liebling.«

»Ach, wie ich mich freue«, sagte Lucie. Sie schmiegte sich an ihn und küßte seinen Mund, seine Augen. Er ließ sich gehen, und sie warteten nicht bis übermorgen.

Paramaribo, April 1864

LUCIE

Gracia ging noch immer regelmäßig zu Misi Lucie. Obwohl sie offiziell als Schneiderin kam, gab es oft nichts zu nähen oder zu ändern, und häufig brachte Gracia ihre ganze Kinderschar mit. Fünf waren es inzwischen, doch heute hatte sie nur das Baby dabei.

»Acht Monate ist er jetzt schon«, sagte Gracia stolz.

Lucie lächelte. Sie sah blaß aus. In der letzten Zeit fühlte sie sich nicht besonders wohl.

»Bekommst du bald noch ein Baby?« fragte sie.

»O nein, bitte nicht, Misi Lucie, Sie wollen mich wohl ins Grab bringen?« rief Gracia. »Fünf sind wirklich genug.«

Es gab eine Frage, die Lucie auf den Lippen brannte, die sie sich aber nicht zu stellen traute. Doch sie mußte es tun.

»Sag mal, Gracia«, begann sie zögernd und fühlte, wie sie errötete, »woher weiß man eigentlich, daß man schwanger ist?«

»Ach, das merkt man sofort«, sagte Gracia, als sei es die normalste Sache der Welt, und sie zählte auf, an welchen Symptomen man so etwas erkannte.

Lucie hörte zu, äußerlich ruhig, doch mit klopfendem Herzen. Ja, so war es, sie hatte es schon geahnt. Jetzt wußte sie es sicher. Sie war schwanger. Sie erwartete ein Kind. Ottos Kind.

Während Gracia weiterredete, war sie ziemlich abwesend. Gracia merkte es und machte den Jungen zum Gehen fertig. »Ist die Misi krank?« fragte sie.

»Ich fühle mich nicht besonders wohl«, sagte Lucie.

»Vielleicht ist die Misi auch schwanger«, meinte Gracia.

»Ach, Gracia, hör auf. Ich bin doch schon mehr als zehn Jahre verheiratet.«

»Ich kenne Leute, die erst nach zwölf Jahren ein Kind bekommen haben«, sagte Gracia.

Lucie lächelte kurz, verabschiedete sich von Gracia und dem Baby und ließ sie von Afiba hinausbegleiten.

Sie ging in ihr Zimmer und legte sich aufs Bett. Was sollte sie tun? Sie würde ein Kind bekommen, Ottos Kind. Lucie dachte daran, wie sehr sie sich nach einem Kind gesehnt hatte, und jetzt war es soweit. Doch statt glücklich zu sein, hatte sie Angst. Was sollte sie tun? Die Schwarzen hatten sicher allerlei Mittelchen dafür, wenn man kein Kind haben wollte. Nein, dachte sie, nein, das mache ich nicht. Ich will das Kind. Es ist mein Kind. Mein und Ottos Kind. Es soll leben. Ich will es. Aber wie? Sie konnte doch schlecht zu ihrem Mann sagen, sieh her, ich habe ein farbiges Kind. Und natürlich konnte sie auch nicht so tun, als sei er der Vater. Erstens waren sie sicher schon drei Jahre nicht mehr zusammengewesen, und außerdem zeugten zwei Weiße kein farbiges Kind. Vielleicht würde es ja weiß sein, das wäre durchaus möglich. Aber nein, das Risiko war zu groß. Es würde so aussehen wie die Kinder von Gracia, wie die von Lodewijk und Beate, wie das Kind von Esthelle. Kein weißes Kind. Gut, dann verließ sie Lodewijk eben. Sie liebte ihn nicht. Dann ging sie zu Otto. Gleich darauf wurde ihr klar, was für Folgen es für Otto haben würde, wenn man herausfand, daß er der Vater ihres Kindes war. Wer weiß, welche Strafe ihm bevorstand. Sie mußte Otto beschützen, keiner durfte wissen, daß es sein Kind war. Man stelle sich vor, Lodewijk käme dahinter. O Gott, das würde schrecklich werden, Otto würde sofort seine Arbeit verlieren und wer weiß, was sonst noch. Nein, auch Otto durfte auf keinen Fall wissen, daß sie ein Kind von ihm erwartete. Was sollte sie nur machen? Sie war völlig ratlos. Jemand mußte ihr helfen. Aber wer? Zu wem konnte sie gehen? Eines wußte sie sicher: Welchen Rat man ihr auch geben würde, das Kind gab sie nicht auf. Das behielt sie, komme, was da wolle.

CONSTANCE

»Mutter, kann ich dich kurz sprechen?«
Constance schaute von der Handarbeit auf, mit der sie beschäftigt war. In der Tür stand Lucie.
»Lucie, Mädchen, ich habe dich gar nicht kommen hören. Sicher, was ist denn?«
Erstaunt sah Constance, wie Lucie auf sie zukam, dann zurücklief und die Tür schloß. »Was machst du denn?« fragte sie, denn die Tür zwischen Vorderzimmer und Eßzimmer wurde nie zugemacht.
»Ich will ungestört reden können«, antwortete Lucie, und Constance war noch überraschter, denn Lucie redete sehr selten. Und warum schloß sie plötzlich die Tür und sagte Mutter und nicht mehr Mama zu ihr?
»Möchtest du etwas trinken?« fragte Constance.
»Nein, Mutter, ich will, daß du mir zuhörst.«
»Ich höre zu, erzähl mir, was du auf dem Herzen hast.«
»Ich bin schwanger«, sagte Lucie kurz.
Einen Augenblick war es still. Dann rief Constance: »Oh, Kind, wie herrlich! Siehst du, man soll den Mut nie aufgeben. Wie schön für euch. Wie lange bist du jetzt schon verheiratet? Du dachtest, es würde nicht mehr klappen, und jetzt ...«
»Mutter, hör doch zu«, sagte Lucie ungeduldig, »es ist nicht so herrlich, wie du denkst.«

Constance sah ihre Tochter fragend an. »Weiß Lodewijk es schon?« fragte sie.

»Nein, Lodewijk weiß es nicht, und ich kann es ihm auch nicht sagen, denn es ist nicht Lodewijks Kind«, sagte Lucie schroff.

Constance starrte ihre Tochter schockiert an. »Lucie, was sagst du da? Wie konntest du so etwas tun? Wie konntest du so unvernünftig sein?« rief sie laut. Dann faßte sie sich wieder und fuhr fast flüsternd fort: »Weiß sonst noch jemand davon?«

»Nein«, antwortete Lucie, »nein, Mutter, du bist die einzige, die es weiß.«

»Und diese ... äh ... äh ... diese Person, ich meine, der ... äh ... Vater, weiß der es?« fragte Constance.

»Nein, der weiß es nicht, und er wird es auch nicht erfahren.«

Lucie tupfte sich das erhitzte Gesicht mit einem Taschentuch ab.

»Nun, Mädchen«, sagte ihre Mutter, »du bist nicht die erste, der so etwas passiert, und du wirst auch nicht die letzte sein. Willst du einen Rat? Dann halte den Mund und tu so, als wäre dein Mann der Vater.«

»Das geht nicht, Mutter, das geht nicht«, sagte Lucie. Sie schluckte, ehe sie fortfuhr. »Siehst du, Lodewijk und ich, wir leben eigentlich kaum wie Mann und Frau, wir sind sicher schon seit drei Jahren nicht mehr zusammengewesen, verstehst du, und deshalb ...«

»Was ist das denn für ein Unsinn?« rief Constance.

»Dann sorgst du eben dafür, daß ihr künftig zusammen seid. Wenn du es mit einem anderen Mann konntest, warum dann nicht mit deinem eigenen?«

»In diesem Fall geht es nicht, Mutter, es geht nicht.«

Lucie sah zu Boden und sagte dann leise: »Es geht nicht, denn es wird ein braunes Kind.«

Constance starrte ihre Tochter mit offenem Mund an. Dann fing sie an zu jammern: »Oh, wie schrecklich, oh, mein armer Liebling, wer hat dir das angetan, o nein, wie schrecklich, wie schrecklich.« Händeringend stand sie auf. »Lucie, meine arme Lucie, kennst du ihn, weißt du, wer der Schuft ist, sag es mir sofort, wir lassen ihn gleich verhaften und so schnell wie möglich hinrichten. Das machen sie mit diesen schrecklichen Negern, das Gesetz gibt es noch, ich werde dafür sorgen, daß es geschieht, oh, meine Arme…«

Lucie sah ihre Mutter an, die händeringend durchs Zimmer lief.

»Nein, Mutter, er wird nicht eingesperrt und auch nicht hingerichtet.«

»Was sagst du da?« rief Constance. »Soll dieser elende Schuft etwa weiter frei herumlaufen?«

»Er ist kein Schuft, überhaupt nicht, sondern der liebste und beste Mann, den es gibt, und ich sage nicht, wer es ist«, antwortete Lucie ruhig.

Constance sah ihre Tochter entsetzt an. »Du bist wohl völlig verrückt geworden. Wie kannst du so etwas sagen? Ich werde Sylvia gleich losschicken, damit sie etwas holt, ein Mittel, das die Frucht tötet, darin sind diese Schwarzen gut.«

»Ich nehme kein Mittel, ich will kein Mittel, ich will das Kind.« Lucie schaute zu Boden, denn sie wagte es nicht, ihre Mutter dabei anzusehen.

Mit einem Schrei stürzte Constance auf sie zu. »Du bist ja nicht gescheit«, rief sie, »du bist verrückt, weißt du eigentlich, was du da sagst? Lucie, um Himmels willen, was ist mit dir passiert?« Sie packte ihre Tochter bei den Schultern und schüttelte sie. »Lucie, Lucie, komm zu dir, komm zu dir.«

Lucie löste die Hände ihrer Mutter von ihren Schultern und antwortete ganz ruhig: »Ich weiß, was ich sage, Mutter, ich will das Kind.«

»Oh, diese Schande, diese Schande, was tust du unserer Familie nur an, o mein Gott, mein Gott.«

Constance sank auf ihren Stuhl und begann, mit der Hand vor dem Mund leise zu schluchzen. Nach einer Weile schaute sie hoch und sagte: »Und wie hast du dir das gedacht? Wie? Lodewijk wirft dich aus dem Haus, oder glaubst du vielleicht, ein Mann würde so etwas akzeptieren?«

»Dann wirft er mich eben aus dem Haus«, sagte Lucie.

»Und wo willst du dann hin?« fragte Constance.

»Ich dachte, ich könnte hier wohnen. Du hast Esthelle und Liliane doch auch hier, und es wird ein Kind wie Liliane. Wenn du Liliane im Haus haben kannst, warum dann nicht auch dieses Kind?«

»Das ist etwas anderes, Lucie, verstehst du das denn nicht? Esthelle ist eine Mulattin, die ein Kind von ihrem Herrn bekommen hat. Eine weiße Frau kann nie, hast du gehört, nie ein Kind von einem Schwarzen oder einem Mischling bekommen. Nie«, sagte Constance entschieden.

»Es geht schon, Mutter, du siehst doch, daß es geht, nur ist es nicht erlaubt in dieser kleinen Gemeinschaft, die allerlei schändliche Regeln aufgestellt hat«, sagte Lucie, während sie aufstand. »Aber gut, du willst mir offenbar nicht helfen, also gehe ich wieder.«

»Was hast du denn von mir erwartet?« fragte ihre Mutter.

»Hilfe, Mutter, Rat und vielleicht ein klein wenig Verständnis ... und ... und ...«

Lucie sank auf den Stuhl und fing an zu schluchzen.

»O Mutter, ich weiß nicht, was ich tun soll, ich wollte so gern ein Kind, und er ist so lieb und gut und anständig. Er weiß nichts davon, ich kann es ihm nicht erzählen, es würde ihn in Gefahr bringen, ich kann es niemandem erzählen, aber es ist nicht seine Schuld, ich habe es selbst gewollt, und ich will das Kind, ich will es, Mutter. Ich dachte, du könntest mir helfen, du hättest eine Lösung, denn ich weiß nicht, was ich tun soll.«

»Lucie, warum hast du nicht nachgedacht, ehe du mit so etwas angefangen hast? Du wußtest doch, daß es unmöglich ist. Eine weiße Frau mit einem farbigen Kind, das geht nicht, es verstößt gegen die Regeln, oh, diese Schande, diese Schande. Es ist wirklich das beste, wenn das Kind nicht geboren wird, glaube mir, es ist für alle das beste.«

»Für mich nicht, Mutter, für mich nicht und für das Kind auch nicht.«

»Laß mich überlegen, Kind, laß mich überlegen, vielleicht finde ich ja eine Lösung. Geh jetzt, geh nach Hause, sprich mit niemandem, aber sorge dafür, daß du mit deinem Mann zusammen bist, heute und in den nächsten Tagen«, sagte Constance. Sie sah, wie sich das Gesicht ihrer Tochter verfinsterte.

»Lodewijk geht meistens zu seiner Konkubine.«

»Dann sorge dafür, daß er bei dir zu Hause und in deinem Bett ist«, rief Constance böse, »hast du verstanden? Und erzähl mir nicht, du wüßtest nicht, wie man so etwas macht. Geh nach Hause, ich werde dir Bescheid geben, wenn ich eine Lösung gefunden habe, geh jetzt.«

Lucie lief aus dem Zimmer, ihre Mutter rang die Hände und seufzte: »O Gott, hilf mir.«

Am nächsten Morgen ließ Constance Esthelle zu sich kommen.

»Esthelle, ich muß etwas mit dir besprechen«, sagte sie leise. »Komm herein, mach die Tür zu, und setz dich hierher.« Sie zeigte auf einen Stuhl neben sich. Das überraschte Esthelle in höchstem Maße. Erst redete die Misi Niederländisch mit ihr, und dann sollte sie sich auch noch im Vorderzimmer neben sie setzen.

»Ist etwas mit Masra Etienne?« fragte sie sofort erschrocken.

»Nein, es ist nichts mit Masra Etienne«, antwortete Constance. »Es ist etwas mit Misi Lucie, und ich brauche deine Hilfe.«

Es war nicht einfach für Constance, Esthelle die ganze Geschichte zu erzählen, doch sie tat es, es ging nicht anders. Zum Schluß erklärte sie Esthelle ihren Plan, den Plan, der die Lösung für Lucie bringen sollte. Der Plan, der es ermöglichen sollte, daß Lucie bei Lodewijk blieb und trotzdem ihr braunes Kind behalten konnte. Der Plan, der von Esthelles Mithilfe abhing.

Sie brauchen mich, dachte Esthelle. Ohne mich geht es nicht. Sie würde es tun, um Misi Lucie zu helfen, und vielleicht war es in Zukunft einmal ganz nützlich, daß ihr diese Familie etwas schuldete.

»Ich verstehe, Misi, wir werden tun, was die Misi sagt, es ist ein guter Plan, ja«, sagte Esthelle.

»Sprich mit niemandem darüber, mit niemandem, auch nicht mit Sylvia, hast du gehört«, sagte Constance.

»Nein, Misi, ich werde mit keinem darüber sprechen«, versprach Esthelle.

Aber das war noch nicht genug, sie mußte schwören, daß sie es niemandem erzählen würde. »Bei deinem Kind«, befahl Constance, und Esthelle schwor: »Ich werde es keinem erzählen, ich schwöre es bei meinem Kind.«

»Gut, dann geh jetzt zu Misi Lucie und bitte sie, später hier vorbeizukommen. Wir drei haben etwas zu besprechen«, sagte Constance.

Als Esthelle weg war, blieb Constance im Vorderzimmer sitzen. Sie war todmüde. Sie fühlte sich wie eine alte, eine uralte Frau. Es war, als hätte sich die Welt an einem Tag völlig verändert. Wer hätte je gedacht, daß Lucie so etwas passieren würde?

Das liebe, sanfte, brave Mädchen war plötzlich nicht mehr gehorsam. Sie wollte dieses Kind, eine weiße Frau mit einem farbigen Kind. Ausgerechnet Lucie!

9. Kapitel

Paramaribo, Mai 1864

Otto

Als sein Vater wieder in der Stadt war, sah Otto Lucie nicht mehr. Zweimal verließ sein Vater frühzeitig das Büro, um mit der Kutsche wegzufahren, und Otto ging nach oben, um die Schlüssel abzuliefern – doch beide Male hatte er Lucie nicht gesehen. Beim ersten Mal hatte Afiba die Schlüssel entgegengenommen und erklärt, die Misi würde schlafen, und beim zweiten Mal hatte sie gesagt, er solle die Schlüssel auf den Schreibtisch legen. Dort lag ein Briefumschlag, auf dem »Otto« stand. Mit bebenden Händen hatte er den Umschlag in seine Tasche gesteckt und war nach Hause gegangen. Als er in seinem Zimmer stand, zitterten seine Finger so sehr, daß er Mühe hatte, den Umschlag aufzureißen.

Mein liebster Otto, las er,

wahrscheinlich wirst Du nie wissen, wieviel Mühe es mich kostet und wie traurig es mich macht, daß ich Dir diesen Brief schreiben muß. Du hattest recht, mein Geliebter, Du hattest recht, als Du sagtest, in der Welt der Bücher zu leben, sei so zu tun als ob, und im wirklichen Leben wären wir in Surinam, wo es Gebote und Verbote gibt. Wir können uns nicht mehr treffen, nie mehr, aber Du sollst wissen, daß die Stunden mit Dir die glücklichsten meines Lebens waren und daß ich die Erinnerung an Dich und Deine Liebe als das Kostbarste, das ich besitze, in meinem Herzen bewahren werde. Sei tapfer und verstehe, daß wir uns nicht mehr sehen können.

Diejenige, die Dich liebt und immer lieben wird.

Minutenlang saß Otto da und starrte auf den Brief. Es war vorbei. Er hatte es kommen fühlen. Er strich den Brief glatt, schloß ihn weg, legte sich aufs Bett und starrte an die Decke. Nach einer ganzen Weile sagte er leise: »Leb wohl, liebe Lucie.«

Paramaribo, Juli 1864

LODEWIJK

Es war Regenzeit. Schon seit Tagen goß es in Strömen. Alles war naß und auf den Straßen standen große Pfützen. Lodewijk saß in seinem Büro und schaute nach draußen. Na bitte, er hatte, wie immer, recht gehabt. Regen! Was für eine irrwitzige Idee seiner Schwiegermutter, ausgerechnet jetzt mit Lucie zu einer weit entfernten Plantage zu reisen, weil Lucie schwanger war und der Arzt gesagt hatte, sie solle sich soviel wie möglich ausruhen. Das hätte sie doch am besten hier im eigenen Haus gekonnt, oben in ihrem Zimmer. Aber jetzt war sie zur Gesellschaft ihrer Mutter bis an den

Cottica geschleppt worden. Als ob sie sich da ausruhen könnte, an diesem schrecklichen Moskitoort. Denn durch den Regen würde es dort natürlich von Moskitos wimmeln. Und Lucie, was tat die? Statt auf ihren Mann zu hören – denn schließlich war er doch ihr Mann? –, tat sie brav, was Mama sagte, so wie sie ihr ganzes Leben getan hatte, was Mama sagte. Lodewijk war davon überzeugt, daß die ganze Schwangerschaft auch Mama zu verdanken war. Die hatte ihrer Tochter natürlich erzählt, daß sie sich verführerisch in sein Bett legen müsse. Und seine Frau, gehorsam wie immer, hatte es getan. Vor ein paar Monaten hatte sie plötzlich in seinem Bett gelegen, in all den Jahren ihrer Ehe hatte sie so etwas noch nie getan. Wer weiß, was für einen Zaubertrank sie ihr zuerst gegeben hatten, denn sie war plötzlich nicht mehr das ängstliche, scheue Mädchen von früher, und sie hatte ihn sogar zu Intimitäten gezwungen. Und dann war sie schwanger.

Ärgerlich schob Lodewijk die Papiere zur Seite. Er stand auf und ging nach oben; er hatte keine Lust mehr. Gleich würde er die Kutsche vorfahren lassen und zu Beate gehen.

Er hatte sich inzwischen damit abgefunden, daß Lucie ein Kind erwartete, aber eigentlich hatte er überhaupt nicht mehr damit gerechnet. All die Jahre hatte er gedacht, wie dumm er doch gewesen sei, dem Drängen seiner Freunde und vor allem ihrer Frauen nachzugeben, die meinten, daß er heiraten müsse. Er hatte schließlich Beate, und er liebte Beate. Aber alle Weißen in seiner Umgebung hatten behauptet, er müsse heiraten, um ein weißes Kind zu bekommen. So hatte er dieses liebe, stille Mädchen zur Frau genommen. Und was hatte er schließlich davon gehabt? Ein einziges Fiasko war diese Ehe geworden. Sie ein scheuer, ängstlicher Vogel, der kaum etwas sagte und sich in eine Ecke verkroch, sobald er sich ihr näherte, und er verlangend nach Beate. Sie hätte er heiraten sollen. Warum hatte er das eigentlich nicht getan? Es gab genug Männer, die mit einer Mulattin verheiratet waren. Das hätte er tun sollen. Dann wären Beates Kinder ehelich. Ach, wie er an ihnen hing! Sie waren nicht weiß, aber trotzdem jedes für sich ein Prachtstück. Louis, seinen tüchtigen Ältesten, würde er in ein paar Jahren nach Holland schicken, und mit Freddy, seinem aufgeweckten kleinen Jungen, konnte er sich noch so herrlich balgen. Und dann seine drei Mädchen, alle echte Schätze, und Agnes, seine älteste Tochter, spielte so schön Klavier. Das war seine Familie. Er hatte kein Bedürfnis nach einem weiteren Kind, nur weil es weiß sein würde. Vielleicht wurde es ja genauso eine stille Maus wie die Mutter.

Als sich herausstellte, daß Lucie schwanger war, freundete er sich doch mit der Vorstellung an, noch einmal Vater zu werden. Nur der wahnwitzige Plan seiner Schwiegermutter, Lucie zur Plantage ihrer Schwägerin am Cottica mitzunehmen, gefiel ihm gar nicht. Sie leide unter Herzklopfen und brauche Ruhe, hatte ihm Constance erklärt; eine frühere Sklavin, die schon ein Kind von Etienne hatte und gerade mit dem zweiten schwanger war, würde sie begleiten, und Lucie müsse auch mit, denn die Ruhe würde ihr guttun. Als er protestierte, hatte seine Schwiegermutter fast geweint und gesagt, daß sie vielleicht sterben würde und daß sie das einzige Kind, das noch hier war, eine Weile bei sich haben wolle. Ja, was konnte er da noch sagen? Er hatte darauf hingewiesen, daß kein vernünftiger Mensch während der Regenzeit an den Cottica fahre, aber Schwiegermama, diese schreckliche Person, hatte ihren Willen durchgesetzt, und Lucie war mitgereist.

Was, wenn dort etwas passierte? Dann war keiner da, um zu helfen, und sie selbst konnten nicht schnell genug in die Stadt kommen. Aber was nützte es, wenn er sich jetzt aufregte, es war doch nicht mehr zu ändern.

Anfang Oktober bekam Lodewijk einen Brief von seiner Schwiegermutter. Sie müsse ihm schreiben, da Lucie es selbst nicht könne, das arme Mädchen sei von Schmerz überwältigt. Es sei nicht gutgegangen mit ihrem Kind. Vor einigen Wochen sei es zur Welt gekommen, viel zu früh und nicht lebensfähig. Lucie sei danach sehr krank und schwach gewesen. Sie habe ihn nicht beunruhigen wollen und deshalb nicht eher geschrieben, aber sie habe schreckliche Ängste ausgestanden. Jetzt, wo es Lucie langsam wieder etwas bessergehe, müsse sie ihm aber endlich schreiben und ihm ihr Mitgefühl ausdrücken. Was für eine Tragödie. Vor allem Lucie, ihre arme Lucie, leide so entsetzlich. Ob Lodewijk so gut sein wolle, ihr nach Kräften beizustehen und zu helfen, wenn sie demnächst nach Hause komme?

Das einzige, was sie zur Zeit trösten könne, sei das Versorgen von Esthelles Baby. Zum Glück sei Esthelle, die ihrer früheren Misi gerne helfen wollte, damit einverstanden, daß ihr Kind so oft bei Misi Lucie war.

Lodewijk las den Brief wieder und wieder. Am liebsten hätte er gerufen: Seht ihr, ich bekomme immer recht! Obwohl es ihm diesmal lieber gewesen wäre, er hätte nicht recht gehabt. Nur gut, daß er stets damit gerechnet hatte, daß etwas schiefgehen könnte. Kein Kind also, zum Glück hatte er ja schon fünf andere, oder nein, sechs sogar, denn Otto war schließlich auch noch da. Einige Wochen später war Lucie plötzlich zurück. Lodewijk hatte die Nacht bei Beate verbracht. Als er gegen neun Uhr zum Büro fuhr, sah er oben die Balkontüren offenstehen. Er fand Lucie und ihre Mutter im Eßzimmer vor, Lucie mit einem Kind auf dem Schoß. Sie hatte sich offenbar gut erholt, denn es war keine schwache, kränkliche Frau, die er antraf, sondern eine gutaussehende Lucie, mit vollen Wangen und vollem Busen. Aber sie sah ihn ängstlich an und begrüßte ihn mit einem geflüsterten: »Hallo, Lodewijk.«

»Hallo, Lucie«, sagte er.

Seine Schwiegermutter sah auch nicht wie jemand aus, der beinahe gestorben war. Sie begrüßte ihn überschwenglich, als sie ihn sah. Sicher wegen ihrer Schuldgefühle, dachte Lodewijk. Trotz ihres freundlichen Empfangs sagte er kurz angebunden: »Ich hatte dich noch gewarnt. Es war dumm, Lucie mitzunehmen, daß das Kind gestorben ist, ist deine Schuld.«

»Du hast recht, du hast ja recht«, erwiderte seine Schwiegermutter leise, »doch diejenige, die am meisten darunter leidet, ist Lucie, das arme Mädchen.«

Lodewijk sagte nichts mehr, doch er fragte sich, warum dieses andere Kind da war, von dem er nur das Köpfchen mit einem Büschel dunkler Haare sah.

»Das ist Esthelles Kind«, erklärte seine Schwiegermutter, die seinen Blick bemerkt hatte. »Lucie hat es auf der Plantage die ganze Zeit versorgt. Es hilft ihr, über den Verlust ihres eigenen Kindes hinwegzukommen.«

»Was war Lucies Kind denn?« fragte Lodewijk.

Seine Schwiegermutter sah ihn verständnislos an.

»War es ein Junge oder ein Mädchen?« verdeutlichte Lodewijk seine Frage.

»Oh«, sagte seine Schwiegermutter, »ein Mädchen, aber schwach, so schwach, selbst wenn es die Geburt überlebt hätte, wäre es nicht alt geworden. Esthelle ist damit einverstanden, daß ihr Junge eine Weile bei Lucie bleibt, damit sie über den Verlust hinwegkommt. Es ist übrigens das Kind meines Sohnes, Lucies Bruder. Es wäre so gut für Lucie, wenn sie das Kind eine Weile bei sich hätte. Du bist doch auch damit einverstanden, Lodewijk?«

»Ach, wenn es Lucie hilft, warum nicht?« antwortete er. Er ging zu seinem Schreibtisch und anschließend nach unten. Er hatte das unbestimmte Gefühl, daß hier irgend etwas nicht stimmte.

LUCIE

Tagsüber schlief das Kind in der Wiege, die Mama von Pedro hatte anfertigen lassen. Nachts nahm Lucie ihren Sohn mit zu sich ins Bett. Glücklich betrachtete sie seine kräftigen Beine, den Kopf mit dem schönen schwarzen Haar, das sich leicht kräuselte, seine schelmischen schwarzen Augen und sein rührendes Lächeln. Ihr Paul, ihr Junge. Ach, wie hatte sie ihn lieb! Sie herzte und liebkoste ihn und fand ihn einfach wundervoll: seine Nagelhaut, die Ränder seiner Ohrmuscheln und sein kleines Glied – alles war braun. Als das Kind geboren wurde, war es ganz weiß gewesen, und Lucie hatte sich schon gefragt, ob sie sich vielleicht umsonst solche Sorgen gemacht hatte. Aber Esthelle hatte ihr erklärt, daß alle Babys weiß geboren würden. Man könne jedoch sofort erkennen, ob es später dunkel würde, wenn es an diesen Stellen braun sei. Das war bei ihrem Kind der Fall, und nach einigen Wochen sah man auch deutlich, daß es überall hellbraun wurde.

Morgens um halb sieben ging Trude eine Weile mit ihm auf der Straße spazieren. Das sei gesund, sagte man, und er lag auch oft auf dem Balkon, auf den sie zusammen mit Trude ein Sofa, über das ein Moskitonetz gespannt war, gestellt hatte. Es war ein goldiges Kind, ein richtiger Sonnenschein. Am meisten genoß Lucie die Augenblicke, wenn sie es stillte. Das machte sie immer im Bett, denn Lodewijk durfte auf keinen Fall etwas davon merken. Lucie dachte oft an Otto. Wie schön wäre es, wenn er jetzt hier wäre und sie sich zusammen an ihrem kräftigen Sohn erfreuen könnten. Aber Otto wußte von nichts, und es war besser für ihn, nie zu erfahren, daß er einen Sohn hatte. Vielleicht, wenn Lodewijk starb, vielleicht könnte sie dann so tun, als würde sie ihn ab und zu empfangen, einfach so als Lodewijks ältesten Sohn. Und Lucie begann, von einer Zukunft ohne Lodewijk, aber mit Otto zu träumen. Lodewijk kümmerte sich nicht um sie, und sie hatte das Gefühl, als würde sie ihn noch weniger sehen als früher.

Als das Kind drei Monate alt war, wurde es eines Tages krank; sie wußte nicht, was es hatte, es weinte kläglich und lag danach still in seinem Bett, wollte weder essen, noch trinken. Lucie war zu Tode beunruhigt. Sie ließ Esthelle kommen. Die wußte auch nicht, was los war. Der Arzt, der gerufen wurde, dachte an Koliken und

verschrieb einen Trank. Am nächsten Tag kam Gracia.
Die sagte sofort: »Fyo-fyo.«
»Was ist das, Fyo-fyo?« fragte Lucie ängstlich.
Das konnte Gracia auch nicht genau erklären. Es war
wohl so, daß ein Kind eine geheimnisvolle Krankheit
bekam, wenn sich die Erwachsenen in seiner Umgebung
nicht wohlgesinnt waren.
»Kann ein Kind daran sterben?« fragte Lucie besorgt.
»Aber natürlich. Weiß die Misi denn nicht, wie viele
Kinder an Fyo-fyo gestorben sind! Viele, viele!« rief
Gracia.
Lucie sah sie entsetzt an. »Was sollen wir tun, gibt es
keine Medizin dagegen?«
»Hmm, versteht sich die Misi nicht mit Masra Lode-
wijk?« fragte Gracia vorsichtig.
»Wir haben keinen Streit, aber du weißt ja, wie der
Masra ist, Gracia, er redet nicht viel, und er ist meistens
bei Beate.«
»Aber die Misi denkt doch gut über ihn? Denn wenn
das nicht so ist, soll die Misi das Kind lieber Esthelle
zurückgeben. Bei ihr bekommt es kein Fyo-fyo. Hat
die Misi gesehen, was für ein lustiges, gesundes Kind
Liliane ist?«
Lucie war nahe daran gewesen, Gracia die Wahrheit zu
erzählen, aber dann hatte sie beschlossen, es doch nicht
zu tun. Gracia schwatzte so viel, sie würde es sicher
weitererzählen.
»Gracia, wenn Fyo-fyo so oft vorkommt, muß es doch
eine Medizin dagegen geben. Kennst du keine Medizinfrau, die dem Kind helfen kann?«
»Ich werde mich gleich nach einer umsehen, Misi, aber
Sie müssen auch Ihr Bestes tun. Denken Sie gut über

Ihren Mann, denken Sie gut über ihn, und er muß auch gut zur Misi sein.«

Mit diesen Worten ging Gracia weg. Lucie blickte auf ihr Kind, das so still in seinem Bettchen lag. Er war krank, ihr Paul, krank, weil sie nicht gut über Lodewijk dachte.

Afiba kam mit einer Wanne Wasser herein und sagte resolut: »Ich werde ihn in Ograisani, einem Mittel gegen das böse Auge, baden, Misi.«

»Meinst du, das hilft, Afiba? Ach, was soll ich nur tun?« fragte Lucie und fing an zu schluchzen.

»Nichts, Misi, gar nichts, gehen Sie aus dem Zimmer, und lassen Sie das Kind bei mir.«

Lucie ging ins Eßzimmer. Sie nahm sich vor, ganz freundlich zu Lodewijk zu sein und nicht mehr an Otto zu denken. Nie mehr.

Nachmittags kam Gracia mit einem Trank vorbei. Afiba und sie versuchten, dem Jungen das Mittel einzuflößen, doch er drehte immer wieder den Kopf weg. Schließlich hielt ihm Afiba die Nase zu, und er mußte schlucken. Lucie konnte es nicht mit ansehen. Weinend wandte sie den Kopf ab. Als Lodewijk nach Hause kam, war sie ganz freundlich zu ihm. Als er aß, setzte sie sich zu ihm an den Tisch, etwas, das sie selten tat, und nach dem Essen unterhielt sie sich noch eine Weile mit ihm. Sie wollte gut über ihn denken; er war damit einverstanden gewesen, daß sie das Kind behielt.

Lodewijk ist ein guter Mann. Ich bin die Schlechte, dachte sie.

Am nächsten Tag ging es dem Kind etwas besser. Afiba betrachtete mit Kennermiene seine Windeln und sagte: »Ja, ich hab's mir schon gedacht, er ist es los, Misi,

Fyo-fyo wird ihn nicht töten. Aber seien Sie weiter gut zum Masra.«

Einen Tag später lachte Paul wieder und war ein liebes, fröhliches Baby. Lucie war davon überzeugt, daß es an ihren positiven Gedanken über Lodewijk lag.

ESTHELLE

Nachdem sie von der Plantage zurück waren, war ihr Verhältnis zur Misi anders als früher. Misi Constance war jetzt deutlich netter zu Esthelle, und manchmal nahm sie Liliane auf den Schoß. Wenn Misi Lucie mit ihrem Kind da war, das meistens von ihrem Dienstmädchen Trude auf dem Arm getragen wurde, rief Misi Constance Esthelle, damit sie mit Liliane nach unten kam. Und dann saßen sie zu dritt zusammen und unterhielten sich.

Esthelle hatte Etienne nichts von Lucies Kind geschrieben, nur, daß sie mit seiner Mutter, Lucie, Liliane und Masylvie einige Monate auf der Holzplantage der De la Croix am Cottica gewesen sei.

Eines Tages bekam sie einen Brief von Etienne. Er fragte, was los sei. Er habe gehört, daß sie ein Kind bekommen habe? Stimmte das? Warum hatte sie nichts davon geschrieben? Wo war ihre Treue? Hatte sie nicht versprochen, nur ihm zu gehören? Wer war der Vater ihres Kindes? Wenn sie jetzt einen anderen Mann hatte und beschlossen hatte, bei ihm zu sein, konnte sie das ruhig tun. Aber sein Kind, seine Liliane, müsse sie bei seiner Mutter in der Gravenstraat lassen, denn er wolle nicht, daß sein Kind bei einem anderen Mann sei.

Esthelle war zuerst wütend und wollte einen bösen Brief zurückschreiben. Als sie dann in Ruhe über alles nachdachte, verschwand ihr Zorn, denn sie verstand, daß Etienne beunruhigt war. Sie wußte nicht, wer ihm geschrieben hatte, doch sie wußte, wie geklatscht und getratscht wurde. In den Kreisen der Weißen erzählte man sich, daß Lucie nach zehn Jahren endlich ein Kind bekommen habe. Aber ach, es wurde zu früh geboren und starb. Zur gleichen Zeit bekam Esthelle, die ehemalige Sklavin, wieder ein Kind von Etienne. Obwohl, das konnte doch gar nicht sein? Etienne war doch schon länger als ein Jahr weg? Oh, aber hatte nicht Remi im Haus seiner Mutter gewohnt, ehe er mit seiner Familie nach Holland ging? Da hatte diese Esthelle natürlich in der Zeit mit ihm ein Verhältnis angefangen. Ja, so waren die Farbigen, sittenlos bis dorthinaus. Erst den einen Bruder verführen, und wenn der weg war, den anderen. Und dann war das Mädchen auch noch so arbeitsscheu und träge. Mißbrauchte einfach den Kummer der armen Lucie und ließ sie das Kind versorgen. Und wer weiß, hatte sie es auch noch auf das Erbe von Lucies reichem Mann abgesehen? Bei diesen Farbigen wußte man nie. Esthelle schrieb an Etienne:

Mein lieber Etienne,

ich weiß nicht, was Du gehört hast, und ich weiß nicht, von wem Du es gehört hast. Aber glaube mir, daß ich bis jetzt nur einen Mann gehabt habe, und der bist Du. Ich habe kein anderes Kind außer Liliane. Das allein ist die Wahrheit. Die anderen Geschichten haben allerdings auch eine Wahrheit.

Aber darüber kann ich Dir nichts schreiben, denn
ich habe beim Leben meines Kind, unserer Liliane,
geschworen, nie ein Wort darüber zu verlieren. Des-
halb kann ich es nicht einmal Dir erzählen, mein
lieber Etienne. Was ich tat, tat ich für Deine Mutter
und Deine Schwester Lucie. Ich liebe nur einen
Mann, und der bist Du.

Paramaribo, März 1865

CONSTANCE

Mit Etiennes Brief in der Hand starrte Constance vor
sich hin. Ihr Sohn hatte recht. Sie mußte Esthelle ihre
Dankbarkeit zeigen. Etienne hatte geschrieben, daß er
bald zurückkomme. Er wisse, daß Esthelle etwas Wichtiges für seine Mutter und Lucie getan habe. Was es war,
wisse er nicht, denn das habe Esthelle nicht geschrieben.
Aber wenn Esthelle etwas Wichtiges für seine Mutter
und Lucie getan habe, verlasse er sich darauf, daß man
sich Esthelle dafür auf die eine oder andere Art er-
kenntlich zeige.
Etienne hat recht, dachte Constance. Wenn sie Esthelle
etwas als Zeichen ihrer Dankbarkeit gaben, hatten sie
keine Verpflichtungen mehr ihr gegenüber. Sie wußte
nur nicht, was. Was sollte sie Esthelle geben? Geld? Am
besten fragte sie sie einfach, was sie haben wollte. Wahrscheinlich würde sie um Geld bitten und es für Schmuck
und Kleider ausgeben, das taten diese Leute doch
immer.
Am nächsten Tag sagte Constance zu Esthelle, daß sie

etwas für sie tun oder ihr etwas schenken wolle. Esthelle müsse nur sagen, was. Das Mädchen sah sie erstaunt an und sagte: »Aber das ist doch nicht nötig.« Doch als Constance weiter drängte, fragte sie, ob sie darüber nachdenken dürfe. Sie würde der Misi später mitteilen, ob sie etwas wolle, und wenn ja, was.

»Was sagst du, Mädchen?« fragte Constance am nächsten Tag Esthelle, als die mit einer Zeitung in der Hand vor ihr stand.

»Ich habe gefragt, ob die Misi es vielleicht für mich regeln könnte, daß ich an dieser Lehrerausbildung teilnehmen kann«, sagte Esthelle. Sie zeigte auf einen Artikel in der Zeitung. Tatsächlich, da stand: Ausbildung zum Grundschullehrer.

»Aber, ja, aber ...« Constance dachte bei sich, daß das doch allzu verrückt war. Sie hatte ihrer früheren Sklavin gesagt, daß sie ihr etwas schenken wolle, doch statt sie, wie erwartet, um Geld oder eine Brosche zu bitten, bat diese sie darum, ihr zu helfen, Lehrerin zu werden. Eine frühere Sklavin wollte Lehrerin werden.

»Das geht nicht so einfach«, sagte sie schließlich.

»Das weiß ich auch, Misi«, antwortete Esthelle, »darum bitte ich die Misi ja um Hilfe.«

»Um so etwas machen zu können, muß man eine Schulausbildung haben, Esthelle«, erklärte Constance, »und du bist doch nie zur Schule gegangen.«

»Nein, Misi, das weiß ich, aber Masra Etienne hat immer gesagt, ich wüßte mehr als das, was man in der Schule lernt«, antwortete Esthelle.

»Ach, Etienne, was weiß der schon davon?« sagte Constance.

Ja, es war Etienne, der Esthelle immer so in den Himmel gehoben hatte, und jetzt dachte das Mädchen, mit einem bißchen Lesen und Schreiben könne man Lehrerin werden.

»Wenn die Misi vielleicht mit dem Schulaufseher reden könnte?« sagte Esthelle zögernd.

»Na ja, ich kann es ja versuchen, ich kenne Herrn Bosch Reitz. Also gut, ich werde ihn fragen, aber rechne lieber nicht zu fest damit, Mädchen. Wir werden sehen«, sagte Constance und dachte bei sich, daß sie dann jedenfalls ihr Versprechen gehalten hatte. Wenn es nicht klappte, lag es an dem Schulaufseher und nicht an ihr.

Einige Tage später traf sie den Mann bei einem Kartenabend mit Freunden. Herr Bosch Reitz war Vizepräsident der Schulaufsichtsbehörde. Er hörte Constance zu, die sagte, daß sie ihn nur frage, um ihre Pflicht getan zu haben; sie rechne mit nichts. Sie erwarte sicher nicht, daß Herr Bosch Reitz jede ehemalige Sklavin, die ein paar Buchstaben lesen könne, gleich glauben lassen wolle, sie sei imstande, Lehrerin zu werden.

»Bei Mulatten geht es manchmal schon«, antwortete der Schulaufseher. »Sehen Sie sich Fräulein Vlier an, die ist Mulattin und eine hervorragende Lehrerin. Aber sie hat natürlich auch die Schule besucht.«

»Esthelle hat auch etwas gelernt. Von Etienne, meinem Sohn. Der war immer so ein kluger Junge«, sagte Constance, denn Herr Bosch Reitz sollte auf jeden Fall wissen, daß es Etienne gewesen war, der dieser Sklavin ein paar Kenntnisse beigebracht hatte.

»Wenn ich sage, daß es nicht geht, denkt Etienne vielleicht, ich hätte es nicht versucht«, fuhr sie fort.

»Wir lassen sie eine Prüfung machen, und die schafft

sie natürlich nicht. Dann kann sie sehen, daß Sie Ihr Versprechen gehalten haben«, beschloß Herr Bosch Reitz.

Als Esthelle zwei Wochen später die Prüfung ablegen durfte, erhielt sie die besten Noten von allen Kandidaten. Herr Bosch Reitz kam selbst vorbei, um es Constance zu erzählen. Die war zuerst sehr erstaunt und dann doch auch stolz, denn daß Esthelle bestanden hatte, war schließlich nur Etiennes Verdienst.

»Esthelle, du hast mit Glanz und Gloria bestanden«, sagte sie zu dem Mädchen. »Du darfst an dem Kurs teilnehmen, aber sei dir darüber im klaren, daß das noch nicht bedeutet, daß du auch wirklich Lehrerin wirst. Dazu ist viel mehr nötig.«

ESTHELLE

Jeden Tag ging Esthelle nun zum Unterricht. Der Stoff war nicht schwer, und sie genoß es, daß sie soviel lesen und über die unterschiedlichsten Themen etwas lernen konnte. An dem Kurs nahmen hauptsächlich Damen und Herren aus der Schicht der hellhäutigen Mischlingselite teil. Vor allem die Damen rümpften über alles und jeden die Nase. Sie sprachen oft von ihrem weißen Vater, der irgendeine wichtige Position hatte, selten von der Mutter, die Mulattin war, und schon gar nicht von der Großmutter, einer ehemaligen Sklavin, die jetzt in einer der früheren Sklavenbehausungen bei ihnen auf dem Hof wohnte. Wenn es regnete und die Straßen schlammig waren, wurden zwei der Damen mit einem Karren gebracht, der von einem hochgewachsenen Sklavenjungen gezogen wurde. Die Damen hatte extra ein zweites Paar Schuhe dabei, die sie drinnen anzogen, nachdem sie die nassen Schuhe abgestreift hatten. Diese Gruppe machte oft abfällige Bemerkungen über Schwarze und ehemalige Sklaven. Von ihnen war nie einer Sklave gewesen. Sie sprachen immer Niederländisch mit einem möglichst starken holländischen Akzent und taten so, als würden sie kein Nengre kennen.

Esthelle hatte wenig Kontakt mit ihnen. Dafür unterhielt sie sich oft mit Hillegonda, der einzigen Mulattin außer ihr. Hillegonda war die Tochter eines weißen Seemanns, der mit seiner Waschfrau ein Kind gezeugt hatte. Hillegondas Mutter war schon lange eine Freie. Als Fünfzehnjährige hatte sie das Kind ihrer Herren gerettet, indem sie einen tödlichen Schlangenbiß in seinem Bein ausgesaugt hatte. Aus Dankbarkeit schenkten ihr die Eltern die Freiheit. Nach ihrer Freilassung wurde sie die Gehilfin einer Waschfrau, die sich ihren Lebensunterhalt damit verdiente, daß sie die Wäsche für die europäischen Schiffe wusch. Surinamische Waschfrauen genossen nämlich großes Ansehen. Regelmäßig brachten Schiffe die schmutzige Wäsche reicher Handelshäuser aus den Niederlanden, Belgien und Nordfrankreich und nahmen alles ordentlich gewaschen, gebügelt und in Kisten verpackt mit zurück. Nach einigen Jahren eröffnete Hillegondas Mutter ihre eigene Wäscherei, und sie verdiente genug damit, um ihrem Kind eine gute Schulbildung zu ermöglichen.

In der Gruppe waren auch noch zwei dunkelhäutige junge Männer, deren Ausbildung von den Herrnhutern bezahlt wurde. Sie saßen immer ganz hinten in der

Klasse, sagten kaum etwas und bekamen stets hervorragende Noten. Einmal erkundigte sich einer der Lehrer danach, welche Schule seine Studenten früher besucht hatten. Die hellhäutigen Damen nannten den Namen einer Privatschule für Mischlinge und Weiße. Als der Lehrer zu Esthelle kam, sagte diese so beiläufig wie möglich: »Ich bin nicht zur Schule gegangen, ich hatte einen Privatlehrer.«

»Einen Privatlehrer?« fragte der Dozent erstaunt.

»Ja, einen äh ... einen, einen Gouverneur, verstehen Sie«, erklärte Esthelle, und der Mann fragte nicht weiter. Später platzten Esthelle und Hillegonda vor Lachen.

»Du hättest die Gesichter dieser eingebildeten Frauenzimmer mal sehen sollen«, sagte Hillegonda, »ich weiß sicher, daß sie es bedauern, daß sie nicht so eine Antwort geben konnten.«

Im Juni kam Etienne aus den Niederlanden zurück. Liliane konnte tatsächlich schon lange laufen und ganz gut sprechen. Etienne hatte seine Pläne für die Druckerei fertig und mietete ein Gebäude an der Ecke Wagenwegstraat und Zwartenhovenbrugstraat.

»An welcher Schule möchtest du denn arbeiten, wenn du mit der Ausbildung fertig bist, Stelletje?« fragte er.

Esthelle lachte. »Glaubst du wirklich, ich würde je Arbeit als Lehrerin bekommen? Natürlich nicht, ich bin doch so ein sittenloses Wesen, das in Unzucht lebt und ein uneheliches Kind hat, nein, halt, was sage ich, ich habe ja zwei uneheliche Kinder. Wie könnte jemand wie ich je vor einer Klasse stehen? Ich wäre so ein schlechtes Vorbild für die Kinder. Dabei haben die Leute, die diese Regeln machen, die Kinder selbst gezeugt, und sie

216

scheinen zu vergessen, daß die fast alle aus genau solchen Familien kommen. Aber schließlich heißt es bei uns nicht umsonst: ›Bei Gott und in Surinam ist alles möglich.‹«

»Ereifer dich doch nicht so, Mädchen«, sagte Etienne.

»Aber du hast recht. Weißt du was? Wir nehmen ihnen das Argument und heiraten so schnell wie möglich.«

Esthelle traute ihren Ohren nicht. Heiraten? Richtig heiraten? Wollte Etienne sie wirklich heiraten?

»Natürlich will ich das! Oder willst du etwa nicht?« fragte er, während er sie im Kreis drehte.

»Was wird deine Mutter dazu sagen?«

»Das werden wir gleich wissen«, meinte Etienne und ging nach unten.

»Heiraten? Etienne, muß das denn wirklich sein?« fragte Constance, als sie hörte, was ihr Sohn vorhatte.

»Müssen nicht, wollen schon«, antwortete Etienne.

»Es dauert nicht mehr lange, dann gibt es hier keinen einzigen weißen Couderc mehr«, sagte Constance.

»So ist es, Mutter, die weißen Coudercs wohnen in Holland und Frankreich, in Surinam wohnen farbige Coudercs. Esthelle und ich müssen ganz viele Kinder bekommen, dann sind es ganz viele.«

Nachts wurde Esthelle von Masylvie gerufen. Sie müsse sofort helfen kommen, Misi Daantje sei ernsthaft krank. Das Mädchen wurde von Fieber geschüttelt, redete wirr und stöhnte immer wieder laut auf. Wenn sie ab und zu aus ihrem Delirium erwachte, weinte sie und schrie: »Weh, weh.«

Misi Constance stand neben dem Bett, unfähig, etwas für ihre kranke Enkelin zu tun, und mit ihrem Gejammer machte sie Sylvia und Esthelle so nervös, daß

Etienne schließlich sagte: »Mama, bitte geh in dein Zimmer, du kannst hier doch nichts tun.«

»Ich glaube, es ist Boeboe«, sagte Sylvia leise zu Esthelle.

»Nein, o nein, Masylvie, bitte nicht«, flüsterte Esthelle erschrocken zurück, doch als Sylvia das Laken, das über Danielles Unterkörper gebreitet war, wegnahm, sah Esthelle, daß sie recht hatte: Danielles Beine waren feuerrot und geschwollen. Filariose oder Boeboe, wie man hier sagte!

Nach Lepra war das wohl die am meisten gefürchtete Krankheit in Surinam. In allen Familien mit Mädchen und jungen Frauen hatte man Angst davor. Regelmäßige Fieberanfälle zehrten den Körper aus, und jedesmal wurden die Beine dicker und schmerzender, bis sie schließlich völlig mißgestaltet waren und Elefantenbeinen glichen. Zu den Vorsorgemaßnahmen gehörte es, unter einem Moskitonetz zu schlafen, so daß man nicht von der Filariamücke gestochen werden konnte. Ansonsten lautete die erste Lebensregel: Geh nie mit schmutzigen Füßen ins Bett. Kindern und vor allem Mädchen wurde beigebracht, sich vor dem Schlafengehen immer die Füße zu waschen, und in den meisten Häusern stand im Schlafzimmer eine Wanne Wasser neben der Tür.

Krankheiten machen keinen Unterschied, dachte Esthelle, die erwischen jeden, ob schwarz oder weiß. Was für eine furchtbare Aussicht für die arme Misi Daantje. Sie würde also den Rest ihres Lebens Bimba haben, diese gräßlich geschwollenen Filariosebeine. Esthelle nahm sich vor, in Zukunft noch mehr darauf zu achten, daß sie immer mit sauberen Füßen ins Bett ging und Liliane natürlich auch. Liliane durfte nie Bimba bekommen.

218

Felina, die selbst Filariose hatte, war die nächsten Tage pausenlos mit Misi Daantje beschäftigt. Kräuterbäder, kalte Kompressen, Bananenblätter, alles mögliche wurde um ihre Beine gewickelt, und auch wenn Felina so vorsichtig wie möglich war, schrie das Mädchen manchmal vor Schmerzen. Nach einigen Tagen war das Fieber gesunken. Danielle sah müde und krank aus. Esthelle betrachtete sie mitleidig, denn sie wußte, daß Misi Daantje von nun an mindestens dreimal im Jahr so einen Anfall bekommen würde, bis die Krankheit sie völlig aufgezehrt hatte. Arme Misi Daantje.

OTTO

Otto hörte die Geschichte über Lucie von seiner Pflegemutter: Masra Brederoos Frau habe nach zehn Jahren Ehe endlich ein Kind bekommen, erfuhr er, doch das sei so schwach gewesen, daß es bei der Geburt gleich gestorben sei. Ach, die arme Frau habe vor Kummer nicht mehr ein noch aus gewußt. Zufällig habe die Konkubine ihres Bruders zur selben Zeit auch ein Kind bekommen, einen kleinen Jungen, und nun habe Misi Brederoo diesen Neffen bei sich im Haus. Kein weißes, sondern ein farbiges Kind, und sie sei ganz vernarrt in es. Immer wieder hörte Otto, wie Frau Van Leeuwaarden und ihre Freundinnen darüber sprachen, und jedesmal hätte er vor Wut am liebsten geschrien. Denn er spürte, er wußte, daß es sein Kind war! Er hatte es ein paarmal auf dem Arm der Dienerin gesehen, die es versorgte, und er hatte sich zwingen müssen, nicht zu der Frau zu gehen und sich das Kind aus der Nähe anzusehen. Er verstand jetzt, warum Lucie ihn nicht mehr sehen wollte. Ach, könnte er doch noch einmal mit ihr sprechen, noch einmal ihre liebe Stimme hören, noch einmal in ihre schönen Augen blicken und sie vielleicht, ganz vielleicht sagen hören, daß sie zusammen einen Sohn hatten. Aber er wußte, daß das ein Wunschtraum bleiben würde.

Misi Van Leeuwaarden wurde krank, ihr Leiden verschlimmerte sich, und sie starb. Zu seinem großen Erstaunen hörte Otto, daß sie ihm ihr Haus vererbt hatte. Plötzlich hatte er einen Besitz, ein Haus!

Jetzt würde er Surinam verlassen können, das Land, in dem verachtenswerte Regeln und Verhaltenskodexe Menschen getrennt hielten. Ohne lange nachzudenken, verkaufte er das Haus. Seinem Vater erzählte er, daß er sich mit dem Erlös irgendwo anders eine Zukunft aufbauen wolle.

Doch ehe er abreiste, mußte er noch etwas erledigen. Eines Tages paßte er die Dienerin ab, die jeden Morgen mit seinem Sohn vor dem Haus spazierenging, und fragte sie, ob er den Jungen einen Augenblick halten dürfe. Er nahm den Kleinen von Trude entgegen, und das Kind sah ihn mit großen dunklen Augen an. Otto wollte etwas zu ihm sagen, aber er wußte nicht, was, und so lachte er nur. Als das Kind zurücklachte und mit seinem Händchen Ottos Gesicht berührte, war dem plötzlich so seltsam zumute, daß er den Jungen schnell seiner Betreuerin zurückgab. Dann steckte er ihr einen Brief zu, mit der Bitte, ihn der Misi zu geben, und lief schnell weg.

Lucie schrieb er:

Meine liebe Lucie,

*vielleicht brauchen wir ja in unserem nächsten
Leben nicht so zu tun, als würden wir in der Welt
der Bücher leben, um miteinander sprechen, uns festhalten und vor allem lieben zu dürfen. Doch da es
hier und jetzt nicht möglich ist, verlasse ich dieses
Land und gehe nach Kanada. Dort haben Schwarze
es auch schwer, aber ich werde mit meinesgleichen
versuchen, etwas aus dem Leben zu machen. Sorge
gut für den Jungen, und sage ihm, daß sein Vater ihn
geliebt hätte, wenn er die Chance dazu gehabt hätte.
Leb wohl, liebe Lucie. Ich werde Dich nie vergessen.*

Trude gab Misi Lucie den Brief und sagte zu Afiba:
»Endlich hat der Vater seinen Sohn aus der Nähe gesehen.«
Afiba nickte. »Es wurde auch langsam Zeit.«
»Er geht weg«, fuhr Trude fort. »Er hat mir einen Brief
für die Misi gegeben. Wie ähnlich das Kind seinem Vater
sieht. Ob Masra Lodewijk es je erfahren wird?«
»Aber nein, Trude, Weiße sind doch so schlau, die wissen alles, und Neger sind dumm, die wissen nur das, was
sie wissen müssen. Wer von uns sollte es Masra Lodewijk erzählen. Du? Ich? Wir wissen doch nie etwas.«

10. Kapitel

Paramaribo 1873

Etienne

»Es kommen Kulis«, sagte Etienne zu Esthelle.
Sie schaute von dem Heft auf, in dem sie schrieb, und
fragte erstaunt: »Was für Kulis?«
Etienne gab ihr die Zeitung, die er in der Hand hielt.
»Hier, lies selbst. Die niederländische Regierung hat mit
der englischen einen Vertrag abgeschlossen.«
»Mit den Engländern? Warum mit den Engländern?«
fragte Esthelle. Sie nahm die Zeitung und fing an zu
lesen.
»Hier steht, daß sie die Leute aus Britisch-Indien holen.
Mein Gott, das ist ja ganz am anderen Ende der Welt.
Warum machen sie das?«
»Weil dort Millionen armer Menschen leben, die ein
aussichtsloses Dasein fristen. Sie werden auf der Straße
geboren, dort leben und sterben sie, ohne je ein Dach
über dem Kopf gehabt zu haben. Für fünf Jahre als Vertragsarbeiter nach Surinam zu gehen, zu arbeiten, in
einem Haus zu wohnen und auch noch Geld zu verdienen, ist für diese Leute das Paradies.«
»Aber Etienne, Plantagenarbeit ist doch enorm schwer,
meinst du denn, daß diese Leute dazu überhaupt fähig
sind?«

»Glaubst du vielleicht, die niederländische Regierung würde sich darüber Gedanken machen? Ach was, die muß für Arbeiter auf den Plantagen sorgen, und das macht sie, Schluß, aus«, sagte Etienne.

Esthelle las mit gerunzelter Stirn weiter und schüttelte ab und zu den Kopf.

»Vielleicht geht es ja auch gut«, meinte Etienne, »wir dürfen nicht so pessimistisch sein. Es sind fleißige Leute, und in den englischen Gebieten scheint es auch geklappt zu haben. Und sieh mal, entgegen den Erwartungen der Niederlande haben die Schwarzen auf den Plantagen in den letzten zehn Jahren doch gute Arbeit geleistet; die Plantagen konnten weiter produzieren.«

»Vergiß nicht, daß auch viele Plantagen aufgegeben wurden, weil sie nicht mehr rentabel waren, nachdem sich die früheren Besitzer nicht mehr um ihre Instandhaltung gekümmert haben«, erwiderte Esthelle.

»Ich weiß, Esthelle, ich weiß«, seufzte Etienne. »In den letzten zwei Jahren haben vierzig Plantagen ihren Betrieb eingestellt, und du kannst sicher sein, daß noch eine Menge folgen werden. Eigentlich sind alle Plantagen, die nicht modernisieren können, zum Untergang verdammt, genau wie Ma Rochelle.«

»Ich denke, daß viele Plantagenarbeiter froh sind, wenn die Zeit der staatlichen Aufsicht vorbei ist und sie endlich ganz frei sind«, meinte Esthelle.

»Trotzdem haben sie es in den vergangenen zehn Jahren nicht schlecht gehabt. Sie haben Geld verdient, und sieh dir an, wie der Handel davon profitiert hat, daß es einen neuen Käuferkreis gibt. Viele neue Geschäfte konnten aufmachen, weil die ehemaligen Sklaven jetzt auch Lohn empfangen. Und bei wem leihen sich die Pflanzer heute Geld? Bei den Kaufleuten. Ich finde das keine gesunde Sache, denn so verpflichten sie sich, Produkte wie Zucker und Melasse an ihre Geldgeber zu liefern. Die kaufen billig ein und verkaufen teuer weiter. Weißt du, daß letztes Jahr vier Verwaltungsbüros schließen mußten und fünfzehn Schreiber ihre Arbeit verloren haben? Ich hoffe, daß diese Maßnahme der niederländischen Regierung Surinam endlich aus der Depression heraushilft.«

»Konnten die Niederlande denn keine Leute finden, die nicht so weit weg wohnen und schon etwas von Plantagenarbeit verstehen?« fragte Esthelle. »Wie kommen die Leute überhaupt hierher?«

»Mit Schiffen natürlich. Das wird die Niederlande einen schönen Batzen Geld kosten.«

»Ja, denkst du das wirklich?« Esthelle lachte verächtlich. »Das glaube ich nicht, denn die Leute kommen bestimmt nicht mit Luxusschiffen. Es würde mich nicht wundern, wenn sie mit denselben Schiffen transportiert würden, mit denen früher die Sklaven hierhergebracht wurden.«

SEWGOBIND

Vor der Küste Surinams fuhr die »Lalarookh« entlang mit dreihundertfünfzig Vertragsarbeitern an Bord. Einer von ihnen war Sewgobind. Er stand zwischen vielen anderen an der Reling und sah zu, wie das Schiff den Surinam hinauffuhr. Endlich Land, endlich waren sie da. Sewgobind seufzte. Wie lange waren sie jetzt unterwegs gewesen? Zehn Wochen? Drei Monate? Er wußte es

225

nicht einmal mehr. Auf jeden Fall lange, viel zu lange. Er war hereingelegt, zum Narren gehalten worden. Das hatte er nicht gewollt. Und wenn er an seine junge Frau Bimlawati dachte, wurde er so böse, daß er meinte zu ersticken. Sie war krank, sehr krank, eigentlich schon seit Beginn der Reise, und oft genug hatte Sewgobind gedacht, sie würde sterben wie so viele andere, vor allem Kinder.

Sewgobind war selbst erst sechzehn. Seit knapp einem Jahr war er mit Bimlawati verheiratet. Eine Ehe, die von den Eltern geregelt worden war. Sie hatten in einer kleinen Lehmhütte gewohnt, die er an die Hütte seiner Eltern angebaut hatte. Genau wie sie arbeitete er bei einem Bauern in der Nähe von Kalkutta. Bimlawati war noch nie in der Stadt gewesen, und so hatte er beschlossen, mit ihr zum Holifest dorthin zu gehen. Sechs Stunden hatten sie zu Fuß gebraucht, und Bimlawati hatte zum ersten Mal in ihrem Leben den Umzug gesehen. Als es dunkel wurde und sie eine Schlafstelle suchten, wurden sie von einem älteren Mann angesprochen, der fragte, wohin sie unterwegs seien. Waren sie vielleicht auf der Suche nach einer Schlafgelegenheit? Wenn sie wollten, könne er ihnen dabei behilflich sein. Er brachte sie zu einem großen Gebäude, das voller Menschen war. Der Mann erzählte, daß die Leute alle einen Vertrag unterschrieben hätten, damit sie in ein Land gehen konnten, in dem es für jeden Arbeit und genug zu essen gab. Man mußte nur eine Weile dort bleiben. Dann brachten sie einen zurück, und man bekam noch einmal eine große Summe Geld. Wenn sie wollten, könnten sie auch mit. Jeder, der mitging, erhielt neue Kleider und etwas Geld im voraus.

Sewgobind hatte gedacht, daß so etwas für ihn und Bimlawati vielleicht gar nicht so schlecht wäre. Wenn sie dort gut verdienten, konnten sie sich später vielleicht ein Stück Land kaufen und selbst Gemüse und Kürbisse anbauen. Dann wurden sie Grundbesitzer, etwas, was jetzt unmöglich war. Sie hatten unterschrieben, und eine Woche später wurden sie mit einem Boot zu einem größeren Schiff gebracht. Alle hatten gedacht, daß sie einen Tag, vielleicht auch zwei Tage unterwegs sein würden, doch es wurden unsagbar viele. So viele Menschen eingepfercht im Schiffsraum, Kindergeschrei, Krankheiten, Gestank – es war schrecklich. Kinder starben, Erwachsene starben, und die Reise nahm kein Ende. Dann wurde auch Bimlawati krank. Sie fühlte sich so elend, und immer wieder stöhnte sie, sie würde lieber sterben, als auf diese Weise weiterzuleben. Und jetzt hatten sie endlich Land erreicht.

Sewgobind schaute zu den Ufern hinüber. Er sah nur Grün, keine Städte, keine Menschen. Wohnten die vielleicht hinter den Bäumen?

Man hatte sie zum Narren gehalten. Hoffentlich war das mit der Arbeit und dem Geld nicht auch ein schlechter Scherz.

Einen knappen Tag später erreichten sie eine Stadt. Eine schöne Stadt mit großen weißen Häusern. Ehe sie an Land gingen, kamen zahlreiche Männer mit Papieren an Bord. Die Leute auf dem Schiff wurden einzeln aufgerufen und mußten ein Kreuz hinter ihren Namen setzen. Als Bimlawati aufgerufen wurde, sagte Sewgobind, daß sie nicht kommen könne, da sie zu schwach sei aufzustehen. Trotzdem mußte er sie holen. Er hob sie auf und trug sie zu dem Mann. Der sagte etwas in einer fremden

Sprache. Sewgobind verstand ihn nicht, doch später begriff er, was er gemeint hatte. Sie gingen alle zu einem großen Schuppen, doch Bimlawati wurde weggebracht, und man erklärte ihm, daß sie in ein Krankenhaus komme.

Sie blieben in dem Schuppen, und jetzt konnten die Leute selbst kochen und sich im Fluß waschen. Eigentlich hätte sich Sewgobind gern die Stadt angesehen, aber sie durften den Schuppen nicht verlassen.

Manchmal kamen Leute vorbei, um sie zu begutachten. Seltsame Leute, fand Sewgobind. Manchmal waren sie weiß und trugen eine Menge Kleider, manchmal braun, fast wie sie selbst, und manchmal auch ganz schwarz und beinahe nackt.

Nach drei Wochen kam Bimlawati zurück. Sie sah jetzt viel besser aus und war nicht mehr so schwach. Sie erzählte ihm, daß man ihr gesagt hätte, sie erwarte ein Kind.

Eine Woche später wurden die Passagiere an verschiedene Orte gebracht. Sewgobind, Bimlawati und noch ein paar andere kamen zur Plantage Hooiland am Commewijne. Als sich herausstellte, daß sie wieder ein Schiff besteigen mußten, fing Bimlawati an zu weinen. Sie wollte nicht auf das Schiff. Ein Pandith erklärte, daß es diesmal nur ein kleines Boot sei, das von acht Männern gerudert werde. Doch das konnte Bimlawati nicht beruhigen. In Kalkutta waren sie zuerst auch nur mit einem kleinen Schiff gefahren, danach waren sie aber noch monatelang mit einem viel größeren Schiff unterwegs gewesen.

»Laß uns trotzdem mitfahren«, meinte Sewgobind, denn er dachte, daß sie dann vielleicht nach Kalkutta zurück-

gebracht würden. Aber so war es nicht; nach stunden-
langer Fahrt kamen sie zu einer Plantage. Sie sahen ein
großes weißes Haus und einige andere Gebäude. Als sie
angelegt hatten, wurden sie in ein Dorf gebracht, wo
man ihnen kleine Hütten zuwies. Sewgobind fand das
nicht schlecht. Die Hütten waren aus Holz und größer
als die Lehmhütte, die sie zu Hause gehabt hatten.
Am nächsten Tag mußten Männer, Frauen und größere
Kinder aufs Feld, wo sie den Anweisungen eines weißen
Mannes auf einem Pferd zu folgen hatten. Die Arbeit
war schwer, aber sie bekamen zu essen und am Ende
der Woche Geld.
Bimlawati brauchte nicht aufs Feld, weil sie zu schwach
für die schwere Arbeit war. Ein Mann kam vorbei und
sagte, daß sie in dem großen weißen Haus arbeiten
dürfe. Dort mußte sie der Köchin helfen und putzen.
Die Arbeit war nicht schwer. Bimlawati war zufrieden,
denn sie bekam gutes Essen und am Ende der Woche
auch noch ein bißchen Geld.
Sollte es dann doch stimmen? Würden sie nach einer
Weile als reiche Leute in ihre Heimat zurückkehren
können?

KWASSI

Die Coudercs waren umgezogen. Das Haus in der Gravenstraat war an die katholische Mission verkauft worden, die auch schon das ehemalige jüdische Theater in
der Gravenstraat gekauft hatte. Dort wurde jetzt eine
Kathedrale gebaut. Gegenüber der Kathedrale besaß die
Mission ein Gebäude, in dem die Schwestern der Liebe

wohnten. Das Haus der Da Costas war schon in ihrem Besitz, und 1865 kauften sie die Häuser der Coudercs und Celliers und auch deren Land hinter dem Sommelsdijkse Creek.

Etienne hatte seine Druckerei an der Ecke Wagenwegstraat, und die Familie wohnte daneben in der Zwartenhovenbrugstraat. Unten wohnten Constance und Danielle, oben Etienne mit seiner Familie, zu der inzwischen noch drei Söhne gekommen waren: Armand, Henri und Michel. Esthelle hatte mittlerweile auch die Prüfung zur Hauptschullehrerin bestanden und unterrichtete jetzt an einer weiterführenden Schule in der Wagenwegstraat, die hauptsächlich von Kindern von Weißen und wohlhabenden Farbigen besucht wurde.

Der Hof in der Zwartenhovenbrugstraat war nicht groß. Auf der linken Seite standen drei kleine Häuschen, die Küche befand sich auf der rechten Seite, und in der Mitte gab es einen Brunnen. Hinten auf dem Hof stand das Toilettenhaus, und daneben befand sich der Waschraum für die Hofbewohner. Das Badezimmer für die Familie war an das große Vorhaus angebaut, und dahinter stand ein Regenbecken. In dem ersten Häuschen auf dem Hof wohnten Felina, ihre Tochter Seri und deren zwei Kinder, im zweiten war Meta mit ihren drei Kindern untergebracht, und im letzten wohnte Bella. Sylvia und Nene Afie waren inzwischen gestorben. Pedro arbeitete in der Druckerei, wohnte aber bei seiner neuen Frau auf einem Hof in der Keizerstraat, und Lulu wohnte bei ihrer Tochter auf Frimangron.

Kwassi, Felinas Sohn, stieß die Negerpforte auf und betrat den Hof. Metas und Seris Kinder liefen ihm jubelnd entgegen.

»Hast du für uns auch etwas dabei, Onkel?« riefen sie. Kwassi setzte sich auf die Schwelle des Häuschens seiner Mutter. »Natürlich, schaut her.« Und für jedes der fünf Kinder kam ein großer Kokoskeks zum Vorschein.
»Wo ist eure Oma?« fragte er.
Schon kam Felina aus dem großen Haus. Kwassi hörte sie mit Misi Daantje reden. Die saß immer in einem Schaukelstuhl auf der Hintergalerie und durfte den Hof nicht betreten.
Kwassi holte einen großen Fisch aus seiner Tasche. »Sieh mal, was ich dir mitgebracht habe, Mama.«
»Du willst sicher hier essen, stimmt's?« sagte Felina lachend, denn sie kannte Kwassis Gewohnheiten.
»Das Angebot schlage ich nicht aus, Mutter.«
»Wo wohnst du denn jetzt?« erkundigte sich Felina.
»Ach, Mama«, sagte Kwassi und sah seine Mutter treuherzig an, »du weißt doch, wie ich an dir hänge, ich wollte eigentlich wieder hier wohnen.«
Felina lachte verächtlich. »Ja, ja, weil du so an mir hängst, was?« Sie kannte ihren Sohn. Er wohnte meistens für eine Weile bei einer Freundin, und wenn er keine Lust mehr hatte, kam er wieder nach Hause. Er arbeitete für keinen Herrn. »Ich will nie wieder der Sklave eines anderen sein«, sagte er immer. »Ich will selbst bestimmen, wann ich aufstehe und ins Bett gehe, und wenn ich den ganzen Tag schlafen will, muß ich das auch tun können. Keiner soll mir erzählen, wie ich mir mein Leben einzuteilen habe.«
Wenn er Geld brauchte, begleitete er manchmal Fischer oder Jäger. Die blieben zwar zwei Tage, ohne zu schlafen, auf dem Wasser oder im Wald, aber das fand Kwassi nicht schlimm. Wenn sie genug gefangen hatten, ver-

231

kaufte er die Beute und hatte für eine Weile wieder genug Geld. Er hatte von verschiedenen Frauen Kinder, die von ihren Müttern versorgt wurden und von ihm ab und zu Geld für ein neues Kleid oder ein Paar Schuhe bekamen.

Felina arbeitete unten bei Misi Constance und Meta oben bei Misi Esthelle. Bella machte für beide Familien die Wäsche, und Seri war bei einer farbigen Familie in der Watermolenstraat beschäftigt.

SERI

Die Familie, für die Seri arbeitete, fand sich selbst sehr vornehm. Die Frau war eine Mulattin, die eine »surinamische Ehe« mit einem weißen Mann führte, der Mitglied des Gerichtshofs war. Deshalb und vor allem, weil die Kinder von ihrem weißen Vater anerkannt wurden und den Namen Bergen trugen, hielt Misi Ella Graanhof sich und ihre vier Kinder für etwas Besseres.

Die Mädchen besuchten eine Privatschule in der Wagenwegstraat, und jeden Tag lief Seri den Weg zwischen Haus und Schule fünfmal hin und her. Zuerst morgens, um die Kinder zur Schule zu bringen; dann um halb zehn mit einem Tablett mit drei Gläsern Orangensaft, drei Tellern mit gebackener Banane mit Ei oder Broten mit Käse oder Fleisch und drei Schälchen mit gedünstetem Obst. Fast alle Kinder von Weißen und wohlhabenden Farbigen bekamen ihre Pausenmahlzeit so in die Schule gebracht.

Um halb zwölf ging Seri wieder zur Schule, um die Kinder abzuholen, um ein Uhr, um die beiden Ältesten zurückzubringen, und ein letztes Mal um halb drei, um sie wieder abzuholen.

Im Haus mußte sie putzen und spülen und vor allem das Spielzeug der Kinder wegräumen. Seri hatte das Gefühl, daß sie nichts anderes tat, als den ganzen Tag hin und her zu laufen. Jeden Augenblick konnte die Misi rufen: »Seri, hol mir dies, Seri hol mir das«, und dann rannte Seri die Treppe hoch und runter. Wenn die Kinder zu Hause waren, wollten die auch alles mögliche von ihr. Seri mußte Schuhe an- und ausziehen, weggeworfenes Spielzeug aufheben und nachmittags die Kinder baden und anziehen. Nur um die Haare der Mädchen brauchte sie sich nicht zu kümmern. Das machte die Mutter selbst, weil sie fand, daß ihre Töchter so wunderschöne glatte Haare hatten. Seri mit ihrer Negerkrause würde natürlich nicht wissen, wie sie die kämmen sollte, und vielleicht hatte sie ja auch Krabitahände, durch deren schlechten Einfluß die Haare der Mädchen ausfallen oder vielleicht sogar kraus werden würden.

Zwei Häuser weiter wohnte eine weiße Familie, deren Kinder nachmittags oft ein paar Stunden zu den Bergens herüberkamen. Dann mußte Seri noch mehr aufräumen, denn im ganzen Haus wurde gespielt: auf dem vorderen Balkon, im Eßzimmer, im Kinderzimmer, auf der Hintergalerie; nur nicht auf dem Hof, denn da wohnten zwei farbige Angestellte mit ihren Kindern, die wegen ihrer dunklen Hautfarbe natürlich keine geeigneten Spielkameraden waren. Manchmal kamen auch die Kinder von Misi Graanhofs Bruder zu Besuch. Da ihre Eltern beide Mulatten waren, mußten sie durch die Negerpforte gehen, und es wurde nur auf der Hintergalerie gespielt. Die weißen Kinder blieben auch schon mal zum Essen. Dann wurde der große Tisch im Eßzimmer gedeckt, und allerlei Leckerbissen wurden zubereitet. Wenn die kleinen Graanhofs zum Essen blieben, bekamen sie einen Teller gefüllt, mit dem sie sich auf die Hintergalerie setzen mußten. Die Bergen-Kinder besuchten auch schon mal die weißen Nachbarskinder, aber zur Graanhof-Familie gingen sie nur, wenn eines der Kinder Geburtstag hatte.

Eines Nachmittags, als Seri die fünfjährige Jetje gebadet und angezogen hatte, entdeckte Misi Ella, daß Jetjes Goldkette mit dem Ograikrara-Anhänger, der sie vor dem bösen Auge beschützen sollte, nicht mehr um ihren Hals hing. Seri mußte suchen, zuerst im Badezimmer, dann vor der Badezimmertür. Jetjes Kleider wurden ausgeschüttelt, das Eßzimmer, das Vorderzimmer und das Kinderzimmer auf den Kopf gestellt, sogar der Abfalleimer wurde durchsucht. Doch die Kette blieb spurlos verschwunden.

»Hattest du die Kette noch um, als Seri dich ausgezogen hat?« fragte die Misi.

Jetje nickte heftig. »Ja, Mama.«

»Dann hat Seri die Kette genommen«, folgerte die Misi. Wieder nickte Jetje. »Ja, Mama.«

Inzwischen war es schon sechs Uhr, und Seri wollte nach Hause gehen. Doch sie mußte zur Misi kommen.

»Jetje sagt, daß sie die Kette noch umhatte, als du sie ausgezogen hast. Du hast die Kette gestohlen.«

»Nein, Misi, ich habe nichts gestohlen, bestimmt nicht. Ich habe die Kette überhaupt nicht gesehen.«

»Du lügst, Mädchen, du bist eine Diebin, gib die Kette

sofort her«, rief die Misi, und Seri bekam zwei Schläge ins Gesicht.

»Nein, Misi, ich habe die Kette nicht, ganz ehrlich nicht«, rief Seri.

Die ältere Frau, die auf dem Hof wohnte und schon seit der Sklavenzeit bei der Misi war, hatte zuerst beim Suchen geholfen. Jetzt bekam sie den Auftrag, Seri auszuziehen und ihre Kleider zu durchsuchen.

»Sieh auch in ihren Zöpfen nach«, befahl die Misi, und die Frau wühlte mit ihren Fingern in Seris kurzen, krausen Zöpfen. Doch die Kette wurde nicht gefunden. Da es inzwischen schon spät war und Seri ihr Baby versorgen mußte, durfte sie nach Hause gehen, aber sie könne sicher sein, rief ihr die Misi hinterher, daß Masra Bergen die Angelegenheit von der Polizei untersuchen lassen werde.

Zu Hause erzählte Seri ihrer Mutter weinend, was passiert war. Alle waren besorgt und litten mit Seri, die davon überzeugt war, daß Jetje die Kette auf der Straße oder in der Schule verloren hatte. Nur wie konnte sie das beweisen?

»Wäre Max nur hier«, seufzte Seri, »dann könnte er der Misi Gold für eine neue Kette geben.« Max, Seris Freund, arbeitete für einen Goldsucher im Landesinneren, aber die Goldsucher blieben manchmal drei Monate weg, und Max war erst vor vier Wochen abgereist und würde vorläufig nicht zurückkommen.

»Sie können dir nichts anhaben, wenn sie nicht beweisen können, daß du die Kette hast«, sagte Meta.

Doch am nächsten Tag, einem Samstag, standen morgens in aller Frühe zwei Polizisten vor Seris Tür. »Hausdurchsuchung«, schrien sie, stürmten in die Sklavenunterkunft und stellten in den beiden Zimmern alles auf den Kopf. Einer der Männer war ein Weißer, der zweite ein heller Mischling. Der Farbige faßte Seri bei den Schultern und schüttelte sie, während er rief: »Gesteh doch, Mädchen, gesteh doch.«

Inzwischen war Felina nach vorn gelaufen, hatte oben an die Hintertür geklopft und gerufen: »Misi Esthelle, helfen Sie schnell, Misi Esthelle.«

Esthelle und Etienne kamen beide nach draußen.

Als der Polizist Etienne sah, ließ er Seri los. Etienne und Esthelle hörten sich die Geschichte der Polizisten an, und Etienne sagte: »Sei ehrlich, Seri, hast du die Kette gestohlen?«

»Nein, Masra, wirklich nicht, wirklich nicht, ich habe nichts gestohlen«, antwortete Seri weinend, und Felina sagte: »Die Polizisten haben schon alles durchsucht, Masra, mein Kind ist keine Diebin, sie hat nichts gestohlen. Warum sollte sie eine Kette stehlen, ihr Mann arbeitet selbst auf den Goldfeldern. Sie braucht die Kette von der Misi nicht.«

»Halt den Mund, du unverschämtes Frauenzimmer«, schnauzte der weiße Mann Felina an, und zu Etienne sagte er: »Mein Herr, wir haben von Herrn Bergen vom Gerichtshof den Auftrag erhalten, das Mädchen zur Wache mitzunehmen.«

»Nein, das geht nicht, das dürfen Sie nicht«, rief Esthelle.

»Natürlich geht das«, sagte der Mann. »Sie wird dort vernommen, und wenn sich herausstellt, daß sie unschuldig ist, kommt sie zurück.«

Trotz Seris, Metas und Felinas Weinen und Schreien und Esthelles Flehen bekam Seri Handschellen angelegt und wurde von den Polizisten abgeführt.

Den ganzen Samstag und Sonntag stand Felina vor der Negerpforte und Meta vor der Tür der Polizeiwache an der Waterkant, doch Seri sahen sie nicht.

ESTHELLE

Esthelle war wütend.

»Siehst du«, sagte sie zu Etienne, »Seri wird verhaftet und eingesperrt, nur weil sie eine Schwarze ist. Oh, es ist so gemein. Sie schwört, daß sie die Kette nicht gestohlen hat, die Männer haben überall gesucht und sie nicht gefunden, doch weil eine Weiße schwört, daß sie sie gestohlen hat, wird der geglaubt und Seri eingesperrt.«

»Vielleicht wird sie ja nur verhört«, meinte Etienne.

Doch es wurde Nachmittag, und Seri kam noch immer nicht zurück. Esthelle stand auf dem Balkon. Sie sah Felina vor der Negerpforte hin und her laufen.

»Tu doch etwas, Etienne, bitte tu etwas, es ist so ungerecht«, drängte sie ihren Mann.

»Also gut, Esthelle, ich rede mit dieser Familie.«

»Versuche, mit Herrn Bergen zu sprechen, diese hochmütige Ella Graanhof ist so größenwahnsinnig, daß sie dir vielleicht nicht mal Rede und Antwort stehen will.«

Zum Glück hielt sich Herr Bergen gerade bei seiner Konkubine auf. Er war sehr freundlich zu Etienne, meinte aber, daß er wenig für das Mädchen tun könne. Sie hatte gestohlen und war nun wie jede andere Diebin in den Händen der Polizei.

»Aber das ist es ja gerade«, sagte Etienne, »sie hat nicht gestohlen.«

»Komm, komm, Mann«, sagte Bergen, »meine Frau weiß sicher, daß Seri die Kette gestohlen hat, eines der Kinder hat sogar gesehen, wie sie sie losgemacht hat. An Ihrer Stelle würde ich diese Schwarzen nicht so leidenschaftlich verteidigen. Sie wissen doch auch, wie unzuverlässig dieses Volk ist. Auch wenn man sie schon Jahre kennt und immer gut zu ihnen war, sobald sich ihnen die Chance dazu bietet, bestehlen sie einen.«

»Die Erfahrung habe ich ganz und gar nicht gemacht«, widersprach Etienne. »Vielleicht hat Ella Graanhofs Mutter ja gestohlen, war sie nicht auch eine von diesem Volk? Aber wenn Sie wirklich denken, Seri hätte es getan, werde ich Ihnen die Kette bezahlen, und meine Frau und ich werden mit unserer Seri reden. Wieviel bekommen Sie von mir?«

»Ach, darum geht es doch nicht, Couderc. Aber gut, wenn Sie so fest von der Unschuld des Mädchen überzeugt sind, werde ich mich darum kümmern, daß sie freigelassen wird. Im Augenblick kann ich allerdings nichts tun, denn es ist Samstag nachmittag. Ich verspreche Ihnen jedoch, gleich am Montag morgen den Polizeichef zu bitten, Seri noch einmal zu verhören und sie anschließend gehen zu lassen«, sagte Herr Bergen.

»Und was passiert bis dahin?« fragte Etienne.

»Nichts, gar nichts, fürchte ich, denn der Polizeichef ist zu Hause. Am Sonntag arbeitet doch keiner.«

»Das arme Mädchen«, sagte Esthelle, als Etienne ihr später alles erzählte. »Jetzt muß sie im Gefängnis bleiben. Wie geht es doch ungerecht zu auf der Welt. Oh, dieses Frauenzimmer, diese Graanhof, hast du sie noch gesehen?«

Etienne schüttelte den Kopf.

Am Montag morgen ging Esthelle in die Schule. Dort erzählte sie ihren Kollegen, was passiert war. Alle kannten Ella Graanhof, denn ihre Töchter gingen hier zur Schule, und Misi Graanhof hatte sich einmal beschwert, weil ein anderes Kind die Haarbänder eines ihrer Mädchen verknotet hatte. Als sich herausstellte, daß das andere Kind die weiße Tochter des Gouvernementssekretärs war, war es plötzlich nicht mehr schlimm. Esthelles Kollegen hatten Mitleid mit Seri, aber es gab auch ein paar, die es für möglich hielten, daß sie die Kette tatsächlich gestohlen hatte. Während sie sich noch unterhielten und die Kinder nacheinander eintrafen, kam plötzlich die Lehrerin der ersten Klasse angelaufen. »Seht mal, was ich gefunden habe«, rief sie, »die Kette. Sie lag unter Jetje Bergens Bank.«

»Arme Seri«, sagte Esthelle. »Na warte, jetzt werden wir dieser Ella Graanhof mal die Wahrheit erzählen.«

»Was sollen wir machen?« fragte Fräulein Vlier, die Direktorin. »Geben wir die Kette dem Mädchen mit, das die Kinder bringt?«

»Nein, das tun wir nicht«, sagte Esthelle. »Wir geben ihm nur eine Nachricht mit, daß die Anwesenheit der Misi in der Schule dringend erforderlich ist, und wenn sie da ist, zeigen wir ihr die Kette und verlangen, daß sie damit sofort zur Polizei geht.«

»Vielleicht ist es besser, wenn wir die Polizei bitten hierherzukommen, dann wissen wir sicher, daß sie es auch tut«, meinte eine andere.

Kurz darauf wurden die beiden ältesten Mädchen der Bergens von einem Boten des Gerichtshofs gebracht; Jetje war nicht dabei.

»Und geben Sie ihm einen Brief für Herrn Bergen mit,

in dem Sie darum bitten, daß die Polizei hierher-
kommt«, flüsterte Esthelle Fräulein Vlier zu, als die dem
Boten sagte, die Misi müsse wegen einer dringenden
Angelegenheit umgehend zur Schule kommen.
Als Ella Graanhof eine Stunde später beunruhigt eintraf,
war der Polizist schon da. Deutlich verlegen nahm die
Frau die Kette entgegen.
»Sie müssen dem Polizisten sofort sagen, daß Sie die
Anzeige zurückziehen«, sagte Esthelle böse, doch Ella
Graanhof antwortete hochmütig, das werde ihr Mann
schon tun.
Als Esthelle mittags nach Hause kam, war Seri schon
da. Sie hatte ihrer Mutter weinend erzählt, wie schlimm
es im Gefängnis gewesen war. Man hatte sie geschlagen,
in ein dunkles Loch gesperrt, in dem sie die Ratten hin
und her laufen hörte, und sie hatte nur einmal ein Stück
Brot und eine Kalebasse Wasser bekommen.
»Was ist denn das für ein Tumult auf dem Hof?« fragte
Constance, als sie merkte, daß alle Hofbewohner oben
bei Esthelle und Etienne auf der Galerie standen und
aufgeregt durcheinanderredeten und Seri rotgeweinte
Augen hatte.
Als Etienne ihr erzählte, was passiert war, erinnerte sich
Constance, daß Misi Graanhofs Mutter auch einmal beschuldigt worden war, eine Kette gestohlen zu haben.
»Sie war damals noch eine Sklavin«, sagte Constance,
»und später fand man die Kette wirklich bei ihr. Aber
weil sie die Geliebte des Masra war, behauptete der, daß
er ihr die Kette geschenkt hätte.«
»Schade, daß ich das nicht eher wußte«, meinte
Esthelle, als sie die Geschichte hörte, »das hätte ich ihm
gerne erzählt, dem Luder.«

Nachmittags kam ein anderes Dienstmädchen von Misi Graanhof vorbei, um zu fragen, ob Seri am nächsten Tag wieder arbeiten käme. Die Kinder hätten nach ihr gefragt. »Geh mal nach oben«, sagte Felina. »Dann wird dir Misi Esthelle sagen, was Seri vorhat.« Das war so abgesprochen, denn Seri würde sich nie trauen, selbst eine abweisende Antwort zu geben. »Richte deiner Misi aus, daß Seri noch nicht vor Hunger stirbt«, lautete die Nachricht. »Sie will gern arbeiten, aber nur bei ehrlichen Leuten.«

LUCIE

Lucie sah zu, wie Trude das Tablett mit Pauls Schulmahlzeit fertigmachte. Darauf standen ein Glas Orangensaft, ein Teller mit gebackener Banane, ein gekochtes Ei und ein Pudding mit gedünsteten Früchten. Das Ganze wurde mit einer weißen Serviette abgedeckt. Lucie sorgte immer dafür, daß das Tablett schon in der Küche bereitstand, ehe Lodewijk nach oben kam. Sie wollte nicht, daß Lodewijk sah, daß Pauls Mittagsmahl mit so viel Sorgfalt zubereitet wurde, denn ihr Mann hatte schon öfter zu erkennen gegeben, daß er die Aufmerksamkeit für das farbige Kind von Lucies Bruder und einer Mulattin übertrieben fand.
Als Paul noch keine zwei war und zu sprechen anfing, sagte er »Mama« zu Lucie. Als Lodewijk das hörte, verbesserte er das Kind sofort und sagte: »Das ist nicht deine Mama, das ist Tante Lucie.« Da er das Kind ständig korrigierte, wurde sie tatsächlich »Tante Lucie«, und

Esthelle und Etienne nannte Paul Mama und Papa. Obwohl sich Lucie alle Mühe gab, daß Lodewijk das Kind so wenig wie möglich sah, war es unvermeidlich, daß sie sich ab und zu über den Weg liefen, und Lodewijk ließ den Jungen deutlich spüren, daß er zwar in der Oranjestraat wohnte, dort aber eigentlich nicht hingehörte. Er war ein Kind von Esthelle und einem Couderc, deshalb hieß er auch Couderc.

Mehr als einmal hatte Lucie das Gefühl, daß Lodewijk die Wahrheit kannte oder zumindest etwas ahnte, auch wenn er nie darüber sprach. Nur einmal hatte er gefragt: »Wie konnte Esthelle eigentlich ein Kind von deinem Bruder bekommen, wenn er schon seit mehr als einem Jahr in Holland war?«

Lucie erschrak so über die Frage, daß sie ganz schnell antwortete: »Es ist nicht von Etienne, es ist von meinem anderen Bruder, von Remi.«

Schon als kleines Kind mußte Paul auf Lodewijks Geheiß den Sonntag bei seinen Eltern verbringen. Am Anfang war Lucie manchmal mitgegangen, doch Lodewijk, der sonntags meistens bei Beate war, sagte sehr bestimmt, daß das Kind zwar bei ihnen wohne, aber zu seinen Eltern gehöre, und es gebe keinen Grund, warum Lucie dabeisein müsse, wenn es den Sonntag dort verbrachte.

Es entging Lucie nicht, daß der Junge gerne in der Zwartenhovenbrugstraat war. Von Liliane und den Jungen sprach er nie anders als von seinen Geschwistern, und er sah dem Sonntag, wenn er wieder »nach Hause« durfte, immer schon sehnsüchtig entgegen. Als Lucie das merkte, mußte sie sich beherrschen, um ihn nicht in den Arm zu nehmen und ihm die Wahrheit zu erzählen.

Er war doch ihr Kind, ihr Paul, und sie liebte ihn so sehr. Schade, daß er jetzt groß wurde und sich nachts nicht mehr an sie kuschelte, denn lange Zeit hatte Paul ein Bett in ihrem Zimmer gehabt, das er aber nie benutzte, weil er viel lieber neben ihr lag. Als er sechs war und Lodewijk eines Abends in ihr Zimmer kam, um ihr etwas zu sagen, hatte er geschimpft und erklärt, daß es lächerlich sei, den Jungen so zu verhätscheln. Er bestehe darauf, daß er ein eigenes Zimmer bekäme, und wenn Lucie damit nicht einverstanden sei, müsse das Kind eben zu seiner Mutter gehen. Lucie hatte gehorcht, doch der kleine Paul war noch oft genug nachts heimlich aus seinem Bett geklettert und hatte sich zu Tante Lucie gelegt. Jetzt machte er das nicht mehr, und oft sehnte sich Lucie so nach ihm, daß sie in sein Zimmer ging, um schnell noch mit ihm zu schmusen.

Die Stunden am Sonntag schienen zweimal so lang zu dauern, und sie war froh, wenn es halb sechs war und sie Trude bitten konnte, Masra Paul abzuholen. Jede Minute, die ihr Kind nicht bei ihr war, sehnte sie sich nach ihm, und wenn er in der Schule war, wartete sie voller Ungeduld darauf, daß er nach Hause kam und sie ihn mit einer Umarmung begrüßen konnte.

Er war aber auch so ein Schatz, ihr Junge; alles an ihm fand sie schön: seine großen dunkelbraunen Augen, seinen festen Mund mit den vollen Lippen, seine lockigen, dunklen Haare, und vor allem den Ernst, mit dem er über alles nachdachte. Sie wußte auch, daß ihr Sohn sehr wohl spürte, daß sein »Onkel« ihn am liebsten so wenig wie möglich sah. Wenn Lodewijk im Eßzimmer war, sorgte Paul dafür, daß er sich auf dem Balkon aufhielt; kam Lodewijk auf den Balkon, verschwand Paul unauffällig in sein Zimmer, oder er unterhielt sich auf der Hintergalerie mit Trude. War Lodewijk in der Nähe, sprach er ruhig und bedächtig, rannte und schrie nicht und benahm sich wie ein kleiner Erwachsener.

Lucie hatte ihn auch schon bei Esthelle und Etienne erlebt. Da war er ein ganz anderes Kind, das sich mit seinen Brüdern balgte und über den Boden rollte, mit Liliane herumalberte und mit Etienne kleine Boxkämpfe austrug.

Manchmal fragte sich Lucie, ob es nicht besser wäre, die Wahrheit zu erzählen. Otto war nicht mehr da, was konnte also schon passieren? Sicher, er konnte sich von ihr scheiden lassen, aber war das so schlimm? Doch dann würde auch bekannt werden, daß sie ihren Mann mit einem Farbigen betrogen hatte, und das war eine Schande. Sie würde nicht wissen, wie sie damit umgehen sollte, und so beließ sie es, wie es war, auch wenn es ihr weh tat zu sehen, daß ihr Kind in der anderen Familie so glücklich war. Doch wie lange konnte es noch so weitergehen? Einmal würde sie die Wahrheit erzählen müssen.

PAUL

Es war Sonntag, und wie immer wurde Paul um kurz vor zehn von Trude zum Kerkplein begleitet, wo in einem Raum gegenüber der reformierten Kirche die Sonntagsschule abgehalten wurde. Als Trude sich von ihm verabschiedete und sich umdrehte, um zurückzugehen, stieß Paul beinahe einen Seufzer der Erleichterung

aus. Jetzt konnte er gleich mit Liliane und Armand ohne
Begleitung nach Hause laufen, denn die anderen Coudercs durften immer allein zur Sonntagsschule gehen.
Ach, er freute sich schon so. Sonntag war der schönste
Tag in der Woche. Dann war er endlich zu Hause, bei
seinen Eltern und Geschwistern, bei Mama und Papa,
Liliane und den Brüdern. Wenn sie von der Sonntagsschule zurückkamen, mußten sie sich erst umziehen,
und dann durften sie spielen. Liliane mußte im Haus
bleiben, weil sie ein Mädchen war, aber die Jungen durften überall herumtoben, auch auf dem Hof, und oft
spielten sie mit Metas Söhnen Fußball und machten
einen ohrenbetäubenden Lärm. Doch das fanden Mama
und Papa nicht schlimm.

Bei Tante Lucie durfte er nicht auf dem Hof spielen, und
manchmal stand er auf der Hintergalerie und sah
sehnsüchtig zu, wie Trudes und Naatjes Kinder dort her-
umtobten. In der Oranjestraat durfte er nur mit den weißen Kindern von nebenan spielen, die erheblich jünger
waren als er, und ab und zu durfte er auch zwei Nach-
barsmädchen auf der anderen Seite besuchen, die schon
vierzehn und dreizehn waren und mit denen er eigentlich nur herumsitzen und sich unterhalten konnte.

Trotzdem fand Paul nicht alles in der Zwartenhovenbrugstraat schön. Er fürchtete sich vor der strengen
Großmama, die unten wohnte und manchmal ihren
Stock schwenkte und oft sagte, daß es eine Schande sei,
daß all diese farbigen Kinder den Namen Couderc trü-
gen und daß sie sich nicht ordentlich zu benehmen
wüßten. Vor allem ihn sah Großmama oft so streng an,
und dann schüttelte sie den Kopf und murmelte: »Was
für eine Schande, was für eine Schande.« Am unheim-

lichsten aber fand Paul die verrückte Daantje mit den dicken Bimbabeinen, die die ganze Zeit in einem Schaukelstuhl saß, vor und zurück wippte und eine eintönige Melodie vor sich hin summte. Liliane und die Jungen schienen sie nicht unheimlich zu finden; sie stellten sich einfach neben sie, und manchmal redeten sie sogar mit ihr, und dann antwortete Daantje wie ein kleines Kind, so daß er nichts verstand, doch Liliane, Armand und Henri wußten sofort, was sie meinte.

Worauf sich Paul bei seinen sonntäglichen Besuchen in letzter Zeit besonders freute, war sein jüngster Bruder Michel, der inzwischen fast ein Jahr war. Als er gerade geboren war, hatte Paul sofort nach Hause gewollt, um sein neues Geschwisterchen zu sehen. Tante Lucie hatte das nicht gut gefunden, und er hatte sie tatsächlich zu seinem Willen zwingen müssen. Schließlich hatte er gesagt, daß er nach Hause gehen müsse, weil er wisse, daß seine Mutter nach ihm verlange.

Er hatte zwar gemerkt, daß es Tante Lucie weh tat, aber sie mußte es doch verstehen. Und er hatte recht gehabt, denn als er in der Zwartenhovenbrugstraat ankam, waren ihm die anderen Kinder jubelnd entgegengelaufen und hatten gesagt, daß sie schon ungeduldig auf ihn gewartet hätten, weil sie dem neuen Brüderchen einen Namen geben wollten. Er hatte Michel vorgeschlagen, und offensichtlich hing der kleine Kerl sehr an ihm. Sobald er ihn sah, fing er an zu lachen und streckte ihm die Arme entgegen, und während er die Namen der anderen noch nicht aussprechen konnte, sagte er schon ganz deutlich »Pau«.

Abends um sechs kam Trude, und dann mußte er wieder zu Tante Lucie. Mehr als einmal wäre er am liebsten dageblieben, und einmal hatte er das auch zu Papa gesagt, doch der hatte ihm erklärt, daß es Tante Lucie schrecklich traurig machen würde, wenn er nicht käme. Das verstand er. Mama hatte ihm einmal erzählt, daß Tante Lucie ihr eigenes Kind verloren hätte und damals vor Kummer fast gestorben sei. Als Trost hätten sie ihn eine Weile bei ihr wohnen lassen, und jetzt hänge sie so an ihm, daß sie ohne ihn nicht mehr leben könne. Wirklich schwierig, so etwas. Er hatte Tante Lucie ja auch wirklich gern, denn sie war verrückt nach ihm, das konnte er an allem merken, und er hätte bei ihr auch ein schönes Leben gehabt, wenn nur dieser schreckliche Onkel Lodewijk nicht gewesen wäre. Denn der mochte ihn nicht, das wußte Paul ganz genau. In Gedanken nannte er ihn immer großer böser Mann. Nein, großer böser Mann war oft gar nicht nett zu ihm. Manchmal sah er Paul so streng an, und dann machte er ganz seltsame Bemerkungen oder stellte komische Fragen. Neulich hatte er Paul noch gefragt, ob er wisse, wer sein Vater sei, und als er geantwortet hatte: »Natürlich, Etienne Couderc«, hatte großer böser Mann verächtlich gelacht und gesagt: »So, jetzt ist es also Etienne.«

In letzter Zeit beschäftigte Paul das alles sehr. Er konnte ja verstehen, daß seine Eltern Tante Lucie einen Gefallen tun wollten, aber war es denn egal, was er wollte? Er würde Mama fragen, ob er in Zukunft nicht wie jedes normale Kind bei seinen Eltern leben konnte, dann würde er ein paarmal in der Woche für ein paar Stunden zu Tante Lucie gehen. Er war dann immer noch ein bißchen ihr Kind, vor allem jedoch wieder das seiner Eltern.

Als Mama nachmittags zu ihm sagte, daß es Zeit für sein

Bad sei, da er gleich gehen müsse, erwiderte er: »Nein, Mama, ich gehe nicht weg. Ich will nicht mehr bei Tante Lucie wohnen. Ich will hier bei euch wohnen, genau wie die anderen.«

Er sah, wie Mama erschrak. »Aber Junge«, sagte sie, »das kannst du doch nicht machen, damit wird Tante Lucie nicht einverstanden sein.«

Liliane und Armand standen dabei, und Armand rief: »Ja, Mama, laß Paul doch bleiben, warum darf Paul nicht bleiben? Paul gehört doch zu uns, er ist mein großer Bruder.«

Und Liliane sagte: »Mama, auch wenn Tante Lucie noch so sehr an Paul hängt, er ist doch euer Kind, er gehört zu uns. Ihr habt ihr schon viel zu lange einen Gefallen getan, indem ihr Paul die ganze Zeit bei ihr gelassen habt. Jetzt kommt er wieder hierher, das muß sie doch verstehen.«

»Manchmal müssen Erwachsene Dinge tun, die Kinder nicht verstehen, Liliane. Wir lieben Paul genauso wie euch, aber es ist jetzt besser, wenn er zu Tante Lucie geht. Wir wollen doch nicht, daß sie vor Kummer krank wird.«

Ohne ein Wort zu sagen, stand Paul auf und ging ins Bad.

»Paul weint, Mama, warum tust du so etwas?« sagte Liliane empört und verließ mit Armand trotzig das Zimmer.

Paul zog sich schweigend an und sagte wenig später leise: »Auf Wiedersehen, Mama.« Mama wollte ihn in den Arm nehmen, doch er stieß sie mürrisch zurück.

Als er kurz darauf zu Tante Lucie kam und sie ihn um-

248

armen und küssen wollte, wehrte er auch sie ab. Er sah, daß sie sehr traurig aussah, und dachte bei sich: Deine Traurigkeit ist mir egal, wegen dir kann ich nicht bei meinen Eltern wohnen.

LUCIE

Als Lucie abends im Bett lag, weinte sie. Das Kind litt, sie sah es. Was sollte sie tun? Sie wollte ihm die Wahrheit erzählen, nur wie sagte man einem neunjährigen Kind so etwas.
Auch die nächsten Tage blieb Paul mürrisch und verstockt. Sie war besonders lieb zu ihm, ließ ihm seine Lieblingsspeisen kochen, er durfte zu Freunden spielen gehen, und immer wieder drückte sie ihn an sich, doch er ließ ihre Liebkosungen schweigend, und ohne sie zu erwidern, über sich ergehen. Sonntags ging er wie gewohnt zur Zwartenhovenbrugstraat, und jedesmal, wenn er zurückkam, war er noch mürrischer und trotziger. Da begann sie, ihm sonntagabends Geschenke zu geben. Beim ersten Mal erwartete ihn ein spannendes Buch, in der nächsten Woche ein neuer Griffelkasten, dann ein paar wunderschöne farbige Bilder; jeden Sonntag gab es etwas anderes.
Einen Monat später war Pauls zehnter Geburtstag. Zwei Wochen vorher sagte er: »Tante Lucie, ich feiere meinen Geburtstag zu Hause.«
Lucie fiel auf, daß es keine Frage, sondern eine Mitteilung war.
»Aber natürlich, Junge«, sagte sie, »hast du schon mit deinen Eltern darüber gesprochen?«

»Ja, und sie wollen ein richtiges Fest geben, genau wie an Lilianes zehntem Geburtstag.«

»Fein, dann helfe ich beim Organisieren«, sagte Lucie, und am nächsten Tag ging sie zu Esthelle und Etienne, um alles zu besprechen und ihnen zu sagen, daß sie alles bezahlen wolle. Lodewijk fand es ganz selbstverständlich, daß der Geburtstag des Jungen bei seinen Eltern gefeiert wurde, und Paul durfte schon zwei Tage vorher in der Zwartenhovenbrugstraat übernachten.

Ehe er wegging, gab Lucie ihm ihr Geschenk, eine kostbare Gitarre. Begeistert umarmte sie der Junge und bedankte sich für so etwas Schönes.

»Und du darfst dann auch Unterricht nehmen«, sagte Lucie zu dem strahlenden Kind und drückte es an sich. »O Paul, mein Junge, wie ich dich liebe. Du bist alles für mich.«

»Ich liebe dich auch, Tante Lucie, du bist die liebste Tante der Welt«, sagte Paul, und er meinte es auch so, denn gleich würde er nach Hause gehen, und Tante Lucie war wirklich lieb, nur war sie eben nicht seine Mutter.

PAUL

Paul ging von der Schule nach Hause. Er hatte es bei Tante Lucie durchgesetzt, daß er nicht mehr von Trude gebracht und abgeholt wurde; schließlich war er jetzt schon zehn. Heute hatte er sich mit Johan, einem größeren Mitschüler, gestritten. Johan hatte behauptet, Zürich läge in Deutschland, und er hatte gesagt: »Nein, in der Schweiz«, einfach, weil er wußte, daß es so war.

Johan hatte wetten wollen, und natürlich hatte Paul gewonnen. Da hatte Johan böse gerufen: »Aber ich weiß wenigstens, wer meine richtigen Eltern sind. Ich denke nicht, eine andere Frau wäre meine Mutter.«

So ein Dummkopf, dachte Paul. Dieser Johan meinte sicher, er wüßte nicht, daß Tante Lucie nicht seine Mutter war. Doch eines war ihm durch den Vorfall klargeworden: Seine Situation erregte die Aufmerksamkeit der anderen.

Er beschloß, Tante Lucie schon mal darauf vorzubereiten, daß er jetzt endgültig zu seinen Eltern ziehen würde. In den nächsten Tagen war jedoch großer böser Mann zu Hause. Er hatte einen schmerzenden Fuß und schlechte Laune. Paul hielt sich soviel wie möglich von ihm fern und saß meistens in seinem Zimmer. Er hatte also keine Gelegenheit, richtig mit Tante Lucie zu sprechen. Trotzdem würde er seinen Eltern morgen ganz deutlich sagen, daß er nicht länger bei Tante Lucie bleiben wollte. Und wenn es Tante Lucie traurig machte, konnte er auch nichts dafür.

Nachts im Bett überdachte er noch einmal alles. Angenommen, seine Eltern würden ihm gar nicht zuhören. Wie oft hatte er schon gesagt, daß er bei ihnen bleiben wollte, und trotzdem hatte er immer wieder zurückgemußt. Vielleicht hatten sie ihn ja verkauft. Ja, das war es bestimmt, sie hatten ihn verkauft. Er wußte, daß sich sein Vater zu der Zeit, als er geboren wurde, in Holland aufgehalten hatte. Sie hatten ihn natürlich an Tante Lucie verkauft, und Papa war mit dem Geld nach Holland gegangen. Ja, so war es gewesen. Seine Eltern liebten ihn nicht und hatten ihn verkauft. Wie furchtbar. Vor Kummer weinte sich Paul in den Schlaf.

Am nächsten Tag ging er nach der Sonntagsschule mit Liliane und Armand zur Zwartenhovenbrugstraat. Armand redete wie ein Wasserfall, doch Paul hörte kaum zu. Den ganzen Tag war er still und abwesend. Er hatte keine Lust, mit den anderen herumzutoben, und saß die ganze Zeit, den Kopf auf den Arm gestützt, am Eßtisch und malte.

»Bist du krank, Paul?« fragte Mama. »Fühlst du dich nicht gut?«

Paul schüttelte den Kopf.

Mama sah ihn besorgt an, und als Henri ihn etwas fragte, sagte sie: »Ich glaube, Paul ist ein bißchen krank, laß ihn in Ruhe, Henri.«

Dann wurde es Nachmittag. Ehe Mama ihn in die Wanne stecken konnte, fragte Paul plötzlich: »Mama, warum habt ihr mich weggegeben?«

Erschrocken sah Mama ihn an. »Ach Paulchen, Junge«, sagte sie nur.

»Ja, Mama, es ist doch wirklich komisch«, rief Armand, »Eltern geben ihr Kind doch nicht weg?«

Mama sah Paul an und sagte zu Liliane: »Hol bitte Papa.«

»In der Schule lachen sie mich aus, sie denken, ich wüßte nicht, wer meine richtige Mutter sei. Warum wollt ihr mich nicht haben? Warum habt ihr mich nicht lieb?«

Paul brach in Tränen aus und rief immer lauter: »Warum habt ihr nur die anderen lieb? Ihr liebt Tante Lucie mehr als mich, darum habt ihr mich ihr gegeben. Ich will nicht bei ihr sein, ich will bei euch sein. Ich bin euer Kind, und ihr wollt mich nicht. Ihr seid gemein, und Tante Lucie ist ein Kinderdieb.«

Mama ging zu ihm und nahm ihn in die Arme. »Ach, Paulchen, Paulchen«, sagte sie, »natürlich lieben wir dich, es ist nur alles so kompliziert, armer Junge.«

Papa kam. Als er Paul weinen sah, begriff er, daß es etwas Ernstes sein mußte, denn Paul weinte sonst nie. Er nahm ihn mit ins Schlafzimmer und sagte zu ihm: »Komm her, mein Junge, ich glaube, wir müssen uns mal ernsthaft mit dir unterhalten, aber das können wir nur, wenn Tante Lucie auch dabei ist. Wenn Trude gleich kommt, sagen wir ihr, daß sie nach Hause gehen kann, und dann gehen wir zu dritt zu Tante Lucie, du, Mama und ich.«

An jenem Abend erzählte Tante Lucie Paul im Beisein von Mama und Papa, daß sie nicht seine Tante, sondern seine Mutter war. Großer böser Mann war zum Glück nicht zu Hause. Paul verstand nicht alles, doch er begriff, daß es ein Erwachsenengeheimnis war und daß alles mit der Hautfarbe und großem bösem Mann zu tun hatte. Tante Lucie war seine Mutter, und großer böser Mann sollte denken, daß Esthelle seine Mutter sei, denn sonst würde etwas ganz Schlimmes mit Tante Lucie passieren. Keiner durfte etwas davon wissen, auch Liliane und die Brüder nicht. Außer Mama, Papa und Tante Lucie war er der einzige, der es jetzt wußte, und er durfte es nie jemandem erzählen.

Das große Geheimnis drückte wie eine schwere Last auf seine kleine Jungenbrust.

11. KAPITEL

Paramaribo, September 1878

KWASSI

»Der Mann ist in Stücke gehackt worden«, erzählte
Kwassi aufgeregt seiner Mutter und seinen Schwestern
auf dem Hof in der Zwartenhovenbrugstraat.
»Das ist ja furchtbar, daß diese Kulis hierherkommen
und unsere Leute ermorden«, sagte Felina empört.
»Nein, Mama, der Getötete ist nicht einer von unseren
Leuten, es ist ein Kuli, genau wie der andere.«
»Was?« rief Meta. »Es war kein Kampf zwischen ehe-
maligen Sklaven und Kulis?«
»Ach, Schwester, auf Hooiland gibt es doch gar keine
Schwarzen mehr, nur noch Kulis.«
»Dann sollen sie in ihr eigenes Land zurückgehen und
sich da gegenseitig umbringen«, sagte Felina. »Vielleicht
ist das bei ihnen ja so üblich, wir wollen das jedenfalls
nicht. In der Sklavenzeit ist schon genug gemordet und
getötet worden, und wir sind froh, daß es vorbei ist.«
»Was ist denn eigentlich passiert?« wollte Meta wissen.
Obwohl Kwassi es nicht genau wußte, erzählte er die
Geschichte, als wäre er selbst dabeigewesen. Auf Hooiland arbeiteten nur noch Kulis. Da es sich dabei
hauptsächlich um Männer handelte, kam es immer wieder zu Konflikten, wenn eine alleinstehende Frau auf-

tauchte, und nicht selten endeten sie in einer allgemeinen Schlägerei.

»Ich habe gehört, daß so viel Blut geflossen ist, daß sich
der ganze Kanal rot gefärbt hat«, beendete Kwassi seine
Geschichte.

»Und was ist mit der armen Frau passiert?« fragte Seri.

»Ja, ja, als Frau stellst du dich natürlich gleich auf ihre
Seite und nennst sie eine »arme Frau«. Vielleicht ist sie
ja überhaupt nicht arm, vielleicht ist sie ja ein ganz ge-
meines Luder, das sowohl mit dem einen als auch mit
dem anderen etwas gehabt hat«, sagte Kwassi. Er setzte
sich, denn Felina hatte für ihn eine große Kalebasse mit
Mandiokasuppe gefüllt.

»Wenn das so ist, Bruder«, meinte Seri, »benimmt sie
sich nicht anders als du, du treibst es doch auch mit
mehreren gleichzeitig.«

»Recht hast du«, stimmte ihr Meta zu, »die Frau verhält
sich dann genau wie unser Bruder.«

Kwassi lachte und aß genüßlich seine Suppe.

ETIENNE

»Es muß schrecklich gewesen sein«, sagte Etienne zu
Esthelle, die mit der schlafenden Justine auf dem Schoß
in einem Schaukelstuhl saß. Justine war der Nach-
kömmling der Familie, zwei Jahre alt und jedermanns
Liebling.

»Wer hätte so etwas erwartet«, meinte Esthelle.

»Es ist die Schuld von Holland und dem Gouvernement«, sagte Etienne. »Das Ganze war nicht gut überlegt. So was kann man doch nicht machen, Menschen in

einer geschlossenen Gemeinschaft leben und arbeiten lassen und dann so ein Mißverhältnis zwischen Männern und Frauen entstehen lassen. Man hätte bei der Anwerbung der Vertragsarbeiter für eine bessere Verteilung sorgen müssen. Und dann dürfen die Kulis die Plantagen noch nicht mal verlassen. So können sie auch sonst nirgends hin, um eine Frau zu suchen. Außerdem würden sie die auch gar nicht bezahlen können. Beim geringsten Anlaß werden diese Leute doch schon bestraft, und sehr oft besteht die Strafe in der Einbehaltung ihres Lohns.«

»Und darauf reagieren sie sehr empfindlich, ja, ich weiß«, sagte Esthelle. »Vielleicht hatte Van Praag doch recht, weißt du noch?«

Etienne nickte. Vor Jahren, als die niederländische Regierung wegen des Imports von Arbeitern aus Britisch-Indien noch in der Verhandlungsphase war, hatte Herr Van Praag im Staten, dem surinamischen Parlament, eine leidenschaftliche Rede gehalten, in der er erklärte, daß die Einfuhr von Menschen aus einem ganz anderen Teil der Welt die Kolonie nie vor dem Untergang bewahren könne. Die niederländische Regierung müsse den Schwarzen, die immer mit Absicht dumm gehalten worden waren, die Gelegenheit geben, sich zu entwickeln, nur so lasse sich seiner Meinung nach die Kolonie retten.

Liliane erschien auf der Hintergalerie, wo sich ihre Eltern unterhielten.

»Soll ich Justine ins Bett bringen, Mama?« Sie nahm die Kleine von ihrer Mutter entgegen und trug sie ins Schlafzimmer.

Als sie kurz darauf zurückkam, sagte sie: »Daantje

weint, Mama, sie hat solche Schmerzen. Felina legt schon die ganze Zeit kalte Kompressen an, aber ihre Beine sind nach wie vor feuerrot, vor allem das rechte sieht aus wie eine große Flamme.«

»Arme Daantje«, sagte Esthelle, »ich gehe gleich nach unten, um nach ihr zu sehen.« Und zu ihrem Mann sagte sie: »Was gibt es doch für schlimme Dinge in der Welt, sieh dir nur an, wie die arme Daantje durch die Krankheit leiden muß, und dann gibt es gesunde Menschen, die so drauflosprügeln, daß einer den anderen in Stücke hackt.«

»Ja, aber so gesund sind diese Kulis auch wieder nicht«, erwiderte Etienne, »weißt du, wie viele von ihnen schon gestorben sind? Eine Menge. Darüber ist die britische Regierung auch sehr ungehalten. Sie finden, daß sich die Niederlande nicht genug um die medizinische Betreuung dieser Menschen gekümmert haben. Schau, hier steht ein ganzer Artikel darüber«, und er zeigte ihr den Bericht in der Zeitung.

»Zu einem großen Teil liegt das natürlich auch an den Leuten selbst«, sagte Esthelle. »Die waren schon schwach, als sie hierherkamen, und ihre Art zu leben ist auch nicht gerade gesund und hygienisch. Wie viele von der ersten Gruppe sind eigentlich zurückgegangen?«

»Nicht so viele. Zum einen waren nicht mehr viele übrig, und wer es überlebt hatte und Familie besaß, fand es besser hierzubleiben. Schließlich bekommen sie ein Stück Land und noch hundert Gulden dazu, wenn sie sich für Surinam entscheiden, und das ist für diese Leute ein nie gekannter Reichtum. Ich habe gehört, daß einige Männer beschlossen haben zurückzugehen, um sich eine Frau zu suchen. Danach wollen sie für eine zweite Vertragszeit hierher zurückkommen.«

»Ja, die Frau bleibt ein entscheidender Faktor«, sagte Esthelle und stand auf. »Und wie wird diese Herzensbrecherin auf Hooiland wohl reagiert haben, als sie merkte, daß sie die Ursache für die Schlägerei war und daß beim Streit um sie ein Mann getötet wurde?«

Hooiland, September 1878

BIMLAWATI

Die Herzensbrecherin auf Hooiland war Bimlawati, und sie sagte nichts. Mit weit geöffneten Augen starrte sie ins Dunkel, weil sie vor Kummer nicht schlafen konnte. Was für ein schreckliches Unglück und das wegen ihr. Wegen ihr hatte der eine Mann den anderen umgebracht. Wegen ihr war ein Mann jetzt tot und würde ein anderer jahrelang im Gefängnis sitzen. Es sei ihre Schuld, sagten alle, ihre Schuld.

Während Bimlawati wie schon so oft in den vergangenen Tagen Tränen in die Augen traten, streckte sie die Hand aus und streichelte ihrer Tochter Duniya und ihrem Sohn Radjinder, die neben ihr auf der Matte lagen und schliefen, über die Köpfe.

Was war aus ihrem und Sewgobinds Traum geworden? Armer Sewgobind, guter Sewgobind, er war tot, und dadurch war dieses schreckliche Unheil passiert. Bimlawati dachte an ihre Begeisterung, zu arbeiten und Geld zu verdienen, eine Begeisterung, die nach der großen Enttäuschung gekommen war, als sie sich so zum Narren gehalten fühlten. Sie hatten beschlossen, das Beste aus ihrer Situation zu machen. Sewgobind arbeitete auf dem Feld und sie in dem Plantagenhaus. Sie hatte es gut bei Masra und Misi Douglas, dem alten Plantagendirektor und seiner Frau. Dann war Duniya geboren worden, die sie jeden Tag zur Arbeit mitnehmen durfte und zu der die Misi und der Masra so nett waren. Zwei Jahre später kam Radjinder zur Welt, und auch er war in dem großen Plantagenhaus willkommen, in dem Bimlawati ruhig und zur Zufriedenheit ihrer Herren ihre Arbeit verrichtete. Es ging ihnen gut, sie konnten sparen; jeden Abend, wenn die Kinder schliefen, sprachen sie und Sewgobind über die Zukunft, und sie zählten die Tage, die sie noch in diesem Land bleiben mußten, ehe sie in ihre Heimat zurückkehren konnten. Sie hatten auch schon darüber gesprochen, ob es nicht besser wäre hierzubleiben, denn dann bekam man ein Stück Land und noch hundert Gulden dazu.

Dann war das Unglück passiert. Ein Haumesser rutschte aus, und Sewgobind wurde verletzt. Zuerst schien es nicht schlimm zu sein, es blutete ein bißchen, und Sewgobind band einen Lappen um die Wunde. Aber drei Tage später wurde Sewgobind ganz steif, und am nächsten Tag war er tot.

Wie hatte sie gelitten und später auch Angst bekommen, daß man sie vielleicht aus der Hütte werfen oder sogar von der Plantage vertreiben würde, jetzt, wo Sewgobind nicht mehr da war. Doch Masra und Misi Douglas waren sehr nett; sie durfte in der Hütte bleiben und weiter im Haus arbeiten.

Viele Männer im Dorf hatten keine Frau, und jetzt begannen all diese Kerle, nach ihr zu schielen und allerlei

Bemerkungen zu machen. Einige von ihnen waren sogar so unverschämt, daß sie ihr bis in ihre Hütte folgen wollten. Eines Tages bekam sie Besuch von einer älteren Nachbarin, die sagte, daß sie Sardju heiraten müsse; auch der Pandith kam und erklärte, es sei nicht gut, daß es im Dorf eine alleinstehende Frau gebe; sie müsse so schnell wie möglich heiraten, er habe schon alles für eine Heirat zwischen ihr und Jewalsingh vorbereitet. Und die ganze Zeit dachte Bimlawati, daß sie überhaupt nicht heiraten wollte. Sie wollte keinen anderen Mann, der ihre Kinder wie Stiefkinder behandeln würde und der das Geld, das sie und Sewgobind gespart hatten, für seine eigenen Pläne benutzen würde. Die Frauen aus dem Dorf kamen, um mit ihr zu reden und sie von der Notwendigkeit einer Heirat zu überzeugen; die Männer würden sich immer häufiger wegen ihr streiten, berichteten sie, doch Bimlawati schenkte diesen Geschichten nicht viel Beachtung, denn sie interessierte sich für keinen von ihnen.

Kurz darauf bekamen die beiden Männer einen heftigen Streit; sowohl der eine als auch der andere meinte, Bimlawati gehöre ihm. Sardju wollte Jewalsingh zuvorkommen, und so ging er zu Masra Douglas und erzählte ihm, Bimlawati sei für ihn bestimmt. Als Bimlawati von Masra Douglas davon erfuhr, erklärte sie sofort, sie wolle keinen Mann und sicher nicht Sardju. Masra Douglas ließ Sardju daraufhin zu sich kommen und sagte zu ihm: »Sie will dich nicht!«, woraus Sardju schloß, daß Bimlawati ihn zurückwies, weil sie sich für Jewalsingh entschieden hatte.

Sardju lauerte Jewalsingh auf, und es kam zu einem schrecklichen Kampf. Zuerst gingen sie mit den Fäusten aufeinander los, dann mit Stöcken, und als es Jewalsingh gelang, ein Buschmesser zu packen, drosch er damit unbeherrscht auf Sardju ein. Inzwischen hatte sich die Gruppe in zwei Lager gespalten, eine, die sich auf Sardjus Seite stellte, und die andere, die für Jewalsingh Partei ergriff. Der Streit endete in einer allgemeinen Schlägerei, und es war ein Wunder, daß es nicht viel mehr Tote gegeben hatte. Der Masra hatte die Polizei verständigen müssen, und die hatte Jewalsingh mitgenommen. Als sie weg war, gingen alle auf Bimlawati los. Frauen beschimpften sie, sie wurde an den Haaren gezogen und bespuckt, und als sie weglief, waren sie hinter ihr hergerannt. Sogar Duniya hatte einen Schlag von einem Stock abbekommen. Es war schrecklich gewesen!

Völlig verzweifelt war sie mit Radjinder auf dem Arm und Duniya an der Hand zum Plantagenhaus geflüchtet. Masra Douglas war selbst nach draußen gegangen und hatte versucht, die tobende Menge zu beruhigen. Schließlich waren die Leute ins Dorf zurückgekehrt, aber es ging soviel Bedrohung von ihnen aus, daß der Masra und die Misi es sicherer gefunden hatten, daß Bimlawati und ihre Kinder für eine Weile im Plantagenhaus blieben. Und das war auch gut so, denn am nächsten Tag war ihre Hütte kaputt, und die wenigen Besitztümer, die sie hatte, hatte man auf den Damm geworfen und zertrampelt.

Das alles war jetzt eine Woche her. Der Masra und die Misi hatten gesagt, daß Bimlawati und ihre Kinder vorläufig in der Kammer neben der Treppe schlafen sollten. Der Masra würde die Angelegenheit mit dem Bigi Masra aus der Stadt besprechen, und dann sollte entschieden werden, ob sie und ihre Kinder auf Hooiland bleiben konnten oder ob sie besser auf eine andere Plantage gingen. Doch was auch entschieden wurde, es war schlimm, sehr schlimm. Sardju war tot, und Jewalsingh saß im Gefängnis, wahrscheinlich für Jahre.

Paramaribo, September 1878

LUCIE

Im Vorderzimmer saß Herr Mollinger und unterhielt sich mit Lodewijk. Mollinger war der Verwalter von Hooiland, und natürlich drehte sich das Gespräch um den Aufstand auf der Plantage, bei dem Kulis so aufeinander losgegangen waren, daß es einen Toten und mindestens sechs Schwerverletzte gegeben hatte.
Lucie saß im Eßzimmer. Sie hörte die Stimmen der Männer, doch sie schenkte dem, was dort besprochen wurde, wenig Beachtung. Sie wartete auf Paul. Käme er doch endlich! Fünf Tage war er weg gewesen. Er hatte bei Etienne und Esthelle gewohnt, weil Liliane ihren fünfzehnten Geburtstag feierte. Es hatte ein großes Fest mit einem Ball für die jungen Leute gegeben, und Paul hatte bei allem geholfen.
Auch jetzt fühlte sich der Junge in dieser Familie noch immer am meisten zu Hause. Er bat zwar nicht mehr darum, bei ihnen wohnen zu dürfen, weil er jetzt wußte, daß Lucie seine Mutter war, aber wenn es eben ging, war er dort. Für die jüngeren Kinder war er der Bruder, und im Beisein anderer hatte er sie weiter Tante Lucie genannt. Nur wenn sie allein waren, sagte er manchmal Mutter zu ihr, aber nie Mama, denn das war Esthelle.

Er war noch ernster geworden, nachdem sie ihm die Wahrheit erzählt hatte. Oft sah er sie nachdenklich an, und dann brannte es ihr auf den Lippen zu fragen, woran er gerade dachte und vor allem, was er über sie dachte. Doch sie wagte es nicht, vielleicht aus Angst, eine Antwort zu bekommen, die sie nicht hören wollte. Denn wenn sich herausstellen würde, daß er sie abwies, daß er sie in seinen Gedanken verurteilte, hätte sie das nicht ertragen. Sie liebte ihren Jungen so, ihr Kind, ihren Paul.

Es war Lucie auch aufgefallen, daß er Lodewijk noch mehr aus dem Weg ging als früher und daß er kaum noch mit ihm sprach. Was sie betraf, war es gut so, denn sie fürchtete die zweideutigen Bemerkungen, die ihr Mann manchmal über den Jungen machte.

Lodewijk war alt geworden. Er ging immer öfter zu seiner Konkubine und blieb immer länger weg. Lucie wußte, daß Louis, der älteste Sohn, nach Holland geschickt worden war und daß Agnes und Vera, die beiden ältesten Töchter, inzwischen verheiratet waren. Außerdem war Agnes mittlerweile eine gefragte Klavierlehrerin.

Wenn Lodewijk nicht zu Hause war, hielten sich Lucie und ihr Sohn meistens auf dem Balkon auf, und abends saßen sie sich an dem großen Tisch im Eßzimmer gegenüber, er mit seinen Büchern und Schulaufgaben und sie mit einer Handarbeit. Sie fragte Paul nach der Schule oder den Büchern, die er las, und dann erzählte er. Über seine Herkunft hatte sie mit ihm nie mehr gesprochen. Er vermied das Thema offensichtlich, und wenn sie das Gespräch in diese Richtung lenkte, zuckte er mit den Schultern und sagte: »Ach, Mutter, laß doch.« Als er sie neulich jedoch wieder so nachdenklich angesehen hatte und sich ihre Augen trafen, hatte sie doch etwas sagen müssen und gefragt: »Verurteilst du mich? Hältst du mich für eine schlechte Frau?« Der Junge schüttelte den Kopf und schlug die Augen nieder. Dann seufzte er tief, und als sie fragte, warum, antwortete er: »Es ist nichts.«

Lucie hörte Herrn Mollinger aufbrechen. Es war jetzt schon sechs Uhr. Sie hoffte, daß Lodewijk auch weggehen und Paul schnell kommen würde. Tatsächlich hörte sie Lodewijk kurz darauf zum Kutscher sagen, er solle den Wagen vorfahren. Ein paar Minuten später fiel die Haustür ins Schloß. Käme Paul doch nur.

Am nächsten Morgen bekam Lucie Besuch von Gracia. Paul war am Abend zuvor mit begeisterten Geschichten über den großartigen Ball nach Hause gekommen. »Papa und Mama geben für mich auch einen Ball, wenn ich nächstes Jahr fünfzehn werde«, beendete er seinen Bericht, und Lucie hatte genickt. »Das finde ich schön, Junge.« Natürlich würde das Fest dort stattfinden. Alle Geburtstage von Paul wurden in der Zwartenhovenbrugstraat gefeiert.

Gracia kam noch immer regelmäßig zu Lucie. Daß sie eigentlich zum Nähen kam, hatten sie beide längst vergessen, und meistens verbrachten sie den Morgen plaudernd, wobei Gracia eine echte Mofokoranti war und Lucie über den neuesten Klatsch und Tratsch auf dem laufenden hielt.

Heute hatte Gracia jedoch selbst ein Problem, das sie mit Misi Lucie besprechen wollte. Es ging um ihre jüngste Tochter Celestine, die jetzt achtzehn war. Gracia erzählte von einem hohen Beamten, einem Baron, der nach dem Gouverneur der zweite Mann in der Kolonie war und der ein Auge auf ihre schöne Tochter geworfen hatte. Eine »surinamische Ehe« wollte der Mann. Er würde Celestine in einem vollständig möblierten Haus unterbringen und sie mit Geschenken verwöhnen. Gracia war begeistert. Jan Menkema war vor fünf Jahren nach Holland zurückgegangen und hatte ihre beiden Söhne mitgenommen. Sie selbst war mit den drei Töchtern, von denen eine schon verheiratet war, in Surinam geblieben. Eine andere wohnte zwar noch zu Hause, war aber die Konkubine eines Plantagendirektors. Für Gracia spielte es keine Rolle, daß dieser Baron schon fast fünfzig und zum dritten Mal verheiratet war und Kinder hatte, die viel älter als Celestine waren. Ihre Tochter würde versorgt sein und ein gutes Leben haben, das war doch wunderbar!

Aber es gab ein Problem: Celestine wollte nicht. Sie hatte zwar gemerkt, daß sich der Mann für sie interessierte, doch sie liebte einen anderen. Sie liebte Ishaak Lobato de Mesquita, einen jungen Juden, der als Schreiber in einem Gouvernementsbüro arbeitete und nur ein kleines Einkommen hatte. Die beiden hatten schon seit einigen Monaten ein heimliches Verhältnis, denn Ishaaks Eltern hatten bereits eine Frau für ihn ausgesucht. Gracia war empört über eine derartig dumme Einstellung ihrer Tochter. Das Kind war ja nicht gescheit, so ein großartiges Angebot auszuschlagen, nur weil es einen anderen liebte. Natürlich würde es mit diesem Ishaak nichts werden. Diese Juden mußten doch immer untereinander heiraten. Celestine war schön, beinahe weiß mit guten, ja, sehr guten, fast glatten Haaren, aber sie war keine Jüdin, und alle wußten doch, daß ihre

Mutter eine Sklavin gewesen war. Nein, es würde nie etwas werden zwischen ihr und Ishaak.

»Misi, sie will einfach nicht auf mich hören, ich kann sagen, was ich will, sie stellt sich taub«, klagte Gracia und nahm ein Taschentuch aus ihrer Tasche, um sich über das verschwitzte Gesicht zu wischen. »Es ist doch schlimm, wenn man als Mutter mit ansehen muß, wie das eigene Kind seine Zukunft wegwirft. Was sagen Sie denn dazu, Misi?«

»Laß Celestine dem Weg ihres Herzens folgen«, sagte Lucie. »Zwing sie nicht, Gracia, zwing sie nicht, ihre besten Jahre an jemanden zu verschwenden, den sie nicht liebt, das bringt nur Elend.«

»Nein, Misi, das ist nicht wahr, Misi«, rief Gracia, »was sie will, wird ihr Elend bringen. Was verdient der Junge denn? Ein Taschengeld! Von zu Hause ist sie es viel besser gewohnt, und der Baron kann ihr zehnmal soviel geben. Aber sie will nicht hören. Sie hat gesagt, daß sie und Ishaak heiraten und daß er mit dem, was seine Eltern sagen, nichts zu tun hat. Sagen Sie selbst, Misi, glauben Sie nicht, daß daraus Elend entsteht?«

»Sie haben einander, Gracia, und wenn man sich liebt und zusammen ist, kann man eine Menge aushalten, glaube mir, dann kann man viel mehr ertragen, als wenn man allein in Reichtum und Luxus lebt.«

»Ich war hierhergekommen, um die Misi zu bitten, mit Celestine zu reden, doch ich sehe schon, daß das keine gute Idee war. Wenn sie mit der Misi redet, wird sie erst recht tun, was sie will, und ich glaube wirklich, daß sie mit dem Baron besser dran ist. Wenn der Mann all diese Geschichten hört, wird er sie vielleicht gar nicht mehr wollen. Ai baya, was soll ich nur tun?«

Gracia blieb nicht lange; ihre Mission war gescheitert. Sie würde sich jemand anders suchen müssen, der Celestine davon überzeugen konnte, daß das, was ihre Mutter wollte, das Beste für sie war.

Als Lucie allein war, dachte sie über ihr Gespräch mit Gracia nach. Würde sie ihr Leben anders leben, wenn sie noch einmal die Wahl hätte? Würde sie jetzt der Stimme ihres Herzens folgen? Sie hatte in der letzten Zeit nicht mehr so oft an Otto gedacht, aber durch das Gespräch mit Gracia wurde die Erinnerung wieder lebendig. Was wohl aus ihm geworden war? Sie wußte es nicht. Vor langer Zeit hatte sie einmal einen Brief auf dem Schreibtisch ihres Mannes gefunden. Da sie die Handschrift erkannte, hatte sie ihn gelesen. Es war ein kurzer Brief, in dem Otto schrieb, daß es ihm gutgehe, und er seine Adresse mitteilte. Sie wußte nicht, ob ihr Mann mit Otto korrespondierte, denn sie hatte danach nie mehr einen Brief gesehen, doch die Adresse hatte sie sich notiert. Vor allem am Anfang hatte sie oft an Otto gedacht und davon geträumt, wie es gewesen wäre, wenn sie nicht in Surinam gelebt hätten. Sie und Otto zusammen mit ihrem Sohn. Ihr Leben war ein zerstörter Traum, das wollte sie Celestine ersparen. Und sie selbst? Sie hatte Paul.

Und Paul war die Wirklichkeit.

Paramaribo 1880

In den letzten Jahren hatten viele Schiffe mit Vertragsarbeitern im Hafen von Paramaribo angelegt. Jetzt arbeiteten diese Leute auf zahlreichen Plantagen. Einige von ihnen waren nach fünf Jahren wieder in ihre Heimat zurückgekehrt, andere waren geblieben und hatten dafür ein Stück Land und hundert Gulden erhalten, um sich als Kleinbauern selbständig zu machen. Wieder andere hatten einen Vertrag für eine zweite Periode unterschrieben. Doch die britische Regierung war sehr unzufrieden mit der Behandlung ihrer Untertanen. Zu viele Menschen starben. Es mußte eine drastische Verbesserung in der medizinischen Versorgung dieser Leute geben, sonst würde England das Abkommen mit den Niederlanden kündigen. In der Zweiten Kammer und im Staten wurde nun fieberhaft nach einer Lösung gesucht. Nach dem blutigen Aufstand auf Hooiland wurde außerdem bestimmt, daß für ein ausgewogenes Verhältnis von Männern und Frauen zu sorgen sei. Das war die Aufgabe der Werber in Britisch-Indien. Auch jetzt wurden die Leute wieder mit Versprechungen nach Surinam gelockt oder einfach auf der Straße gekidnappt.

Um ihre Liberalität zu demonstrieren, hatten die Niederlande nach der Abschaffung der Sklaverei bereits 1866 das »Staten van Suriname« gegründet, ein Parlament, das bei internen Angelegenheiten eigenständig Beschlüsse fassen konnte. Vier Mitglieder dieser Volksvertretung wurden vom Gouverneur nominiert, neun weitere durch Wahlen bestimmt. Da es sich bei dem Wahlsystem jedoch um ein Zensuswahlrecht handelte, konnte nur ein kleiner und auserlesener Teil der Bevölkerung daran teilnehmen.

Trotz des Immigrantenzustroms ging es mit den Plantagen bergab, und zahlreiche Betriebe mußten liquidiert werden.

Nachdem die Zeit der staatlichen Aufsicht vorbei war, wurde die Ausbildung der Schwarzen in die Hand genommen. Hatten sie früher nichts lernen dürfen, so mußten sie es jetzt, und das möglichst schnell. Plötzlich ließ man die These von der angeborenen Dummheit des Schwarzen fallen, und es wurde gleich sehr viel von ihm erwartet. Schulen wurden errichtet, und Herr Benjamins wurde eigens angestellt, um eine geeignete Unterrichtsmethode zu entwickeln. Benjamins, der ein sehr ehrgeiziger Mann war, hatte schnell ein Konzept parat. Surinam, so Benjamins, sei eine niederländische Kolonie, und daher könne hier kein anderer Unterricht erteilt werden als in den Niederlanden. Mit anderen Worten: Die Leute hier mußten das gleiche lernen wie die Schüler in Holland. Ja, Benjamins ging sogar noch weiter: Surinam müsse die niederländische Perle in der westlichen Hemisphäre werden, die zwölfte Provinz in Übersee. Aus den Schwarzen sollten alle afrikanischen Elemente verbannt werden; sie müßten »zivilisiert« werden, und zivilisiert hieß europäisch und am liebsten holländisch.

ESTHELLE

1876 erließ Surinam das Schulpflichtgesetz, nach dem alle Kinder zwischen sechs und dreizehn eine Schule besuchen mußten; bei Versäumnis konnte den Eltern oder Erziehungsberechtigten eine Geldbuße auferlegt werden. Das Gouvernement errichtete mitten in der Stadt in der Saramaccastraat eine große Schule, die Willemschule. Eine der ersten, die gebeten wurde, dort zu unterrichten, war Esthelle, die inzwischen die Lehrbefähigung für weiterführende Schulen hatte.

Ehe Esthelle ihre neue Arbeitsstelle antrat, sagte Etienne zu ihr: »Bereite dich auf eine schwierige Aufgabe vor, denn dieser Benjamins hat einschneidende Änderungen vor. Ich habe sein Konzept gelesen. Der gute Mann ist anscheinend der Meinung, es sei seine Lebensaufgabe, Surinam so holländisch wie möglich zu machen.«

»Und wie will er das machen?« fragte Esthelle lachend. »Will er Surinam von Guyana abhacken und dann als schwimmende Insel nach Europa steuern, um es dort neben Limburg zu verankern?«

»Ja, ja, du lachst, aber ich werde dir den Bericht zeigen, dann kannst du selbst sehen, wie ernst es ihm damit ist. Er will, daß alle Surinamer Holländer werden.«

»Wie will er das denn machen? Die übergroße Mehrheit unserer Leute ist doch schwarz oder zumindest farbig. Wie in aller Welt können wir da Holländer werden? Oder hat er vielleicht vor, uns alle weiß anzumalen?« rief Esthelle.

»Glaube mir, wenn das möglich wäre, hätte er es längst getan«, sagte Etienne, »und täusche dich nicht, Esthelle, viele Surinamer würden das sogar wollen.«

»Und wie macht er uns dann zu Holländern?« fragte Esthelle.

»Indem er unsere Kinder wie diese erzieht, du wirst es selbst sehen«, antwortete Etienne, und kopfschüttelnd fuhr er fort: »Wenn du Benjamins Ansichten liest, erschrickst du. Weißt du, was er zum Beispiel über das Nengre sagt? Wortwörtlich schreibt er: ›Das Negerenglisch ist eine verachtenswerte Sprache, die den Schwarzen ausgetrieben werden muß. Man muß die Sprache selbst kennen, um zu sehen, was für einen verderblichen Einfluß sie auf die Bildung eines Volkes hat.‹«

»Selbst Schulrat Benjamins kann Menschen doch nicht zwingen, eine bestimmte Sprache zu sprechen«, sagte Esthelle, »die Sklaverei ist doch nun wirklich abgeschafft, oder glaubst du, daß man uns jetzt in einer Art geistigen Sklaverei halten will? Das geht doch nicht?«

Doch Esthelle erfuhr schnell genug, was alles ging.

Die Willemschule war eine ganz andere Schule als die Privatschule, an der sie früher gearbeitet hatte. Sie wurde vor allem von Jungen und Mädchen besucht, die manchmal länger als eine Stunde zur Schule liefen. Hier gab es kein Dienstmädchen, das in der Pause mit einem vollen Tablett in der Hand vor der Tür stand. Hier hatten die Kinder manchmal ein paar Cents in der Tasche, mit denen sie bei einem Straßenhändler gekochten Mais oder ein Stück Boyo kauften, aber meistens brachten sie ihre Mahlzeit in einer Emailledose mit.

Das größte Problem war jedoch, daß die meisten dieser Kinder aus einem Milieu stammten, in dem Nengre gesprochen wurde, im Unterricht aber mit denselben Büchern wie in den Niederlanden gearbeitet wurde.

Im Erdkundeunterricht der fünften Klasse hängte Esthelle eine Karte von den Niederlanden auf.

»Der Rhein entspringt in der Schweiz auf dem Gletscher des Sankt Gotthard und erreicht bei Lobith unser Land«, brüllte die ganze Klasse im Chor, um anschließend die Provinzen mit ihren Hauptstädten und die Flüsse herunterzurasseln.

»Komm nach vorn, Henny. Nimm den Stock, und zeig uns, wie man von Amsterdam nach 's-Hertogenbosch kommt und welche Orte man dabei sieht«, sagte Esthelle, und Henny konnte alles ordentlich zeigen und alle Namen richtig nennen.

Wenn sie lesen oder schreiben übten, handelte der Text vom Schneemann bauen, Schlittschuhlaufen oder einem Loch im Eis. Die Kinder mußten Verse mit »Schnee, Schnee, überall Schnee« aufsagen, während draußen die Tropensonne vom Himmel brannte und der Schulhof in der Hitze flimmerte.

Esthelle tat ihr Bestes und erklärte alles so gut wie möglich, und da sie selbst keine Ahnung hatte, wovon sie sprach, hoffte sie nur, daß sie es richtig machte. Viel fragten die Kinder ohnehin nicht. Schließlich wußte die Lehrerin alles, und wie sie es sagte, so mußte es sein. Nur manchmal fragte ein Kind: »Frau Lehrerin, wie sieht Schnee denn aus?«, und dann antwortete Esthelle: »Wie die Wolle vom Baumwollbaum.«

Im Geschichtsunterricht lernten die Kinder etwas über den Achtzigjährigen Krieg, den Frieden von Arras, Alba und Prinz Willem, den Vater des Vaterlandes. Jedes Kind in Surinam wußte, daß zur Jahreszahl 1600 die Schlacht bei Nieuwpoort gehörte. Im Gesangsunterricht mußten sie »Die weißen Flocken wirbeln über Feld und Garten« und noch viel schlimmer »Wer niederländisches Blut in den Adern hat, der ist von fremdem Makel frei!« singen. Esthelle erläuterte den Text lieber nicht, und meistens wußten die Kinder überhaupt nicht, was sie sangen.

»Heute mußte ich den Kindern erklären, was eine Buche ist. Etienne, wie sieht so etwas denn aus? Und im Lesebuch stand ›Die Birke ist weiß‹, und alle Kinder dachten, es wäre ein Druckfehler und da müßte ›Die

Kirche ist weiß‹ stehen. Etienne, was ist eine Birke?«
fragte Esthelle, und als ihr Mann es ihr erklärt hatte,
sagte sie: »Aber wissen diese Holländer, ich meine das
einfache holländische Volk, weiß das überhaupt, daß es
irgendwo im Westen Landsleute hat?«

»Ach, Esthelle, daß ich nicht lache«, rief Etienne, »der
Durchschnittsbürger in Holland weiß nicht einmal, daß
Surinam existiert, und wenn er den Namen doch schon
mal gehört hat, denkt er, es läge irgendwo in Ostindien.«

»Und wir müssen unseren Schülern alles über das einzigartige und alleinseligmachende Holland beibringen!«
empörte sich Esthelle.

Das größte Problem war und blieb jedoch die Sprache.
Auf Anordnung des Schulrats war Nengre in der Schule
verboten. Schon ein Nengrewort genügte, und der be-
treffende Schüler wurde bestraft. Kinder schrieben ihre
Tafeln voll mit »Ich darf in der Schule kein Nengre sprechen«. Wer dreimal in einer Woche dabei erwischt
wurde, daß er seine Muttersprache benutzte, wurde zum
Direktor geschickt. Dort mußte er sich mit einem Stück
Seife den Mund waschen, und anschließend bekam er
drei Peitschenschläge auf die Hand.

»Weißt du, was ich so schlimm finde?« sagte Esthelle zu
Etienne, als sie wieder einmal so einen Tag hinter sich
hatte, an dem fast die ganze Schule zur Strafe hundertmal »Ich darf in der Schule kein Nengre sprechen«
hatte schreiben müssen. »Es ist nicht nur die Sprache,
die ausgerottet wird, die Kinder lernen auch, alles, was
typisch für den Schwarzen ist, als schlecht, dumm und
vor allem unzivilisiert anzusehen. Neulich sagte Herr
Kolf von seinem Kollegen Welles, er sei vernegert, und

dabei ist Kolf selbst Mulatte. Welles faßte das als Beleidigung auf und wurde wütend; er verteidigte sich mit dem Hinweis, schließlich sei er hellhäutiger als Kolf. Neger oder vernegert sein ist ein schlimmes Schimpfwort, und das sollen vor allem die schwarzen Kinder selbst wissen. Manchmal würde ich am liebsten laut schreien, daß hier etwas Schreckliches passiert. Das darf doch nicht sein, das ist nicht gut. Wie kann man in Gottes Namen Menschen erziehen wollen und dabei das Bestreben haben, ihnen beizubringen, daß alles, was ihre Identität ausmacht, falsch ist? Wie würden es zum Beispiel die Holländer finden, wenn die Spanier in ihr Land kämen und ihren Kindern beibrächten, daß alles, was holländisch ist, falsch, dumm und unzivilisiert ist? Ginge das? Nein, natürlich nicht! Aber wir müssen das hier gut finden und auch noch mitmachen!«

»Du hast vollkommen recht«, sagte Etienne, »doch wir haben nicht die Macht, etwas daran zu ändern. Handle nach bestem Wissen und Gewissen, das ist das einzige, was du tun kannst.«

»Das tue ich auch«, sagte Esthelle. »Wenn einer meiner Schüler im Unterricht Nengre spricht, erzähle ich der ganzen Klasse, daß sie versuchen müssen, Niederländisch zu sprechen, weil man in unserem Land nur mit dieser Sprache vorwärtskommt. Aber ich gebe keine Strafarbeiten auf, und ich sage auch nicht, daß Nengre schlecht oder dumm ist.«

Liliane war jetzt siebzehn; sie trat in die Fußstapfen ihrer Mutter und wurde Lehrerin, was übrigens das einzige war, was ein Mädchen werden konnte. Sie machte eine Ausbildung als Grundschullehrerin und war Referendarin an einer Herrnhuter-Schule in der Burenstraat. Auch sie kam jeden Tag mit Geschichten über schwarze Kinder nach Hause, die kein Wort Niederländisch konnten, plötzlich jedoch in dieser Sprache zählen, Verse aufsagen und vor allem Psalmen singen mußten.

»Heute hat uns Schulrat Benjamins besucht«, erzählte Liliane eines Mittags, als die ganze Familie um den Tisch versammelt war. »Es war das erste Mal, daß er zu uns in die Schule kam. Keiner wußte etwas davon, denn er gibt vorher nie Bescheid, weil er meint, wir würden die Kinder dann extra vorbereiten. Ein paar Lehrer wußten überhaupt nicht, daß er der berühmte Schulrat Benjamins war, und als ich es ihnen erzählte, wurden sie ganz nervös. Herr Olsen ließ die ganze Zeit seine Finger knacken.«

»Olsen? Den kenne ich«, sagte Esthelle.

»Ja, Mama, er hat mit dir zusammen die Lehrerausbildung gemacht, das hat er mir erzählt«, sagte Liliane und fuhr fort: »Ein zehnjähriger Junge mußte die niederländischen Provinzen aufsagen. Das ging gleich schief, denn er fing mit Kroningen an. ›Gggroningen‹, verbesserte Herr Benjamins. ›Kkkroningen‹, wiederholte der Junge. Der Schulrat schüttelte den Kopf, sagte aber nichts mehr. Dann rasselte der Junge alle elf Provinzen mit ihren Hauptstädten herunter, und als er bei Limburg mit der Hauptstadt Maastrikt angekommen war, mußte ich mich beherrschen, um nicht zu rufen: ›Surinam mit der Hauptstadt Paramaribo.‹«

Die Jungen brüllten vor Lachen, und Esthelle sagte: »Tu das nicht, Mädchen. Wer weiß, was du dann für Schwierigkeiten bekommst. Du bist noch nicht am Ziel, du bist erst Referendarin.«

»Dieser Herr Olsen«, fuhr Liliane fort, »der hat solche Angst, das K auszusprechen, daß er aus jedem K ein G macht. Er sagt Balgen statt Balken und begommen statt bekommen, und heute redete er sogar von der Girche, als er die Kirche meinte.«

»Morgen essen wir Gohl«, rief Armand, und Henri schrie: »Ich mag viel lieber Girschen.«

»Warum macht er das?« fragte Michel. »Kann der Mann kein K aussprechen?«

»Doch, natürlich«, sagte Armand, »aber siehst du, er meint, ein K wäre negerhaft, und deshalb spricht er lieber jedes K wie ein G aus. He, Liliane, sollen wir uns mal einen Satz mit ganz vielen Ks ausdenken, und dann bittest du Herrn Olsen, ihn laut vorzulesen?«

»Das laßt ihr schön bleiben«, sagte Esthelle streng. »Herr Olsen könnte Lilianes Vater sein, und sie nimmt ihn nicht auf den Arm. Er kann auch nichts dafür, daß ihm die Umstände so übel mitspielen.«

»Welche Umstände meinst du?« fragte Etienne.

»Nun, daß die Herrnhuter die Sklavenkinder die ganzen Jahre nur in Nengre unterrichten durften, weil Niederländisch für Sklaven verboten war, und daß es jetzt plötzlich genau umgekehrt ist«, antwortete Esthelle. »Diese weisen Männer vom Parlament scheinen manchmal so dumm; als Außenstehender hat man das Gefühl, daß sie ständig die falschen Entscheidungen treffen. Zuerst durften die Schwarzen kein Niederländisch sprechen, und jetzt müssen sie es sofort können, und das auch noch gut. Und nimm zum Beispiel die Einstellung des Parlaments gegenüber Schwarzen und Hindus. Alles von den Schwarzen muß ausgerottet werden, ihre Sprache, ihre Religion, das alles ist schlecht und Abgötterei. Der Hindu dagegen darf seine Sprache sprechen und seine Religion behalten, obwohl die auch nicht christlich ist. Jahrzehntelang haben die Schwarzen als Sklaven gearbeitet, doch bei ihrer Freilassung bekamen sie nichts, nur sechzig Gulden, aber kein Stück Land, denn die Regierung entschied für sie, daß sie für den Landbau nichts übrig hätten und es deshalb nicht bräuchten. Und die Hindus? Die arbeiten hier fünf Jahre, und am Ende bekommen sie eine Prämie von hundert Gulden und ein Stück Land dazu. Warum so eine unterschiedliche Behandlung? Begreift das Gouvernement denn nicht, daß daraus nur Haß und Neid entsteht? Aber nein, daran denken diese gewichtigen Männer nicht. Solange sie nur reden und ihre eigene Stimme hören können, ist es gut.«

»Du hast völlig recht, Esthelle«, Etienne lachte, »wir sollten dich für das Parlament vorschlagen. Was meint ihr, Kinder? Eure Mutter als Parlamentsmitglied!«

»Da werden sich diese Männer freuen, stellt euch vor, eine Frau! Ich sehe den Gouverneur schon vor Schreck erstarren. Eine Frau und dann auch noch eine Farbige, eine Mulattin, die früher einmal eine Sklavin war«, sagte Esthelle, jetzt auch lachend.

Und Armand rief: »Dann schreibe ich ein Buch über dich mit dem Titel ›Von der Sklavin zum Parlamentsmitglied‹.«

»Ja«, sagte Liliane, »wir schreiben das Buch zusammen, Armand, und der erste Satz heißt: ›Niemand konnte damals ahnen, daß das Sklavenkind, das auf Ma Rochelle herumlief …‹«

»Nein, das nackt auf Ma Rochelle herumlief«, verbesserte Etienne.

»Ja, ja, macht nur«, sagte Esthelle lachend und stand vom Tisch auf.

»Ma Rochelle, ach, armes Ma Rochelle«, sagte Etienne plötzlich, »was wohl davon noch übrig ist? Wahrscheinlich nichts, überhaupt nichts. Seltsam, wenn man so darüber nachdenkt.«

»Können wir nicht nach Ma Rochelle fahren, Papa?« fragte Armand, und seine Brüder stimmten mit ein: »Ja, Papa, laß uns doch nach Ma Rochelle fahren.«

»Ich bin noch nie dort gewesen«, sagte Henri.

»Ich auch nicht«, rief Michel.

»Aber es ist bestimmt nichts mehr davon da«, meinte Etienne, »alles wird überwuchert sein, nur noch Wald.«

»Ja, aber dann sehen wir wenigstens, wo eure Plantage war, Papa«, sagte Armand, »und wo du und Mama geboren seid. Es muß doch noch irgend etwas zu sehen sein.«

»Ich will es auch sehen, Papa«, rief Michel, »ja, Papa, können wir nicht fahren?«

»Die Jungen haben recht, Etienne, vielleicht sollten wir wirklich einmal dorthin fahren, ich würde meine Heimat auch gerne noch einmal wiedersehen«, sagte Esthelle.

»Ja«, jubelten die Jungen. »Wir fahren, nicht, Papa? Wir fahren.«

»Also gut, in der Trockenzeit, wenn ihr Ferien habt, fahren wir dorthin, aber stellt euch nicht zuviel darunter vor, ihr werdet nicht viel sehen.«

»Und wo wohnen wir dann?« fragte Esthelle.

»Wir fahren drei Plantagen weiter zu unseren Freunden auf Hooiland, und wenn die Douglas gerade in der Stadt sein sollten, können wir auf Rust en Werk übernachten. Ich regle das vorher schon«, sagte Etienne.

»Und Paul kommt auch mit, nicht, Papa?« fragte Henri.
»Natürlich kommt Paul mit«, sagte Armand, und Michel echote: »Natürlich kommt Paul mit.«

»Ich nicht«, sagte Liliane, »und Justine kann auch nicht mit, die ist zu klein. Wir bleiben zu Hause. Wir wollen nicht von Moskitos und Stechfliegen gestochen werden.«

Ma Rochelle, Oktober 1880

ETIENNE

Mit der Kutsche fuhren Etienne, Esthelle, Paul, Armand, Henri und Michel zur Stenen Trap, wo das Zeltboot von Hooiland auf sie wartete. Es würde sie bei Ma Rochelle absetzen und einige Stunden später wieder abholen. Anschließend würden sie drei Tage bei Herrn und Frau Douglas auf Hooiland zu Gast sein.

Als sie an Nieuw Amsterdam vorbei waren und den Commewijne hinauffuhren, wurden vor allem Henri und Michel ungeduldig, weil die Fahrt so lange dauerte. Etienne sagte, daß er als kleiner Junge auch immer gedacht hatte, die Reise würde nie ein Ende nehmen, und er erzählte, daß er sich dann mit seinem Bruder die Zeit damit vertrieben hatte, die Boote der Plantagendirektoren und -verwalter zu bewundern, deren prächtige Kupferbeschläge immer auf Hochglanz poliert waren, wenn sie auf Reisen gingen.

Sie kamen bereits an einigen verlassenen Plantagen vorbei und sahen nichts als Wald, Bäume, Dickicht, Dschungel.

»Aber das ist doch Albertshoop«, rief Etienne plötzlich, als sie sich wieder einer Plantage näherten.

»Ja, Masra, das ist Albertshoop«, bestätigte der Bootsmann.

»Dann sind wir an Ma Rochelle ja schon vorbei, wie kann das denn sein? Wir haben gar nichts davon bemerkt. Albertshoop ist schließlich zwei Plantagen weiter«, sagte Etienne.

Der Bootsmann wendete das Boot, und sie fuhren zurück.

»Dann muß es hier sein«, sagte er.

»Ich sehe nichts«, meinte Henri.

»Das ist ja nur Wald«, rief Michel, und Esthelle sagte: »Ich hatte euch davor gewarnt, zuviel zu erwarten.«

»Erkennst du etwas, Mama, siehst du etwas von früher?« fragte Paul.

»Nein, Junge, ich erkenne nichts, hier ist nur noch Wald. Meiner Meinung nach können wir nicht mal an Land. Laß uns lieber weiterfahren, Etienne.«

Davon wollten die Jungen jedoch nichts hören. Sie waren gekommen, um Ma Rochelle zu sehen.

»Wenn wir den Kanal ein Stück hochfahren, können Sie dort vielleicht an Land gehen. Das machen die Fischer auch immer«, sagte der Bootsmann.

»Welchen Kanal?« fragte Armand; einen Augenblick später zwängte sich das Boot in einen fast unsichtbaren Creek.

»Ist das etwa der Kanal?« fragte Etienne erstaunt, denn dieser kleine überwucherte Wasserlauf erinnerte in nichts an den meterbreiten Kanal von früher.

»Sehen Sie, da vorn unter dem Baum ist eine Lichtung«,

sagte der Bootsmann, »da schlagen die Fischer immer ihr Lager auf.«

»Aber wie kommen wir dahin?« fragte Etienne, da es unmöglich schien, vom Boot aus durch die Sträucher und Bäume an Land zu kommen.

»Wenn der Masra keine Angst vor ein bißchen Bewegung hat, ist es kein Problem. Aber ich weiß nicht, ob die Misi es schafft«, antwortete der Bootsmann.

»Wenn mein Mann und die Jungen es schaffen, schaffe ich es auch«, sagte Esthelle entschlossen.

Das Boot fuhr dicht ans Ufer.

»Sehen Sie den Ast da oben? Den müssen Sie gleich festhalten«, erklärte der Bootsmann.

»So hoch? Das können wir doch nicht!« rief Michel.

Aber der Bootsmann zeigte ihnen, wie es ging. Sie mußten auf das Bootsdach klettern. Er selbst sprang zu dem überhängenden Ast hoch und hangelte sich daran entlang ans Ufer. Dann mußte ihm Paul ein dickes Seil zuwerfen, das an dem Boot befestigt war und dessen anderes Ende nun an dem Ast festgemacht wurde.

»Masra, das Buschmesser«, rief der Bootsmann, und als Etienne ihm das Messer zugeworfen hatte, stellte er sich auf das Seil und schnitt ein paar Seitenzweige von dem dicken überhängenden Ast ab.

»Sehen Sie, so müssen Sie es machen«, sagte er und machte es vor.

Einer nach dem anderen mußte vom Bootsdach auf das Seil steigen, den Ast festhalten und sich langsam über das Seil ans Ufer schieben. Es ging, sie schafften es alle. Sogar Esthelle knotete ihren langen Rock in Kniehöhe zusammen und schob sich mit den Händen am Ast über das Seil.

Als sie alle sechs am Ufer standen, sagte der Bootsmann: »Ich lasse Ihnen das Buschmesser hier. Bis später«, und er fuhr weiter nach Hooiland.

»So, Kinder, wir sind auf Ma Rochelle«, sagte Etienne.

»Ich finde es unheimlich«, bemerkte Michel, »vielleicht gibt es hier ja Schlangen.«

»Die gibt es bestimmt«, meinte Armand.

»Laßt uns zu dem Baum dort gehen, da ist die Lichtung«, sagte Esthelle, und hinter Etienne, der mit dem Buschmesser einen Weg schlug, kämpften sie sich durch das Dickicht zu einem großen Baum, unter dem sich eine Lichtung von höchstens vier Meter Durchmesser befand.

»Wo hat das Plantagenhaus denn gestanden?« fragte Armand.

»Da vorn irgendwo«, sagte Etienne.

Alle schwiegen. Man hörte das Zwitschern von Vögeln, das hohe Pfeifen des Windes durch den Bambuswald, manchmal ein ächzendes Geräusch, wenn sich ein schwerer Zweig über den anderen schob, und ab und zu das Rufen von Affen.

Henri blickte nach oben. »Schaut mal da, was für ein schöner Vogel, was für ein prächtiges Gefieder.«

»Ich sehe einen Leguan«, rief Armand, »hier, direkt neben uns am Baumstamm.«

»Mama, dein Rock.« Paul zeigte erschrocken auf Esthelles Rock, der mit kleinen grünen Kugeln übersät war.

Esthelle lachte. »Ja, deshalb nennt man sie auch Toriman; sie verraten, daß ein Liebespaar zusammen im Gebüsch gewesen ist.«

»Hast du das früher auch mit Papa gemacht?« fragte Michel, und alle lachten.

»Können wir nicht sehen, wo das Haus gestanden hat?«
fragte Armand.

Etienne hatte nichts dagegen, und so zogen sie los. Nur
Esthelle blieb zurück.

»Schlangen«, flüsterte Michel, während er hinter Ar-
mand herging, aber Paul sagte: »Schlangen haben mehr
Angst vor Menschen als umgekehrt. Sie nehmen sofort
Reißaus, wenn sie uns hören, macht mal ordentlich
Lärm.«

Nach einer Weile blieb Etienne, der mit dem Buschmesser voranging, stehen. »Schaut, da steht noch das Regenbecken«, sagte er, und tatsächlich sahen sie ein
hohes, grünbemoostes Steinbecken. »Es stand direkt am
Haus, aber davon ist nichts mehr übrig«, stellte Etienne
fest. »Wenn ihr richtig hinseht, könnt ihr noch die
Steine sehen. Und bei den schönen großen Palmen da
vorne? Da muß die Auffahrt gewesen sein, denn die war
mit Königspalmen bepflanzt. Aber jetzt ist alles weg,
zerfallen und vermodert.«

»Gehen wir zu Mama zurück?« fragte Michel, der
genug gesehen hatte.

Esthelle versuchte noch immer, die grünen Kugeln von
ihrem Rock abzuzupfen, als sie zurückkamen.

»Es ist nichts mehr da«, sagte Etienne, »überhaupt
nichts. Wir sind an Ma Rochelle vorbeigefahren, einfach
daran vorbei. Kein Wunder, denn Ma Rochelle ist selbst
vorbei. Passé, vergangene Pracht. Die Zeit aller Plantagen ist vorbei. Ach, Großpapa, was würdest du sagen,
wenn du es wüßtest?«

Die Jungen sahen ihren Vater, der Mühe hatte, seine
Gefühle zu verbergen, leicht geniert an.

»Das Grab meines Großvaters war auf dieser Seite«,

fuhr Etienne fort. »Direkt am Kanal. Es muß hier irgendwo sein. Ich will es finden«, und gefolgt von den Jungen, bahnte er sich mit dem Buschmesser einen Weg zum südlichen Ufer.

»Mama, wir haben es gefunden. Kommst du?« rief Michel einen Augenblick später, und Esthelle ging zu ihnen. Tatsächlich standen sie um einen Grabstein herum. Etienne versuchte, mit dem Buschmesser den Bewuchs abzukratzen.

»Ich kann es lesen«, sagte Armand. »He, was steht da? Eldorado?«

»Ja, Kinder«, sagte Etienne, »auf dem Grab eures Urgroßvaters steht: ›Er fand sein Eldorado.‹ Zum Glück hat er nie erfahren, daß das Ende seines Eldorados so nah war. Laßt uns jetzt zurückgehen, der Bootsmann wird gleich kommen.«

»Warum steht da: ›Er fand sein Eldorado‹?« fragte Henri.

»Weil mein Großvater uns immer erzählt hat, daß er und die anderen französischen Familien in Surinam ihr Eldorado gefunden hätten«, antwortete Etienne.

»Was ist ein Eldorado?« wollte Michel wissen.

»Die Entdeckungsreisenden dachten, im Amazonasregenwald gäbe es Gold in Hülle und Fülle. Deshalb nannten sie es Eldorado«, erklärte Etienne.

»Hat unser Urgroßvater denn Gold gefunden?« fragte Henri.

»Kein Gold, aber reich wurde er schon. Alle Familien, die hier Plantagen anlegten, wurden reich, und deshalb war es für sie ein Eldorado«, antwortete Etienne.

»Das Eldorado deines Großvaters war die Hölle für meine Großmutter und meine Mutter, und es konnte für deine Leute nur ein Eldorado sein, weil sie es zu einer Hölle für meine machten«, sagte Esthelle. »Deshalb ist nichts mehr davon übriggeblieben, deshalb konnte es nicht bestehen, es hatte keine Existenzberechtigung. Die Natur will Gerechtigkeit und keine Ungerechtigkeit und Ausbeutung.«

»Ich denke, du hast recht«, sagte Etienne, »und deshalb ist es vielleicht doch gut, daß Ma Rochelle der Vergangenheit angehört.«

»Für die Leute, die mißbraucht und ausgebeutet wurden, ist es gut, daß es der Vergangenheit angehört, nur was wird aus dem Land werden, und was für eine Zukunft werden die Kinder haben, wenn es keine Plantagen mehr gibt?« sagte Esthelle nachdenklich.

»Dann müssen wir jetzt anfangen, nach dem richtigen Gold zu suchen«, meinte Michel, und Henri stimmte ihm zu: »Ja, dann wird es Zeit, daß wir jetzt das Gold von Eldorado finden.«

»Die europäischen Eroberer haben es nicht richtig verstanden. Eldorado ist kein Gebiet oder eine Gegend, sondern ein Mann, der goldene Prinz«, erklärte Paul.

»Ja? Warum?« fragten die anderen Jungen verwundert, und Paul erzählte: »Als die Conquistadores, die Eroberer, nach Kolumbus hierherkamen, hörten sie die Indianer von einem See erzählen, dem Parimasee, in dem ein Prinz jeden Morgen ein Bad nahm. Wenn er aus dem Wasser kam, war sein ganzer Körper mit Goldstaub bedeckt, und er sah wie vergoldet aus. Ein goldener Mann also oder El Dorado, wie man auf spanisch sagt. Wahrscheinlich war das Ganze ein Märchen, aber als die Eroberer so viel Gold um sich herum sahen, dachten sie, es wäre wahr. Und so machten sie sich auf die Suche nach diesem See, den man finden würde, wenn man den Prinzen fand. Daher auch all die Suchexpeditionen nach El Dorado.«

»Und wo soll dieser See sein?« fragte Armand.

»Das weiß keiner genau, irgendwo im Amazonasregenwald. Und der ist unermeßlich groß. Die Brasilianer denken, er wäre im brasilianischen Teil, und die Venezolaner glauben, er wäre bei ihnen«, sagte Paul.

»Und wir denken, er wäre mitten in Guyana, also bei uns«, meinte Henri.

»Können wir ihn nicht suchen gehen?« fragte Michel.

»Ach, Junge«, Esthelle lachte, »habe ich dich nicht gerade ängstlich fragen hören, ob es hier Schlangen gibt? Und hast du gesehen, wieviel Mühe es uns gekostet hat, fünfzig Meter durch diesen Wald zu gehen, und dabei ist das noch nicht mal der richtige Amazonasregenwald, die Bäume hier sind noch keine zwanzig Jahre alt.«

»Die Europäer haben keine Ahnung, was ein tropischer Regenwald ist, und schon gar nicht, was das Amazonasgebiet ist«, sagte Etienne. »Aber sobald sie das Wort Gold hören, bricht bei ihnen das Goldfieber aus. Das hat schon für das größte Elend in der Welt gesorgt.«

»Schaut mal, da kommt unser Boot«, rief Henri.

Sie sahen, wie sich der Bootsmann über das Seil ans Ufer schob.

»Kommt, wir gehen«, sagte Esthelle.

»Um nie wieder zurückzukehren«, sagte Etienne.

Er bückte sich, pflückte zwei Pokaitongos und blickte nachdenklich auf die Blumen in seiner Hand. Dann steckte er sie vorsichtig in seine Jackentasche.

Als sie wieder auf dem Boot waren, fragte der Bootsmann: »Hat der Masra etwas gefunden?«

»Das Grab unseres Urgroßvaters«, antwortete Henri.

»Toriman«, sagte Esthelle, und Etienne flüsterte: »Die Erkenntnis, daß Ma Rochelle passé ist, endgültig passé.«

Auf Hooiland warteten Herr und Frau Douglas schon auf die Gesellschaft. Die vier Jungen konnten in einem großen Gästezimmer schlafen und ihre Eltern in einem Zimmer daneben. Es wurden ausdrücklich Anweisungen gegeben, wegen der Moskitos, die bei Anbruch der Dunkelheit wie eine große Wolke auftauchten, alle Türen immer geschlossen zu halten. Die Fenster waren mit Moskitonetzen gut geschützt.

»Haben die Häuser der Kulis auch Moskitonetze?« fragte Michel Herrn Douglas.

Herr Douglas lachte. »Nein, Junge, das wäre doch viel zu teuer.«

»Sie wohnen in den ehemaligen Sklavenhütten, nicht?« fragte Esthelle.

»Ja, im Grunde schon«, antwortete Herr Douglas.

»Ja, aber was machen sie denn dann gegen die Moskitos, oder werden sie nicht gestochen?« wollte Michel wissen.

»Sie machen ein Rauchfeuer«, sagte Etienne, »und der Rauch vertreibt die Moskitos.«

An den darauffolgenden Tagen durften die Jungen den weißen Aufseher auf die Felder begleiten, und eines Nachmittags gingen sie auch durch das Dorf der Hindus.

»Ihr Essen riecht anders«, sagte Henri, als sie zurückkamen und Esthelle erzählten, was sie gesehen hatten.

»Ihr habt doch nichts davon gegessen?« fragte Frau Douglas besorgt.

288

»Nein, aber ich hätte es gern getan«, antwortete Michel. Er und vor allem Henri spielten oft mit den beiden Hindukindern, die im Haus der Douglas' wohnten. Die Verständigung war allerdings ein bißchen mühsam, weil Duniya und Radjinder nur Hindu und Englisch sprachen; sie konnten sogar ein wenig Nengre, aber überhaupt kein Holländisch, da Masra und Misi Douglas nur Englisch miteinander sprachen.

Am letzten Abend ihres Aufenthalts unterhielten sich die Männer über die schlechte Wirtschaftslage der Kolonie.

»Alles geht den Bach runter«, sagte Etienne. »Alles verfällt. Ma Rochelle ist nur ein Beispiel, und wer weiß, was uns noch alles bevorsteht. Was soll aus meinen Jungen werden, wenn es um Surinam so schlecht bestellt ist?«

»Rate ihnen, das Land zu verlassen und ihre Zukunft woanders zu suchen«, empfahl Douglas. »Jeder Surinamer, der Karriere machen will, wird das außerhalb Surinams tun müssen. Hier ist nichts mehr zu holen. Das ist alles, was ich dazu sagen kann. Rate ihnen, zu gehen und nur in ihrem Herzen ein Surinamer zu sein.«

Paramaribo, Oktober 1880

LUCIE

Als sie in die Stadt zurückkamen, wurden sie von einer aufgeregten Liliane empfangen, die schon ungeduldig auf sie wartete.

»Oh, Mama«, rief sie, noch ehe sie richtig im Haus

waren. »Paul! Er muß sofort zu Tante Lucie. Onkel Lodewijk geht es gar nicht gut.«

Paul lief nach Hause, wo ihm seine Mutter erzählte, daß Onkel Lodewijk ernsthaft erkrankt sei. Nicht zu Hause, sondern bei Beate. Der Arzt sei schon dagewesen und hätte eine schlimme Lungenentzündung festgestellt. Viel Hoffnung gebe es nicht. Und deshalb sei es besser, daß Lodewijk in sein Haus in der Oranjestraat zurückkäme, obwohl er das Bett eigentlich gar nicht verlassen dürfe. Heute morgen sei Onkel Lodewijks Sohn Freddy bei ihr gewesen, und sie hätten alles in Ruhe besprochen. Gleich würde Freddy zurückkommen, und dann müsse Paul helfen, Onkel Lodewijk mit der Kutsche heimzubringen.

»Sag den Mädchen und ihrer Mutter, daß sie ihn ruhig besuchen können, wenn sie wollen«, sagte Lucie, als Paul und Freddy wegfuhren, um den Schwerkranken für seine letzten Stunden nach Hause zu holen.

Zwei Tage später starb Lodewijk Brederoo in seinem Haus in der Oranjestraat, umgeben von seinen Kindern. Am Tag darauf war die Beerdigung. Auf der einen Seite des Sarges saßen Lucie und Paul, daneben Etiennes Familie und auf der anderen Seite Beate mit ihren Kindern und Schwiegersöhnen. Nach der Trauerfeier tat Lucie etwas, worüber in der Kolonie noch lange gesprochen wurde: Sie ging zu Beate und gab ihr und ihren Kindern die Hand.

Auf Lucies Bitte hin kam Freddy ein paar Tage später, um die Papiere seines Vaters durchzusehen. Lucie, die auf dem Sofa saß, sah ihn zusammen mit Paul am Schreibtisch im Vorderzimmer sitzen, und die beiden unterhielten sich so ungezwungen, daß Lucie die Augen nicht von ihnen abwenden konnte. Sie hörte kaum, was gesagt wurde; es war die Art, wie ihr sechzehnjähriger Sohn mit Freddy sprach, der eigentlich sein Onkel war, und die Ähnlichkeit, die Lucie trafen. Plötzlich wurde sie von der Absurdität des Ganzen überwältigt, von der Absurdität lächerlicher Lebensregeln, die von der Vorherrschaft einer Rasse ausgingen, was Normen und Vorurteile zur Folge hatte, mit denen es sich im Grunde nicht leben ließ. Denn da saßen jetzt der Sohn und der Enkel eines Mannes nebeneinander, ohne daß sie von ihrer Verwandtschaft wußten. Warum hatte Lodewijk nicht bei Beate, die er liebte, bleiben können? Warum hatte er sie heiraten müssen? Warum hatte sie ihre Liebe für Otto geheimhalten und die Existenz ihres eigenen Kindes leugnen müssen? Warum? Warum wurde in Surinam alles und jeder nach seiner Hautfarbe und dem Anteil weißen Blutes, das in seinen Adern floß, beurteilt? Ihr Widerwille gegen all das wurde so stark, daß sie das Gefühl hatte, als würde in ihrem Inneren ein glühendheißer Ball wachsen, ein Ball aus Wut und Aggression. Sie mußte schreien, damit dieser glühendheiße Ball nicht in ihr explodierte und sie vernichtete. Sie konnte es nicht länger unterdrücken, und ein langer, rauher Schrei entfuhr ihr; die Augen weit aufgerissen, hob sie die Arme und schrie ein zweites Mal. Dann fiel sie bewußtlos zu Boden.

Starr vor Schreck blickten Freddy und Paul sie an. Paul kniete sich neben sie und rief ängstlich: »Mutter, Mutter.« Freddy befreite sie von beengenden Kleidungsstücken, Trude wurde zu Hilfe gerufen, und der Kutscher holte schnell den Arzt. Inzwischen legten Freddy und Paul den schlaffen Frauenkörper aufs Bett. Lucie kam wieder zu sich und fing an zu zittern. Sie versuchte zu sprechen, aber es kamen nur unverständliche Laute heraus, und immer wieder entfuhren ihr kleine Schreie. Der Arzt traf ein und untersuchte sie.

»Wahrscheinlich von Gefühlen überwältigt«, sagte er, »hier ist Baldrian, ich werde ihr eine starke Dosis geben.«

Lucies Zähne schlugen gegen das Glas, als sie das Wasser mit den Baldriantropfen trank. Nach einer Weile wurde sie ruhiger.

»Sie wird jetzt einschlafen«, sagte der Arzt, »morgen komme ich wieder.«

»Willst du, daß ich bei dir bleibe?« fragte Freddy, doch Paul schüttelte den Kopf.

»Das ist nicht nötig. Aber kannst du vielleicht meinen Eltern in der Zwartenhovenbrugstraat Bescheid sagen?«

Als er wegging, dachte Freddy, wie schlecht er seinen Vater doch gekannt hatte. Er hatte ihn fast jeden Tag gesehen und immer gewußt, daß er eine gesetzmäßige weiße Ehefrau hatte, bei der er wohnte. Doch sein Vater hatte nie etwas über sein anderes Leben erzählt, über die Frau, die er geheiratet hatte, oder den Jungen, der in seinem Haus aufwuchs.

Und wir meinten immer, seine Frau würde ihn nicht lieben, dachte Freddy.

Paul, der am Bett seiner Mutter auf Etienne und Esthelle wartete, dachte dasselbe: Hat sie Onkel Lodewijk denn so sehr geliebt?

12. KAPITEL

Paramaribo, März 1882

PAUL

In Surinam war das Goldfieber ausgebrochen. Durch die schlechte Wirtschaftslage herrschte große Arbeitslosigkeit, und die ersten bedeutenden Goldfunde hatten vielen Menschen Hoffnung gegeben. Es hatte sich herausgestellt, daß es am oberen Surinam viel Gold gab. 1878 betrug der Goldertrag achtunddreißig Kilogramm, 1879 plötzlich vierhundertfünfundsiebzig! Sollte die Geschichte über El Dorado denn doch stimmen? Lag der Parimasee in Surinam? Es entstanden industrielle Goldbetriebe. Das Gebiet am Oberlauf des Surinam mußte erschlossen werden. Zu diesem Zweck gründete der Goldindustrielle Hijmans einen Linienverkehr mit einer Dampfbarkasse. Vor allem die Arbeitslosen bekamen durch die vielversprechenden Meldungen Hoffnung, und viele Männer zogen allein oder zu zweit in den Urwald, in der Hoffnung, den Fund ihres Lebens zu machen und mit einem Schlag steinreich zu werden.

Die englische Regierung hatte dagegen gedroht, keine Vertragsarbeiter mehr zu schicken, wenn ihre Untertanen nicht besser behandelt würden. Zu viele Menschen starben auf den Plantagen, weil die medizinische Versorgung der Kranken vollkommen unzureichend war. Das Gouvernement wollte sie zwar verbessern, aber wie? Es gab viel zu wenig Ärzte. Jetzt kam höchstens einmal in vier Wochen ein Arzt auf eine Plantage. Früher, in der Sklavenzeit, hatte man dem nie viel Beachtung geschenkt. Da hatte man die Behandlung der Kranken meist den Medizinmännern und Heilerinnen überlassen. Außerdem waren die Schwarzen nicht so oft krank gewesen wie die Kulis.

Aus Angst, daß England seine Drohung wahrmachen würde, beschloß das Parlament in den Niederlanden, eine medizinische Schule zu gründen, auf der sich Surinamer zum Arzt ausbilden lassen konnten. Dann würde jede Plantage über einen eigenen Arzt verfügen.

1882 begann die Ausbildung.

Einer der ersten, der sich auf der neuen medizinischen Schule anmeldete, war Paul. Er hatte schon früher zu seiner Mutter gesagt, daß er gern Arzt werden wollte. Zuerst war es unmöglich erschienen, und er hatte gesehen, daß es seiner Mutter weh tat, als sie ihm sagen mußte, daß sie das nicht bezahlen könne. Er wußte es, viel Geld hatten sie nicht. Seine Mutter hatte zwar noch ihre Entschädigung für die Freilassung der Sklaven, doch davon war auch schon ein Teil verbraucht. Von Onkel Lodewijk hatte sie nicht viel geerbt. Nach seinem Testament bekam sie den Mietertrag von einigen Häusern, so daß sie ein Einkommen hatte, von dem sie einigermaßen gut leben konnte; außerdem durfte sie bis zu ihrem Tod in der Wohnung in der Oranjestraat wohnen bleiben. Doch die wirklichen Erben von Onkel Lodewijks Besitz waren seine und Beates Kinder.

Paul hatte vollstes Verständnis dafür. Warum sollte

Onkel Lodewijk einer Frau, die keine Kinder von ihm hatte, Besitztümer hinterlassen? Seine richtige Familie, das waren für ihn Beate und ihre gemeinsamen Kinder gewesen. Paul dachte an das, was ihm seine Mutter kurz nach Onkel Lodewijks Tod erzählt hatte. Er hatte es eigentlich gar nicht hören wollen, doch sie hatte darauf bestanden und ihm von seinem Vater Otto erzählt, Onkel Lodewijks ältestem Sohn, und der Liebe, die sie für ihn empfunden hatte. Dann hatte sie ihm einen Brief gegeben, den sie all die Jahre extra für ihn aufbewahrt hatte.

Zu Freddy hatte Paul inzwischen ein freundschaftliches Verhältnis. Er und seine Geschwister wußten überhaupt nichts von Ottos Existenz. Das hatte ihr Vater ihnen nie erzählt, und Paul beließ es dabei. Das Verwaltungsbüro unten war aufgelöst worden, und jetzt wohnte dort Onkel Lodewijks Tochter Agnes mit ihrer Familie. Jeden Nachmittag gab sie Klavierunterricht, und dann mußte man oben alle Fingerübungen, Tonleitern und falsch gespielten Etüden mit anhören. Seine Mutter und Agnes unterhielten sich manchmal, nicht wie innerhalb einer Familie, sondern eher wie gute Nachbarn.

ESTHELLE

Esthelle hörte sich Metas Geschichte an. Es ging um Johnny, ihren ältesten Sohn. Der war mit einem Goldgräberunternehmen vier Monate im Landesinneren gewesen und vorgestern zurückgekehrt.

»Krank, todkrank vor Fieber war er gestern«, erzählte Meta. »Und wissen Sie, Misi, was er als erstes gefragt hat, als er wieder zu sich kam? Er wollte wissen, wo sein Vogel ist.«

»Vogel? Welcher Vogel denn?« fragte Esthelle erstaunt.

»Das ist es ja gerade«, sagte Meta, »ich wußte nichts von einem Vogel, bis Doffie mir erzählte, ihr Bruder sei mit einem schwarzen Vogel aus dem Wald zurückgekommen, einer Art Huhn, glaube ich.«

Die zwölfjährige Doffie war Metas jüngste Tochter.

»Die Misi sollte ihn mal sehen«, fuhr Meta fort, »jetzt, wo es ihm wieder etwas besser geht, hält er das Tier den ganzen Tag auf dem Schoß, als wäre es ein Kind. Und wenn ich es ihm nicht verboten hätte, würde das Huhn oder der Vogel oder was es ist, auch noch im Haus schlafen.«

»So?« sagte Esthelle erstaunt. »Das wundert mich aber. Ich habe nie gemerkt, daß Johnny so verrückt nach Tieren ist. Aber wenn er sie wirklich so liebt, kann er sich ja um den Hühnerstall kümmern.«

»Nein, Misi, es muß etwas anderes sein«, sagte Meta, »ich habe gehört, daß alle Goldgräber so ein Tier dabeihaben, wenn sie zurückkommen, und daß sie es alle so verrückt behandeln.«

»Wenn das mal keine Schwierigkeiten gibt«, sagte Etienne, als ihm Esthelle später am Nachmittag von Johnny und seiner plötzlichen Vogelliebe erzählte; aber ehe er seiner Frau erklären konnte, welche Schwierigkeiten er meinte, rief Felina von unten: »Misi Esthelle, kommen Sie schnell, helfen Sie doch.«

»Ach du lieber Himmel, es ist sicher etwas mit Daantje«, rief Esthelle und lief nach unten.

Es war tatsächlich Daantje, die wieder einen schlimmen Filarioseanfall hatte. Im Fiebertraum hatte sie sich so heftig hin und her geworfen, daß sie aus dem Bett gefallen war und jetzt auf dem Boden lag. Esthelle mußte Etienne und Armand zu Hilfe rufen, damit sie sie aufs Bett zurücklegten. Jedesmal, wenn Daantje aus dem Delirium erwachte, weinte sie vor Schmerzen und schlug wild um sich, weil sie in ihrem Wahnzustand glaubte, ein anderer würde sie so quälen. Felina versuchte alles mögliche, um ihre Schmerzen zu lindern: kalte Kompressen, Bananen- und Tabakblätter und geriebene grüne Bananenschale. Jedesmal, wenn sie von einem neuen Hausmittel hörte, wurde es bei einem Anfall auf Daantjes Beine gelegt, doch nichts half. Die Anfälle kamen immer häufiger, und danach waren Daantjes Beine noch geschwollener und ihr Körper noch abgezehrter. Sie konnte sich jetzt nur noch mühsam fortbewegen, weil ihre Beine so dick und schwer waren.

Dieser Anfall schien besonders schlimm zu werden. Von Zeit zu Zeit schrie sie auf, zitterte und zuckte, um schließlich so still dazuliegen, daß es aussah, als wäre sie tot.

»Ich weiß, daß der Arzt eigentlich nichts für sie tun kann, aber hol ihn trotzdem, Armand. Sie ist zu krank, um so in die Nacht zu gehen«, sagte Esthelle.

Felina ging auf den Hof, um aus ihrem Zimmer Kampferspiritus zu holen. Wenig später kam sie aufgeregt mit der Nachricht zurück, die Polizei sei auf dem Hof.

»Misi, kommen Sie schnell, sie fragen nach Johnny«, sagte sie ängstlich.

Zwei Polizisten fragten tatsächlich nach Johnny, der gleichgültig angeschlendert kam.

Der Chef des Goldgräberunternehmens hatte eine Klage gegen Johnny eingereicht, weil der angeblich Pipietjes,

Goldstücke von der Größe eines Maiskorns, unterschlagen hatte.

»Ich habe nichts unterschlagen«, sagte Johnny.

Johnny mußte seine Kleider und seine Reisekiste aus Holz holen. Alles wurde durchsucht, aber nichts gefunden. Dann ging einer der Polizisten zu dem Hühnerstall und sah prüfend hinein.

»Komm mal her«, rief er seinem Kollegen zu, und dann zeigte er auf den schwarzen Vogel, den Johnny in den letzten Tagen so umsorgt hatte, den er beim Anblick der beiden Polizisten jedoch schnell in den Stall zwischen die anderen Hühner gesetzt hatte.

»Das Huhn da«, sagte der Polizist.

»Das gehört der Frau vorn«, sagte Johnny.

»Hol es raus«, befahl der Polizist.

Meta ging in den Stall, und die Hühner schossen gackernd zur Seite. Der schwarze Vogel wollte hochfliegen, aber das ging nicht, denn Johnny hatte seine Flügel gestutzt. Als Meta dem Polizisten das Huhn gab, sah sie ihren Sohn giftig an und sagte nur: »Hmm.«

Der Polizist betastete den Kropf des Vogels und sagte: »Ein Messer.«

»Geben Sie her«, sagte Meta, »ich schlachte es schon«, und fachmännisch schnitt sie den Kopf des Vogels ab und holte den Kropf heraus. Als der aufgeschlitzt wurde, stellte sich heraus, daß mehr als zehn Pipietjes darin versteckt waren. Die Polizisten fingen sie in einem Taschentuch auf und sagten zu Johnny: »Komm mit auf die Wache.«

Einen Augenblick später erzählte Meta Esthelle und Etienne in Tränen aufgelöst, was passiert war.

»Das hatte ich mit Schwierigkeiten gemeint, als du mir

erzähltest, Johnny hätte einen Vogel«, sagte Etienne. »Fast alle Goldgräber haben so ein Tier, einen Powisie. Es ist eine Art Elster, ein Vogel, der glitzernde Gegenstände verschluckt. Und die Goldgräber wollen oft nicht das ganze Gold, das sie gefunden haben, abgeben.«

»Werden sie Johnny auf der Wache behalten, kommt er jetzt ins Gefängnis?« fragte Meta weinend. »Helfen Sie ihm, bitte, Masra, helfen Sie ihm.«

»Ich werde zu seinem Chef gehen und sehen, ob er die Anklage zurückzieht, jetzt, wo er sein Gold wiederhat«, sagte Etienne und zog seine Schuhe an.

Inzwischen war unten der Arzt eingetroffen. Auch Misi Constance war gekommen. Sie war jetzt eine alte Frau, die sich mühsam bewegte, sehr vergeßlich und häufig sogar verwirrt war. Dann meinte sie, sie wäre auf Ma Rochelle und Etienne wäre ihr Mann. Doch jetzt wußte sie ganz genau, worum es ging. Es ging um ihre Enkelin Danielle.

»Sie leidet sehr, Herr Doktor«, sagte sie, während sie auf einen Stock gestützt neben dem Bett stand.

»Ich weiß, Frau Couderc«, antwortete der Arzt, »Filariose ist eine schreckliche Krankheit, und wir können so wenig tun. Geben Sie ihr dieses Schmerzmittel«, und er legte ein paar Pillen in Misi Constances Hand.

Als der Arzt weg war, sagte die alte Frau: »Ach, Esthelle, vielleicht ist es nicht richtig, daß ich so etwas sage, aber ich bete jeden Tag, daß Gott zuerst meine Danielle zu sich nimmt, ehe er mich holt.«

»Sie leidet, Misi, und wir werden alles tun, damit das Leben für sie erträglicher ist«, sagte Esthelle leise, denn Daantje war jetzt etwas ruhiger geworden.

»Ich weiß, Esthelle, ich weiß, daß du für sie sorgst, auch wenn ich nicht mehr da bin, aber ihr Leben ist so nutzlos, so sinnlos. Wozu lebt dieses arme Kind? Nur, um so viele Schmerzen zu erleiden? Schmerzen, die für jeden von uns unerträglich wären und für sie völlig unverständlich sind. Schick Etienne bitte zu mir, tust du das, ja?«, und mit diesen Worten drehte sie sich um und verließ das Zimmer. Felina seufzte und legte von neuem kalte Kompressen auf Danielles rote, geschwollene Beine.

Am nächsten Morgen kam Meta mit Johnny auf die Hintergalerie. Die Polizei hatte ihn am Abend zuvor freigelassen, nachdem sein Chef die Anklage zurückgezogen hatte. Er wollte Johnny jedoch nicht länger beschäftigen.

»Erzähl Misi Esthelle, warum du dem Mann das Gold gestohlen hast. Na los, erzähl es schon, unten hattest du doch auch so ein großes Mundwerk. Sag es, Misi Esthelle soll es auch hören.«

»Ich hab gesagt, daß das Gold dem Mann nicht gehört«, sagte Johnny. »Sehen Sie, Misi Esthelle, mein Chef sitzt hier gemütlich in der Stadt, während wir uns da draußen im Wald für ihn abschuften. Was habe ich dort gelitten! Monatelang hatte ich eingerissene Mundwinkel, ich lag im Fieberdelirium, und von morgens früh bis abends spät stand ich bis zu den Knien im Schlamm. Ich mußte mich vor Klapperschlangen und Raubtieren in acht nehmen und fror mich in einer offenen Hütte zu Tode. Und mein Chef? Der hat nur für die Bootsreise, das Werkzeug und das Essen gesorgt, aber gelitten hat er nicht. Ich hatte ihm schon zwanzig Pipietjes gegeben, mehr als die Hälfte, der Rest war für mich. Ich habe nicht gestohlen. Er bestiehlt mich, dieser Ausbeuter. Ist die Sklavenzeit denn nicht vorbei? Müssen wir immer arbeiten, damit andere reich werden? Sind wir immer noch Sklaven?«

Der arme Junge hat recht, dachte Esthelle, aber trotzdem, ein Mensch mußte sich an seine Abmachungen halten.

»Es hängt von dem Vertrag ab, den du schließt. Wenn darin steht, daß du alles, was du findest, abgeben mußt, mußt du das auch tun«, sagte sie zu Johnny.

»Ja, Misi, das weiß ich jetzt, deshalb werde ich auch nicht mehr für einen anderen arbeiten, sondern nur noch für mich selbst. Ich werde sparen und mich als Goldgräber selbständig machen.«

Zu Meta sagte Esthelle: »Wenn du ihm helfen willst, mußt du dafür sorgen, daß er allein auf Goldsuche gehen kann, denn er hat recht.«

In den nächsten Tagen verschlimmerte sich Danielles Zustand. Das Fieber stieg so, daß sie ins Koma fiel und zwei Tage später starb, ohne das Bewußtsein wiedererlangt zu haben. Misi Constance ging nicht mit zur Beerdigung. Sie nahm zu Hause von ihrer Enkelin Abschied und sagte: »Danielle, mein Kind, ich bin ganz schnell bei dir.«

Einen Monat nach Danielles Tod kam Felina morgens leise die Treppe herauf. Flüsternd sagte sie zu Esthelle: »Ich glaube, Misi Constance ist tot, sie liegt so still da.«

Tatsächlich fand Esthelle ihre Schwiegermutter friedlich eingeschlafen, mit einem Lächeln auf den Lippen.

»Weißt du, was sie an dem Abend, als Daantje so krank

war, zu mir gesagt hat?« fragte Etienne Esthelle. »Wir seien die letzten richtigen Franzosen in Surinam. Jetzt gibt es nur noch Lucie und mich.«

Etienne

Jetzt, wo seine Mutter tot war, verstand Etienne, daß es für sie wichtig gewesen war, feststellen zu können, daß sie eine echte »Française« war. Ihm sagte so etwas nicht viel, aber vielleicht hatten andere ja das Bedürfnis zu wissen, was ihre Wurzeln waren. Was sind die Wurzeln meiner Kinder? dachte Etienne, und was werden die meiner Enkel sein?

Es gab soviel Uneinigkeit in der Welt, und selbst ihr kleines, friedliches Surinam schien nun eine Quelle gegenseitiger Feindschaft zu sein. Man mußte sich nur ansehen, welche Probleme durch das Gold entstanden waren. Dieses gesegnete, aber auch verfluchte Gold. Gouverneur Sypesteyn, dieser wirklich gute Gouverneur, der soviel für das Land getan und sich als echter Surinamer gefühlt hatte, dieser Mann ging jetzt weg, nachdem er sein Amt hatte niederlegen müssen. Der Grund dafür war ein heftiger Streit mit den Brüdern De Jongh, seinen ehemals besten Freunden. Erbitterte Feinde waren sie jetzt, und warum? Wegen des Goldes! Der Gouverneur hatte den De Jonghs ein Stück Land gegeben und anschließend dasselbe Stück noch mal einem anderen. Wahrscheinlich keine böse Absicht, sondern die Folge mangelhafter Karten. Nachdem sich herausgestellt hatte, daß es so viel Gold in dem Gebiet gab, nahmen ihm beide Parteien die Sache übel, und die

Angelegenheit entwickelte sich zu einem richtigen politischen Skandal.

»Esthelle, bete, daß unsere Kinder nie etwas mit Gold zu tun haben«, sagte Etienne zu seiner Frau, die am anderen Tischende saß und Schularbeiten nachsah.

»Mein Lieber, wieviel Einfluß kann man als Eltern schon auf seine Kinder ausüben? Nicht viel, wenn sie schon erwachsen sind, denke ich. Wenn wir wollen, daß sie nicht vom Goldfieber gepackt werden, müssen wir dafür sorgen, daß sie immer ein Auskommen haben, und das geht nur, wenn wir ihnen eine gute Berufsausbildung ermöglichen.«

Einige Tage später erfuhren sie, daß Constance und vor allem Danielle ein beträchtliches Vermögen hinterlassen hatten, und Etienne konnte ebenso wie seine Geschwister einen sehr ansehnlichen Betrag in Empfang nehmen.

Plötzlich hatte Lucie Geld, um sich einen großen Wunsch zu erfüllen, nämlich Paul in Holland studieren zu lassen. Sie kam zu Etienne, um die Sache mit ihm zu besprechen, und er freute sich für sie und Paul. Da es nichts gab, das Lucie in Surinam hielt, beschloß sie, mit Paul mitzugehen. Es fiel Paul schwer, Abschied von der Familie zu nehmen, die er so lange als seine betrachtet hatte, doch wie jeder Achtzehnjährige war er davon überzeugt, daß ein Mann Surinam verlassen mußte, wenn er etwas aus seinem Leben machen wollte.

Vor allem zu Beginn schrieb er lange Briefe, in denen er von seinen Erlebnissen und Erfahrungen in dem fremden Land berichtete. Am meisten staunte er darüber, daß die Holländer überhaupt nichts über Surinam wußten.

*Sie denken, schrieb er, unser Land läge irgendwo
in Ostindien, und sie sind ganz überrascht, daß wir
Niederländisch sprechen. Wenn man bedenkt, daß wir
in Surinam immer alles über das einzigartige Holland
lernen und jedes noch so kleine Dorf und jeden Bach
auf der Karte finden mußten! Manchmal rufen mir
die Leute auf der Straße nach. Und wißt ihr, was?
Pupschinese, Erdnußfresser. Als ich es zum ersten Mal
hörte, habe ich mich erstaunt nach einem Chinesen
umgesehen, bis ich merkte, daß ich damit gemeint
war. In den Augen der meisten Holländer ist jeder
Farbige ein Chinese. Ist das nicht zum Lachen? Was
für ein Privileg ist es doch, in dem armen, dörflichen
Surinam aufwachsen zu dürfen, wo man von seiner
Geburt an weiß, daß es viele Arten von Menschen gibt.*

Auch Felina wurde in Misi Constances Testament be-
dacht. Sie erhielt dreihundert Gulden, von denen sie
hundert sofort Johnny gab, damit er sich als Goldgräber
selbständig machen konnte.

JOHNNY

Es war geschafft. Mit dem Geld, das ihm seine Großmutter gegeben hatte, hatte Johnny alles gekauft, was
er als selbständiger Goldgräber brauchte: eine Metallschale, die Sand und Gold voneinander trennte, eine
Schaufel, ein Buschmesser und vor allem genügend
Nahrung, um es eine Weile im Wald auszuhalten.
Johnny wußte, daß es nicht einfach sein würde, allein
loszuziehen, und so hatte er sich mit Baas Feni, einem

erfahrenen Goldgräber, zusammengetan. Kennengelernt hatte er ihn, als er noch für das Goldgräberunternehmen arbeitete. Eines Tages war er in einem seiner seltenen freien Augenblicke ein Stück weiter den Creek hinuntergegangen. Dort hatte er den alten Goldgräber damit beschäftigt gefunden, die goldhaltige Erde zu waschen. Bei ihm ging alles ganz anders als bei dem Unternehmen, wo eine Art Mine angelegt worden war. Johnny war danach noch häufiger zu dem Mann gegangen, um ihm bei der Arbeit zuzusehen; er hatte ihm ein paarmal etwas von seiner Schnaps- und Tabakration abgegeben, und so war eine Art Freundschaft entstanden. Manchmal ging er abends zu der Hütte des Mannes, und dann erzählte der ihm vom Leben und den Abenteuern der Poknokker, der selbständigen Goldgräber. Als Johnny merkte, daß der Mann weiterziehen wollte, hatte er ihn gefragt, ob er ihn beim nächsten Mal begleiten dürfe. »Wenn du alles hast, was ein guter Poknokker braucht«, antwortete Baas Feni. »Nicht nur hier«, er zeigte auf seine Hände, »sondern auch hier«, er wies auf seine Stirn, »vor allem aber hier«, und er legte die Hand auf sein Herz. Jetzt zog er also zusammen mit Baas Feni los. Nach einer langen Reise mit der Dampfbarkasse kamen sie in das Goldschürfgebiet.

»Hör zu, Junge«, sagte der ältere Mann, »wir Poknokker hier im Wald haben unsere eigenen Regeln. Halte dich daran und tu, was ich sage. Erstens: Bleib in deinem eigenen Gebiet, und zweitens: Teil alles ehrlich mit deinem Partner.«

Am ersten Tag bauten sie ihre Hütte, und anschließend gingen sie zu einem Creek, wo Baas Feni ihm genau erklärte, worauf er achten mußte. Johnny wußte schon einiges vom letzten Mal, doch jetzt war es anders, weil sie viel weniger Werkzeug hatten und viel mehr mit der Hand machen mußten. Todmüde legte er sich am ersten Abend in seine Hängematte. Er war so erschöpft, daß er nicht schlafen konnte, und als er endlich einschlief, träumte er vom Gold.

Jeden Tag standen sie im Creek. Abends hatte Johnny vom langen Bücken das Gefühl, als wäre sein Rücken gebrochen, seine Handgelenke schmerzten vom ständigen Herumdrehen der Metallschale, und seine nackten Füße waren vom Wasser so aufgeweicht, daß die Hornhaut unter seinen Füßen ganz weich geworden war. Manchmal war er krank und glühte vor Fieber, einige Tage so schlimm, daß er überhaupt nicht arbeiten konnte. Baas Feni kümmerte sich um ihn, gab ihm zu trinken und sorgte dafür, daß der Becher aus Chinarinde jeden Abend mit Wasser gefüllt wurde, das er morgens gegen die Malaria trinken mußte. Er fand Gold, Pipietjes und Goldstaub, und jeden Tag hoffte er von neuem, daß dies der große Tag werden würde, an dem er mit seiner Schaufel auf den riesigen Goldklumpen stieß.

Als Johnny drei Monate später spindeldürr, mit hohlen Wangen und fiebrig glänzenden Augen in die Stadt zurückkam, war er zufrieden. Er hatte Gold gefunden, und vor allem die zweite Regel war wichtig gewesen, denn Baas Feni hatte viel mehr gefunden, aber alles ehrlich mit ihm geteilt. Herrliches Eldorado!

Er verkaufte das Gold, gab seiner Mutter und Großmutter Geld, kaufte für seine Geschwister etwas Schönes, legte etwas Geld auf die Seite und ging oft mit seinen Freunden aus. Nach einigen Monaten war das Geld alle, und er bereitete sich darauf vor, zum zweiten Mal als

Poknokker in den Wald zu gehen. Er machte sich auf die Suche nach Baas Feni, doch der war schon weg. Guter Dinge zog Johnny los, er würde seinen Freund sicher an der gewohnten Stelle im Wald finden.

DOFFIE

Nach einer zweijährigen Verlobungszeit hatte Liliane Edward Bueno Bibaz geheiratet, den Sohn eines jüdischen Kaufmanns und einer Mulattin, der gerade die Prüfung zum Grundschullehrer bestanden hatte. Das junge Paar konnte sofort in Misi Constances Wohnung einziehen. Mit Hilfe von Etienne und Edwards Eltern und dank ihrer eigenen Ersparnisse hatten sie neue Möbel gekauft, denn Esthelle meinte, es sei nicht gut, die alten Sachen der Großmutter zu übernehmen. Dabei dachte sie daran, daß ihre Schwiegermutter ihre farbigen Enkel eigentlich nie geliebt hatte, doch das sagte sie nicht laut. Ein paar der alten Möbelstücke wurden verkauft, andere verschenkt, und auch die Leute auf dem Hof durften sich heraussuchen, was sie haben wollten. Meta hatte Daantjes alten Schaukelstuhl wieder hergerichtet und Misi Constances Bett in ihr Häuschen gestellt, und jetzt ging sie nach vorn, um Misi Esthelle zu sagen, daß es paßte, nur die Tür ging nicht mehr ganz auf, aber das war nicht so schlimm, schließlich kam sie noch hinein. Außerdem hatte Meta noch etwas anderes zu erzählen. Misi Esthelle wußte doch, daß ihre Doffie so schön singen konnte. Das wußten alle, denn Doffie sang bei allem, was sie tat. Sie besuchte eine der Herrnhuterschulen, und einmal hatte sie sogar schon in der

Kirche singen dürfen. Doffies Lehrerin war eine Freundin von Frau Jonghans, der Witwe eines angesehenen Herrnhuters. Frau Jonghans hatte so eine helle Hautfarbe, daß sie gut und gern als Weiße durchging. Sie verstand viel von Musik und Gesang, und nach dem Tod ihres Mannes eröffnete sie in ihrem Haus in der Steenbakkerijstraat ein kleines Internat für Mädchen, deren Väter Pflanzer waren oder als Direktor oder Arzt auf einer Plantage arbeiteten. Außerdem gab sie Mädchen aus der Mischlingselite Gesangsunterricht und studierte mit ihnen Operetten ein, die manchmal auch aufgeführt wurden.

Weil Doffie so eine schöne Stimme hatte, hatte ihre Lehrerin dafür gesorgt, daß sie nach der Schule bei Frau Jonghans arbeiten durfte, dann konnte sie ab und zu mitüben und bekam Gesangsunterricht.

»Jetzt geht Doffie jeden Tag dorthin und macht bei den jungen Damen mit. Misi Jonghans findet Doffies Stimme so schön, so schön. Sie üben jetzt für eine Operette, vielleicht kann Doffie sogar mitmachen«, beendete Meta ihre Geschichte.

»Ich dachte, diese Frau Jonghans sei eine eingebildete Person, aber ich habe mich wohl in ihr getäuscht«, sagte Esthelle später zu Liliane, »denn Doffie darf bei den anderen Mädchen mitmachen, und Meta hat nichts davon gesagt, daß Frau Jonghans eine Bemerkung über Doffies dunkle Hautfarbe gemacht hätte.«

Solange sich Doffie erinnern konnte, hatte sie gesungen. Als sie in die Schule kam und Lieder lernte, sang sie alles, was sie kannte, hintereinander und fing dann wieder von vorn an. Jeder sagte, daß sie eine schöne

Stimme hätte, und in der Schule durfte sie immer vorsingen. Die letzten beiden Jahre hatte sie am Heiligen Abend in der großen Stadtkirche gesungen, und alle hatten sie gehört und gesehen.

Deshalb durfte sie jetzt zu Frau Jonghans gehen, die all den vornehmen weißen und hellhäutigen Mädchen Musik- und Gesangsunterricht gab. Als Doffie zum ersten Mal dorthin kam, war Frau Jonghans auf der Hintergalerie.

»Du bist also Adolfine«, sagte Frau Jonghans, und Doffie antwortete: »Ja, Misi.«

»Nicht Misi, Mädchen«, sagte Frau Jonghans streng, »du mußt Frau Jonghans sagen. Und denk daran, du bist hier bei kultivierten Leuten, also kein Wort Nengre.«

»Ja, Mi... äh... ja, Frau Jonghans«, flüsterte das Mädchen.

Anschließend mußte Doffie gleich in die Küche auf dem Hof, um dort zu helfen. Nach dem Unterricht aßen die jungen Damen an einem langen Tisch, Frau Jonghans am Kopfende, direkt neben ihr zwei echte weiße Mädchen, dann drei fast weiße, genau wie Frau Jonghans selbst, und am Ende des Tisches zwei Mulattinnen, die etwas dunkler waren und krause Haare hatten. Doffie aß natürlich nicht am Tisch mit. Sie betrat den Hof durch die Negerpforte und mußte zuerst Afi in der Küche helfen. Wenn die Damen ihre Mahlzeit beendet hatten, mußte Doffie den Tisch abräumen, erst danach bekam sie selbst etwas zu essen. Anschließend mußte sie schnell das Geschirr spülen, denn um ein Uhr fing der Unterricht in der Herrnhuterschule wieder an.

Nach dem Nachmittagsunterricht ging sie um halb drei

wieder zu Frau Jonghans. Sie mußte die Gänge und die Treppe fegen, die Schuhe der jungen Damen putzen, und um vier Uhr begann die Gesangsstunde. Dann durfte sie auf die Galerie hinter der Vorhalle gehen, wo die Internatsmädchen mit den anderen Gesangsschülerinnen schon warteten. Doffie mußte helfen, Möbel zu verrücken, damit die Gruppe genug Platz zum Üben hatte, und anschließend wurde sie vor die Tür geschickt, bis Frau Jonghans sie hereinrief, um mitzumachen. Ab und zu bekam sie auch einen Befehl wie: »Hol einen Stuhl.« Oder: »Mach das Fenster zu«, aber keines der anderen Mädchen sprach wirklich mit ihr, und niemand nannte sie Doffie, sie war immer Adolfine.

Jetzt übten sie die Operette »Die Frühlingskönigin«.
Doffie fand die Lieder wunderschön. Eine Freundin von Frau Jonghans begleitete die Gruppe auf dem Klavier. Zuerst wurden wochenlang alle Lieder geübt. Die Mädchen machten immer wieder Fehler. Dann wurde Doffie hereingerufen und mußte es ihnen vorsingen. Später zeigte Frau Jonghans ihren Schülerinnen, wie sie sich bewegen mußten. Bei den Übungen durfte Doffie nicht mitmachen. Sie schaute von der Tür aus zu, und wenn niemand auf sie achtete, ging sie auf die Galerie und machte hinter der Tür alle Bewegungen genauso, wie sie sein sollten.

Eigentlich verstand Doffie nicht ganz, wie eine Operette funktionierte. Sie mußte zwar alle Lieder der Frühlingskönigin singen, aber sie begriff, daß nicht sie, sondern ein dickes holländisches Mädchen, die Tochter eines reichen Geschäftsführers, die Rolle bekam. Wenn sich Miepje – so hieß das Mädchen – nicht richtig bewegte, ließ Frau Jonghans Doffie vortanzen, und Miepje mußte hinter ihr gehen und alles genau nachmachen. Auch die anderen Schülerinnen hatten alle eine Rolle zugeteilt bekommen. Je weißer und reicher das Mädchen war, desto größer war seine Rolle, egal, ob es nun gut singen konnte oder nicht. Eine Schneiderin nähte prächtige rosa, blaue, hellgelbe und grüne Kostüme. Sie waren alle wunderschön, aber Doffie wußte nicht, welches für sie war. Das kleinere Mulattenmädchen spielte einen dummen Zwerg und das andere einen Holzhacker im Wald; beide sangen nur zweimal ein kurzes Lied.

Die Frühlingskönigin würde ein prachtvolles Kleid aus breiten rosa Stoffbahnen tragen, in denen verschiedenfarbige Blumen verarbeitet waren, und Miepjes lange, blonde Haare würden offen herunterhängen, geschmückt mit einem Blumenkranz.

Jeden Abend übte Doffie zu Hause. Wenn es noch hell war auf dem Hof, und wenn es schon dunkel war drinnen. Schon bald kannten ihre Familie und auch die Leute aus dem großen Haus alle Lieder der Frühlingskönigin, und jeder wartete mit Doffie gespannt auf den großen Tag der Aufführung.

ESTHELLE

Alle gingen mit zum Thaliatheater, um Doffie in der Operette »Die Frühlingskönigin« zu sehen. Esthelle hatte Metas Worten entnommen, daß Doffie die Hauptrolle spielen und singen würde, denn Meta hatte ihr Kind monatelang üben sehen und von dem großen Tag erzählen hören. Deshalb saßen jetzt außer ihr und ihrem zweiten Sohn auch Seri und ihre Kinder sowie alle Coudercs im Saal.

Als sie einen Blick ins Programmheft geworfen hatte, flüsterte Liliane ihrem Mann und ihrer Mutter zu: »Ich sehe nirgends Doffies Namen.«

»Nein, ich auch nicht«, sagte Esthelle. Sie schaute sich um und sah, daß außer ihren Angestellten und deren Kindern nur noch zwei Schwarze im Saal saßen.

Kurz darauf ging der Vorhang auf, und die Operette begann. Die Frühlingskönigin saß mitten auf der Bühne, umgeben von ihren Blumenfeen, die zusammen ein Lied sangen. Dann erhob sich die Frühlingskönigin und sang allein ein Lied, wobei sie die Feen nacheinander mit ihrem Stab berührte.

»Das ist Doffies Stimme«, flüsterte Liliane.

»Das ist Doffie, die da singt«, murmelten Meta und Seri, und auch die Coudercs sahen sich erstaunt an.

Es war tatsächlich Doffies Stimme, doch niemand sah sie. Man sah nun die blonde Frühlingskönigin über die Bühne gehen und ihren Mund öffnen und schließen, als würde sie singen.

»Was für eine Gemeinheit«, flüsterte Esthelle aufgeregt, »und die ganze Zeit dachte Doffie, sie würde die Rolle spielen. Ich gehe, hier bleibe ich nicht länger.«

»Bleib sitzen, Esthelle«, sagte Etienne, »damit hilfst du Doffie auch nicht.«

»Warum machen sie das mit meinem Mädchen, das arme Kind?« sagte Meta, aber sonst sagte sie nichts. Mit geschlossenen Augen lauschte sie dem schönen Gesang ihrer Tochter.

In der Pause versuchte Esthelle, hinter die Kulissen zu

kommen, um mit Doffie zu sprechen, aber das war unmöglich, denn alle Türen waren verschlossen. Am Ende des Stückes standen alle Spieler auf der Bühne. Frau Jonghans wurde nach vorn gerufen und nahm einen herzlichen Applaus in Empfang; alle Spieler wurden einzeln beim Namen genannt, und auch sie erhielten kräftigen Beifall.

Währenddessen war Etienne aufgestanden und nach vorn gegangen. Über eine Seitentreppe betrat er die Bühne und verschwand zwischen den Kulissen. Dann stand er plötzlich mit Doffie an der Hand auf der Bühne, und mit lauter Stimme rief er: »Meine Damen und Herren, ich bitte um einen herzlichen Applaus für Doffie, die die Rolle der Frühlingskönigin so wunderschön gesungen hat.«

Esthelle, Liliane und die Jungen begannen, laut zu klatschen, und Armand und Michel riefen: »Bravo, bravo.« Die anderen stimmten mit ein, und Doffie strahlte.

Frau Jonghans, die zuerst erschrocken war, faßte sich schnell wieder, als sie merkte, daß ein weißer Mann Doffie auf die Bühne geholt hatte. Sie begann, ebenfalls zu klatschen, und schließlich klatschten alle auf der Bühne mit.

»Doffie sollte Frau Jonghans mal fragen, warum sie zwar singen, aber nicht mitspielen darf«, riet Esthelle, als sie mit Meta über die Aufführung sprach.

»Sie hat gefragt, Misi«, erzählte die ein paar Tage später. »Und wissen Sie, Misi, was ihr Frau Jonghans geantwortet hat? Operette sei nur etwas für Weiße!«

Einige Wochen nach der Aufführung kam Esthelle nachmittags von der Schule nach Hause. Sie und ihre jüngste

Tochter Justine waren immer die ersten, danach kamen Liliane und die Jungen. Erstaunt sah Esthelle, daß im Haus nichts erledigt war. Der Frühstückstisch war nicht abgeräumt, die Böden nicht gefegt, der Mittagstisch nicht gedeckt. Was war los? Wo war Meta?

Sie ging wieder nach unten und schaute in Metas Zimmer. Da fand sie die Frau in Tränen aufgelöst auf dem Boden sitzend.

»Was ist, Meta? Was ist los, bist du krank?«

»Ach, Misi«, sagte Meta tieftraurig, »es ist wegen Johnny.«

»Was ist mit Johnny?« fragte Esthelle besorgt.

»Er ist tot, Misi, er ist tot, sehen Sie hier. Das ist alles, was von ihm übrig ist.« Und sie zeigte auf ein Kleiderbündel und einen Kochtopf.

»Mein Junge, mein armer Johnny. Heute morgen kam sein Freund Baas Feni, mit dem er zusammen auf Goldsuche ging, um es mir zu erzählen. Ach, es ist so schlimm, so schlimm. Gleich als er dort ankam, wurde Johnny krank. Fieber, Malaria, aber trotzdem wollte er arbeiten. Doch das Fieber war so hoch, und Johnny wurde jeden Tag schwächer, und dann ist er gestorben. Sein Freund... Baas Feni... Johnny ist in seinen Armen gestorben. Allein, mein armer Junge, ohne seine Mutter, ohne seinen Bruder, mein armer Johnny. Baas Feni hat ihn begraben.«

»Oh, Meta, wie schlimm, wie schlimm.« Auch Esthelle brach in Schluchzen aus.

»Sehen Sie, das hier hatte er gefunden«, sagte Meta. Sie knöpfte ein Taschentuch auf und zeigte Esthelle fünf Pipietjes. »Fünf Pipietjes, Misi, für fünf Pipietjes ist mein Junge gestorben. Was soll ich nur tun? Ich habe nichts von ihm, nicht mal ein Grab.«

314

Esthelle schlang ihre Arme um Meta. »Ach, Meta, wie schlimm, wie schlimm, dein armer Johnny. Er wollte so gerne Geld verdienen, um dir zu helfen.«
Als Etienne hörte, daß Johnny im Landesinneren bei der Goldsuche ums Leben gekommen war, rief er: »Oh, dieses elende Gold! Dieses verfluchte Eldorado!«

13. Kapitel

Paramaribo, 1891

Etienne

»Schau, Papa, es war so ein Kasten, so groß etwa, auf
dem lag eine Art Scheibe und daneben ein großes Horn.
Der Mann legte eine runde, schwarze Scheibe mit ganz
vielen feinen Rillen auf den Kasten. Dann drehte er eine
Kurbel an der Seite, setzte die Spitze einer Nadel, die an
einem Metallarm befestigt war, in die äußerste Rille, und
plötzlich kam eine Stimme aus dem Horn. Jemand sang,
man hörte Musik, und es war, als würde der Mann
direkt neben einem singen. Phantastisch, nicht?« Begeistert erzählte die fünfzehnjährige Justine ihrem Vater
vom Wunder der sprechenden Maschine. Am Abend
zuvor hatte die Anzeige in der Zeitung gestanden: Edi-
sons Phonograph, die sprechende Maschine. Bestaunen
Sie das Weltwunder selbst im Hotel Van Emden, Eintritt
ein Viertelgulden. Wie viele andere waren auch Justine
und ihre Schulfreundinnen hingegangen.
Etienne lächelte, als er seine Tochter so aufgeregt erzählen hörte.
»Ja, Mädchen«, sagte er, »sie erfinden so allerlei heutzu-
tage.«
Aber eigentlich hatte Etienne anderes im Kopf als das
größte Weltwunder, denn Herr Cateau van Rosevelt, ein

guter Freund von ihm, war ernsthaft krank. Alle wußten es, und es schien, als hätte der Mann nicht mehr lange zu leben. Tatsächlich wurde zwei Tage später bekannt, daß er gestorben war. Allerorts herrschte große Niedergeschlagenheit.

»Er ist hier nicht geboren, aber trotzdem war er einer der großen Söhne dieses Landes«, sagte Etienne zu Esthelle, und sie nickte, denn sie wußte, welche Bedeutung Herr Cateau van Rosevelt für Surinam gehabt hatte.

»Von allen Plantagen kommen Hindus hierher, um ihm die letzte Ehre zu erweisen.«

»Ja, er war ihr Papa Rosevelt, ihr Kulipapa. Er war wie ein Vater für sie«, sagte Esthelle.

»Eigentlich war er ein Vater für ganz Surinam, denn was hat dieser Mann in den sechsundvierzig Jahren, die er hier gelebt hat, nicht alles für das Land getan«, sagte Etienne, und er dachte an seinen Freund, der damals als Leichtmatrose auf einem holländischen Frachter nach Surinam gekommen und dort geblieben war. Er hatte das Land und die Menschen sofort in sein Herz geschlossen. Seine erste Stelle hatte er 1845 als Zweiundzwanzigjähriger als Kanonier im Fort Nieuw Amsterdam. Bald darauf wurde er Offizier, studierte sogar Mathematik, Vermessungskunde, Bauwesen und Geographie. Jahrelang war er der Leiter des Baudezernats, und viele Male zog er als Expeditionsleiter ins Landesinnere. Durch exakte Messungen und mit Hilfe astronomischer Beobachtungen gelang es ihm nach vielen Jahren, die erste zuverlässige Karte Surinams zu erstellen, die bis weit über die Landesgrenzen hinaus berühmt wurde. Auch in seinem Privatleben wurde er ein echter Surinamer. Sein Freund De Miranda heiratete eine Sklavin, die er freigekauft hatte. Um ihr eine Freude zu machen, kaufte er auch gleich ihre Mutter und Schwester frei, und Cateau van Rosevelt heiratete die Schwägerin seines Freundes, eine Mulattin und ehemalige Sklavin.

Als die Hindus als Vertragsarbeiter nach Surinam kamen, wurde Cateau van Rosevelt Leiter der Einwanderungsbehörde, und er kümmerte sich so um das Wohlergehen dieser Leute, daß sie ihn schon bald Papa Rosevelt nannten und er vom Rest der Bevölkerung den Spitznamen Kulipapa bekam.

Justine stand auf dem Balkon. »Da ist Armand«, rief sie plötzlich und lief zur Treppe, um ihrem Bruder die Tür zu öffnen.

»Hallo, Junge«, sagte Etienne freudig überrascht, und Esthelle umarmte ihren ältesten Sohn herzlich.

»Was machst du hier in der Stadt?« fragte Etienne, denn Armand arbeitete als Arzt auf der Plantage Alkmaar.

»Bei uns wird heute nicht gearbeitet«, antwortete Armand. »Alle Kulis wollten zur Beerdigung in die Stadt, deshalb konnte ich auch weggehen.«

»Und Helouise?« fragte Esthelle, denn Armand hatte vor einigen Monaten Helouise Tjong A Lien, die Tochter eines chinesischen Geschäftsmannes und einer Karboegerin geheiratet.

»Helouise konnte nicht mit, denn die Schule geht weiter«, sagte Armand. »Ich bleibe auch nicht lange, wir fahren heute nachmittag schon wieder zurück. Aber Helouise und ich kommen am Samstag in die Stadt, wir haben nämlich eine Neuigkeit für euch.«

»Ach ja?« fragte Esthelle lachend und tat so, als wüßte sie nicht, daß Armand und Helouise ihnen erzählen wollten, daß sie ihr erstes Kind erwarteten.

»Was meinst du, kann Henri vielleicht auch in die Stadt kommen?« fragte Etienne.

»Ich weiß nicht. Auf vielen Plantagen bekommen die Leute frei, um in die Stadt zu fahren, aber Marienburg ist so groß. Ich weiß nicht, wie der Direktor dort darüber denkt. Bei uns geht alles ein bißchen gemütlicher zu.«

»Ich mache mich gleich fertig«, sagte Etienne und erhob sich von seinem Stuhl.

»Was ist mit dir, Papa?« fragte Armand besorgt, denn er fand, daß sich sein Vater ungewöhnlich langsam bewegte.

»Ach, Junge, dein Vater wird älter. Du mußt mich einmal untersuchen, wenn du am Sonntag hier bist.«

Armand nickte, er fand, daß sein Vater gar nicht gut aussah.

Marienburg, 1891

HENRI

Henri saß an seinem Schreibtisch in dem großen Büro auf Marienburg, der größten Plantage in Surinam. Er arbeitete dort als Buchhaltergehilfe. Jeden Tag hatte er große Papierbögen vor sich und mußte lange Zahlenreihen durchgehen. Er seufzte. Er hatte sich alles ein bißchen anders vorgestellt. Es hatte so phantastisch geklungen. Eine richtige Stelle, nicht mehr in der Druckerei des Vaters, als Sohn des Chefs. Und es war eine gute

Stelle, mit einem eigenen Haus, einem festen Gehalt, medizinischer Versorgung, und einmal im Monat durfte er zwei Tage in die Stadt fahren. Marienburg gehörte der niederländischen Handelsgesellschaft, die auch die Plantage Belwaarde am Surinam gekauft hatte. Dadurch, daß die beiden Plantagen mit der Rückseite aneinandergrenzten, war es eine große Plantage geworden, und es war sogar die Rede davon, Gleise vom Fabrikgebäude zum Bootssteg zu verlegen. Und was für eine Fabrik gab es dort jetzt, mit großen Maschinen, die in Teilen antransportiert und anschließend aufgestellt worden waren. Mehr als zwanzigtausend Menschen wohnten und arbeiteten auf Marienburg. Viele indische Vertragsarbeiter und seit vergangenem Jahr auch eine Reihe Javaner, denn die niederländische Regierung hatte beschlossen, auch aus Java Arbeiter nach Surinam einwandern zu lassen, weil die englische Regierung mit der Versorgung ihrer Untertanen noch immer nicht zufrieden war. Bei den Javanern mußten sich die Niederlande niemandem gegenüber verantworten, denn die kamen schließlich aus ihrem eigenen Niederländisch-Ostindien. Und Java war so überbevölkert, da konnten ruhig noch ein paar Arbeiter nach Surinam gehen. Natürlich wurden sie mit denselben Methoden hierher gelockt wie die Hindus.

Wie war Henri froh gewesen, als er diese Stelle bekam. Er wußte zwar, daß der Hauptgrund, warum man ihn aus einer Reihe von Bewerbern ausgewählt hatte, nicht die Tatsache war, daß er das geforderte Diplom besaß, denn das hatten die anderen auch, sondern daß er auch die geforderte helle Hautfarbe hatte. Einer der anderen Bewerber hatte noch mehr Zeugnisse als er und auch schon Berufserfahrung, aber er war ganz dunkel, und deshalb kam er für eine Bürotätigkeit auf Marienburg nicht in Frage. Alle höheren Angestellten mußten Weiße oder zumindest sehr helle Mischlinge sein. Das war auch der Grund, warum Henri sich an seinem neuen Arbeitsplatz nicht richtig glücklich fühlte. Fast ein Jahr war er jetzt hier, und er konnte sich noch immer nicht an die strenge Hierarchie gewöhnen. Jeder Schritt wurde sorgfältig abgewogen, bei allem, was man tat, mußte man auf seine Stellung und seine Hautfarbe und die der anderen achten. Und wehe, man tat etwas, das nicht von einem erwartet wurde, dann hagelte es von allen Seiten Kritik.

Der Direktor, Mr. James Mavor, war ein strenger Engländer, der vor allem wegen seines Rufes, äußerst disziplinliebend zu sein, von der niederländischen Handelsgesellschaft angestellt worden war. Er wohnte in dem prächtigen Plantagenhaus, das nach dem Gouverneurspalast wohl das größte und schönste Haus in Surinam war. Eigentlich war Mr. Mavor nach dem Gouverneur auch der mächtigste Mann im Land, dachte Henri, denn nach Paramaribo hatte Marienburg die meisten Bewohner. Die Größe der Häuser nahm mit der Stellung der Leute ab; der Hauptbuchhalter und der Arzt hatten ebenfalls große Häuser; er als Buchhaltergehilfe wohnte genau wie der Lehrer in einem kleineren Haus, das aber mit einem Vorderzimmer, einem Eßzimmer und zwei Schlafzimmern immer noch groß genug war. All diese Häuser standen zusammen in einem Park, in dem es auch einen Tennisplatz und eine Kirche gab.

Die Arbeiter wohnten auf der anderen Seite der Plantage, und ihre Häuser waren alle gleich: lange Galerien mit zwei kleinen Kammern für jede Familie. Henri kam sehr selten in das Arbeiterdorf, denn das durfte er nicht in seiner Position. Ach, er durfte noch mehr nicht, das war ja gerade das Schlimme. Er durfte nicht mit seiner Duniya zusammensein. Und Duniya war das einzig Schöne für ihn auf Marienburg. Duniya! Er lächelte bei dem Gedanken an das Mädchen, das er als seine Freundin betrachtete. Duniya war das Kindermädchen des Hauptbuchhalters, und das machte eine Beziehung zwischen ihnen unmöglich. Henri dachte an ihre erste Begegnung vor fast einem Jahr. Er war gerade auf Marienburg angekommen und zum Tee bei seinem Chef eingeladen, um dessen Familie kennenzulernen. Dort sah er das Mädchen; es war ihr Name, durch den er aufmerksam wurde. Duniya, den Namen hatte er doch früher schon einmal gehört? Und er erinnerte sich wieder, wie sie vor Jahren beim Direktor von Hooiland zu Gast gewesen waren, der zwei Hindukinder im Haus hatte, Duniya und Radjinder. Natürlich konnte er während seines Besuchs nicht mit dem Mädchen reden, doch als er wegging, traf er sie in der Auffahrt. Er begleitete sie ein Stück, während sie den Kinderwagen schob und ein kleiner Junge neben ihr herlief. Ja, sie war dieselbe Duniya. Ihre Mutter war vor ein paar Jahren gestorben, und sie und ihr Bruder waren bei den Douglas wohnen geblieben. Vor drei Jahren ging Herr Douglas in den Ruhestand und zog in die Stadt. Er und seine Frau nahmen Radjinder mit und schickten ihn in Paramaribo zur Schule; Duniya konnte eine Stelle als Kindermädchen beim Hauptbuchhalter auf Marienburg bekommen. Mr. und Mrs. Richardson waren auch Engländer und wollten sie gern einstellen, weil sie Englisch sprach. »Und

Hindu?« hatte Henri gefragt. »Kaum noch«, antwortete das Mädchen verlegen. »Nengre?« fragte er dann. »Ein bißchen«, erwiderte sie, und als er fragte: »Und Niederländisch?« mußte sie lachen und sagte: »Ganz wenig.« Seitdem hatten sie sich öfter getroffen; er wartete häufig auf sie, wenn er frei hatte und sie nachmittags mit den Kindern spazierenging. Jetzt kam sie abends regelmäßig zu ihm, und manchmal kochte sie für ihn. Er brachte ihr Niederländisch bei, und sie war eine eifrige Schülerin, aber meistens sprachen sie doch Englisch.

Henri wußte, daß über sie geredet wurde, doch er störte sich nicht daran. Neulich hatte ihm Mr. Richardson gesagt, er dürfe nicht die Ursache für Schwierigkeiten mit den Kulis werden, denn die würden es nie akzeptieren, daß eine Hindufrau von einem Kafri, wie sie einen Neger nannten, mißbraucht würde. »Ich habe nicht vor, sie zu mißbrauchen«, hatte Henri empört geantwortet, und Mr. Richardson hatte daraufhin geschwiegen. Aber in der vergangenen Woche war Duniya abends in Panik zu ihm gekommen und hatte ihm erzählt, daß der Pandith Mr. Richardson gesagt hätte, es sei besser, wenn Duniya heiraten würde. »Ich will aber nicht, ich heirate nicht«, sagte Duniya böse. Dann schnalzte sie mißbilligend mit der Zunge und sagte: »Sie sind ja verrückt!«

Henri hatte schrecklich lachen müssen, denn in dem Augenblick war sie ein echtes surinamisches Mädchen. Er hatte sie in den Arm genommen und mit den Worten geküßt: »Du weißt selbst nicht, wie surinamisch du bist, was? Wenn du jemanden heiratest, dann mich.«

Jetzt saß er da und dachte nach, denn konnte er Duniya wirklich heiraten? Wenn er sie zur Frau nahm, konnte er eigentlich nicht auf Marienburg bleiben, denn sie würde von den anderen Mitgliedern des Führungsstabs nie akzeptiert werden und schon gar nicht von deren Frauen. Sie durfte nicht einmal zum Tennisplatz gehen. Und er wollte sie nicht in so eine unangenehme Lage bringen. Er würde Marienburg also verlassen müssen, wenn er Duniya wollte, aber wo fand er wieder so eine gute Stelle? Henri seufzte. Es war wirklich ein Dilemma. Er beschloß, auf jeden Fall seinen Eltern von Duniya zu erzählen, wenn er das nächste Mal in der Stadt war. Sie wußten schon, daß sie miteinander Kontakt hatten, denn er hatte ihnen geschrieben, daß das Hindumädchen, das damals im Haus der Douglas' auf Hooiland gewohnt hatte, jetzt auf Marienburg arbeitete. Nur wie würden sie reagieren, wenn sie erfuhren, daß Duniya viel mehr als eine flüchtige Bekannte war? Denn sie war viel mehr, das hatten sie einander schon unzählige Male bewiesen.

Zwei Wochen später bekam Henri einen Brief von seinem Bruder. Darin ging es hauptsächlich um ihren Vater. Er wird alt, schrieb Armand, er muß es ruhiger angehen lassen, sein Herz ist schwach. Jemand muß seine Aufgaben in der Druckerei übernehmen, und Michel und ich denken, daß du am besten dafür geeignet bist. Komm schnell nach Hause, und sprich mit Mama und Papa darüber.

Henri starrte lange auf den Brief. Was ihn betraf, hatte er sich schon entschieden; er würde nach Hause gehen und die Leitung der Druckerei übernehmen. Aber was sollte dann aus Duniya werden?

Zehn Tage später hatte Henri Urlaub. Seine Eltern erwarteten ihn schon.

»Dein Vater beschwert sich zwar nicht, aber ich merke, daß er sehr müde ist, wenn er abends nach Hause kommt«, sagte seine Mutter zu ihm. »Ach, er bräuchte eigentlich gar nicht mehr zu arbeiten, aber er hat die Druckerei für euch aufgebaut, für seine Kinder. Jetzt ist Armand Arzt und Michel Lehrer. Eigentlich gibt es niemanden außer dir, aber du mußt es selbst auch wollen.«

»Ich will schon, Mutter, ich möchte es sogar sehr gern, denn ich will von Marienburg weg, ich verstehe mich mit den Leuten dort nicht«, sagte Henri heftig. »Aber es gibt noch etwas, das mir sehr wichtig ist.« Und er erzählte seiner Mutter von Duniya.

»Junge«, rief Esthelle, »bring das Mädchen in die Stadt, so schnell wie möglich.«

»Ihr findet es also nicht schlimm, daß sie ein Kulimädchen ist, Mama?« fragte Henri glücklich.

Esthelle lachte. »Ach, Junge, wie kennst du deine Eltern doch schlecht. Du weißt doch, daß ich euch immer gesagt habe, daß ihr nie vergessen dürft, daß eure Mutter einmal eine Sklavin war.«

Paramaribo, 1891

ESTHELLE

Henri und Duniya wohnten jetzt schon drei Monate in Paramaribo. Henri arbeitete in der Druckerei, und Etienne ging nur noch von neun bis zwölf dorthin, um seinem Sohn alles zu erklären. Duniya war tagsüber gewöhnlich mit Meta, die den Haushalt machte, allein.

Die beiden unterhielten sich viel, und Duniya lernte alles mögliche. Doch jetzt waren Ferien, und Esthelle und Justine waren auch zu Hause. Zu dritt saßen sie auf dem Balkon und nähten und stickten, denn Duniya erwartete ein Baby, und das Kind von Armand und Helouise würde auch bald geboren werden.

Eines Morgens bekam Esthelle Besuch von Gracia. Die beiden Damen setzten sich ins Eßzimmer, um ein wenig zu plaudern. Gracia erkundigte sich immer als erstes, wie es Misi Lucie und Paul ging. Gab es gute Nachrichten? Wie schön für Misi Lucie, daß ihr Paul jetzt ein richtiger Arzt in Holland geworden war.

Plötzlich senkte sie ihre Stimme und flüsterte: »Sag mal, was habe ich da gehört?«

»Was hast du denn gehört?« fragte Esthelle und tat so, als verstünde sie nicht, daß Gracia über Duniya reden wollte.

»Daß dein Junge, dein hübscher, kluger Henri, mit einem Kulimädchen nach Hause gekommen ist? Es stimmt doch, oder?«

»Natürlich stimmt es«, antwortete Esthelle, »sie wohnt hier bei uns.«

»Das ist doch furchtbar«, sagte Gracia mitleidig.

»Überhaupt nicht«, entgegnete Esthelle, »sie ist ein sehr liebes Mädchen. Wir kannten sie schon, als sie noch so klein war. Damals wohnte sie beim Direktor von Hooiland. Wie geht es eigentlich Mathildes Kindern?« Esthelle stellte diese Frage absichtlich, denn Mathilde war zuerst die Konkubine eines Plantagendirektors gewesen, doch als der Mann gestorben war, heiratete sie gegen den Willen ihrer Mutter den Lehrer Fred Dompig, einen dunklen Mulatten mit krausen Haaren. Als das

erste Kind geboren wurde, war Gracia zufrieden, denn
es war ein hübscher Junge mit heller Haut und glatten
Haaren; das zweite Kind aber war dunkel und kraus-
köpfig.

»Ach, es ist so schlimm«, hatte Gracia häufig gesagt,
»die Haare werden kraus, ich sage dir, Esthelle, wenn
sie ein bißchen älter ist, sind sie ganz schlecht, und das
bei einem Mädchen, die Arme, aber ich hatte Mathilde
gewarnt.«

Jetzt seufzte Gracia und sagte: »Ja, es geht ihnen gut,
demnächst kommt Tineke auch in die Schule. Aber ihre
Haare, ihre Haare, hmm, die werden nicht besser, es ist
wirklich schade. Ich glaube nicht, daß sie wie ihr Bruder
zu den Geburtstagsfesten weißer Kinder eingeladen
wird. Ich habe Mathilde geraten, ordentlich Vaseline auf
die Haare zu geben und sie jeden Abend hundertmal zu
bürsten.«

Esthelle lächelte.

Gracia war einen Augenblick still, doch dann fuhr sie
fort: »Zum Glück haben meine anderen Töchter auf
diese Dinge geachtet, nur Mathilde war so unvernünftig.
Aber du, meine Arme, hast kein Glück mit deinen Jungen. Sieh dir nur an, wie wir es geschafft haben, unsere
Hautfarbe zu verbessern, all unsere Kinder haben so
eine schöne helle Haut und gute Haare, und dann heiratet dein einer Junge die Tochter eines Chinesen und
einer Schwarzen, und dein zweiter nimmt ein einfaches
Kulimädchen. Bleibt zu hoffen, daß wenigstens der
dritte eine von seiner Art nimmt.«

»Der hat mir schon gesagt, daß er eine echte Schwarze
heiraten will oder vielleicht auch eine Javanerin, denn
dann haben wir alles in der Familie.« Und zu Gracias

Entsetzen fuhr sie ruhig fort: »Du vergißt doch nicht, daß wir selbst einmal Sklavinnen waren, Gracia?«

»Psst«, flüsterte Gracia, »das braucht doch niemand zu hören.«

»Hier ist es kein Geheimnis«, sagte Esthelle, »meine Kinder wissen es alle, und wir unterhalten uns oft darüber.«

»Nun, ich nicht, ich sage es nie«, entgegnete Gracia, und sie stand schnell auf und verabschiedete sich von ihrer Freundin.

Paramaribo, 1. Januar 1894

EL DORADOS

Eine Woche vor Weihnachten kam ein langer Brief von Paul aus Holland. Es war kein erfreulicher Bericht. Lucie war gestorben. Als Paul den Brief schrieb, war es gerade zwei Wochen her.

Sie ist nicht mal einen Monat krank gewesen,
schrieb er. *Ich hatte euch nichts davon geschrieben, weil sie meinte, ich solle euch nicht beunruhigen. Sie wußte, daß es zu Ende ging, und sie hatte sich damit abgefunden. Wir haben im letzten Monat viel miteinander geredet und uns alles gesagt, was in dreißig Jahren ungesagt geblieben war. Sie hatte sich immer gefragt, ob ich sie verurteile, was ich nicht tat. Sie hat mir erzählt, daß ich das Beste war, daß ihr im Leben passiert ist, und ich habe ihr gesagt, daß sie die beste Mutter war, die man sich wünschen konnte.*

›Halte Kontakt mit deinen surinamischen Eltern und Geschwistern, grüße sie von mir und sage ihnen, daß ich ihnen sehr dankbar bin‹, trug sie mir in einem unserer letzten Gespräche auf. Natürlich vergesse ich euch nicht, und ich komme nach Surinam, um wieder bei euch zu sein, denn ich denke, daß ich dorthin gehöre. Mit dem Geld, das ich von Mutter erbe, mache ich zuerst noch eine lange Reise, ich gehe für eine Weile nach Kanada und komme dann über Nordamerika zu euch. Um Ostern herum werde ich wieder in Paramaribo sein.

»Was in aller Welt will Paul in Kanada?« fragte Armand, und seine Mutter sagte: »Das mußt du ihn selbst fragen, wenn er hier ist.«

Jetzt war Neujahr. Die ganze Familie Couderc hatte sich im Haus in der Zwartenhovenbrugstraat versammelt. Armand und Helouise, die schon bald ein zweites Kind erwarteten, waren mit ihrem Sohn Etienne für zehn Tage in der Stadt. Liliane hatte inzwischen vier Kinder und Henri und Duniya einen Sohn, der Ryan hieß. Michel war mit Nellie Vervuurt verheiratet, die wie er an der einzigen weiterführenden Schule der Stadt unterrichtete, und Justine hatte die Lehrbefähigung für die Grundschule und bereitete sich jetzt auf die Prüfung zur Hauptschullehrerin vor. Nach dem Essen saß die ganze Familie auf der Hintergalerie, denn dort war es am kühlsten.

Die beiden Jungen, Etienne und Ryan, schliefen nebeneinander auf einer Matte am Boden.

Außer der Familie war noch Jean de Labadie da. Er besuchte die medizinische Schule und war mit Michel befreundet. Doch bei den Coudercs wußten alle, daß er eigentlich wegen Justine kam. »De Labadie«, hatte Etienne erfreut gesagt, als er den jungen Mann mit der hellbraunen Haut vor einigen Wochen kennenlernte. »Sind Sie dann auch ein Nachfahre der französischen Hugenotten?« Er fand es doch schön, daß wenigstens eines seiner Kinder sein Leben mit jemandem verbringen würde, der denselben Hintergrund hatte. Aber Jean de Labadie antwortete lachend: »Ich habe zwar den Namen, aber nicht das Blut«, und er erzählte, daß sein Großvater das Kind eines Gouverneurs und einer Sklavin, einer Mulattin, gewesen war. Der Gouverneur wollte die Situation der Sklaven verbessern und war deshalb bei den Pflanzern nicht beliebt. Er blieb nicht lange in der Kolonie und ging weg, ehe sein Kind geboren wurde. Aber er sorgte dafür, daß seine Sklavin freigekauft wurde und ein eigenes Haus bekam, und er bat seinen Freund De Labadie, Vormund des Kindes zu werden. Als der Junge zur Welt kam, erhielt er den Vornamen seines Vaters, Jean, und den Nachnamen seines Taufpaten und Vormunds, De Labadie.

»Du hörst es, Papa, typisch surinamisch«, sagte Justine lachend, und die anderen bekräftigten: »Ja, typisch surinamisch«, denn alle wußten, daß viele Surinamer Namen hatten, die eigentlich nichts mit ihrer Herkunft zu tun hatten.

»Ja, hier gibt es jede Menge verrückter Dinge«, sagte Justine zu Jean. »Stell dir vor, mein Bruder will sein Kind anerkennen, aber das geht nicht, denn Kinder von Vertragsarbeitern bekommen den Namen ihrer Eltern mit deren Nummer. Also heißt mein Neffe Ryan, Sohn von Duniya, Tochter von Sewgobind LR/73 NR. 323 und

Bimlawati LR/73 Nr. 324. Stell dir vor, wenn das arme Kind mit dem Namen in die Schule kommt. Schrecklich!«, und Justine machte so ein mißbilligendes Gesicht, daß alle lachen mußten.

»Opa, stell dir vor, bei uns wäre es genauso, was für lange Namen wir dann hätten«, rief Lilianes älteste Tochter.

»Von der Seite deines Opas, mein Schatz, nur von der Seite deines Opas, von der Seite deiner Oma sicher nicht, denn ich weiß nichts von meiner Mutter, nur daß sie Ngimba hieß, und von meinem Vater weiß ich schon gar nichts«, sagte Esthelle.

»Trotzdem scheint es, als würde der Zufall bei uns eine ganz wichtige Rolle spielen«, meinte Liliane. »Wenn man es richtig bedenkt, besteht unsere ganze Vorgeschichte nur aus zufälligen Begegnungen und Ereignissen, das ist doch verrückt.«

»Es gibt eine Theorie, die besagt, daß es keinen Zufall gibt, daß alles vorbestimmt ist«, entgegnete Michel, und Jean de Labadie pflichtete ihm bei: »Das denke ich eigentlich auch, es gibt keinen Zufall.«

»Ich habe von meiner Pflegemutter Masylvie immer gehört, daß es purer Zufall war, daß meine Mutter auf Ma Rochelle landete«, sagte Esthelle. »Masylvie wußte nicht einmal, wo sie herkam. Gran Masra Couderc muß sie beim Kartenspielen auf einer Plantage gewonnen haben.«

»Und es war auch Zufall, daß Henri auf Marienburg Duniya getroffen hat, die er Jahre zuvor als kleines Mädchen auf Hooiland kennengelernt hatte«, bemerkte Justine.

»Und denkt daran, wie die Hindus und Javaner auf

diese Schiffe kommen, das ist doch auch alles Zufall«, meinte Henri.

»Wir werden also von Zufälligkeiten bestimmt«, sagte Justine.

»Ja, mein Schatz, das werdet ihr sicher, und wenn es so weitergeht, wird auch eure Nachkommenschaft von zufälligen Ereignissen bestimmt, nicht nur hier, sondern weltweit«, sagte Etienne.

Es war inzwischen später Nachmittag, die Sonne stand tief. Durch das geöffnete Fenster wehte eine kühle Brise herein, und ein Sonnenstrahl fiel auf die schlafenden Kinder. Sie lagen beide mit nacktem Oberkörper und nur mit einer Hose bekleidet da. Ihre braune Haut war verschwitzt, und durch das Sonnenlicht, das darauf schien, sah es aus, als würde sich Goldstaub darauf spiegeln. Justine blickte auf ihre schlafenden Neffen.

»Seht euch die Jungen an«, sagte sie, »es sieht aus, als hätten sie eine goldene Haut. Zwei goldene Kinder. So muß El Dorado ausgesehen haben, als er aus dem See auftauchte.«

»Ja, es sind zwei schöne goldene Kinder, zwei El Dorados«, sagte Esthelle, und alle schauten auf die beiden Kinder auf der Matte. Ihre dunklen Haare waren feucht, und aus Ryans Mund lief ein Speicheltropfen.

»Vielleicht haben die Eroberer und Entdeckungsreisenden die Geschichte ja falsch verstanden«, fuhr Esthelle fort.

»Falsch verstanden? Wie meinst du das?« fragte Henri.

»Falsch in dem Sinn, daß es vielleicht nicht um das materielle, sondern um das ideelle Gold ging. Warum sind diese Kinder denn golden? Warum sind es kleine El Dorados? Weil sie durch ihre Wurzeln buchstäblich golden geworden sind, durch ihre Herkunft, durch all die zufälligen Begegnungen, oft mit ernsten und sogar dramatischen Folgen, die sie zu Menschen einer neuen Rasse gemacht haben. Einer Rasse, die keine Vorurteile gegenüber anderen Rassen haben kann, weil sie selbst ein Gemisch aus allem ist. Alle Rassen zusammen. Darum sind sie El Dorados. Im neuen Eldorado, im echten Eldorado.«

Etienne sah seine Frau von der Seite an und dann auf seine Enkel. Er legte den Arm um Esthelle und sagte: »Laßt uns hoffen, daß du recht hast, und wenn es so ist, müssen wir sagen: ›Willkommen Eldorado!‹«

Drama über den Wolken

DAS LUFTSCHIFF

ROMAN

Mai 1937: der Journalist Walter Jaeger soll über die Fahrt des Luftschiffes "Graf Zeppelin" von Rio de Janeiro nach Friedrichshafen berichten. Bald merkt er, daß einige seiner Mitreisenden etwas zu verbergen haben. Mitten über dem Atlantik meldet ein Funkspruch, daß ein Saboteur an Bord ist.

NYMPHENBURGER